U0937747

J I A M I A N R E N

假面人

磨剑少爷 著

江苏凤凰文艺出版社
JIANGSU PHOENIX LITERATURE AND ART PUBLISHING

图书在版编目（CIP）数据

假面人. 2 / 磨剑少爷著. -- 南京：江苏凤凰文艺出版社，2021.8
ISBN 978-7-5594-5869-8

Ⅰ. ①假… Ⅱ. ①磨… Ⅲ. ①长篇小说 - 中国 - 当代
Ⅳ. ① I247.5

中国版本图书馆 CIP 数据核字 (2021) 第 082056号

假面人. 2

磨剑少爷 著

责任编辑 白 涵
策划编辑 李 根
特约编辑 连 慧
装帧设计 ABOOK-Aseven
责任印制 刘 巍
出版发行 江苏凤凰文艺出版社
南京市中央路 165号，邮编：210009
网 址 http://www.jswenyi.com
印 刷 三河市兴国印务有限公司
开 本 690毫米 ×970毫米 1/16
印 张 19
字 数 253千字
版 次 2021年 8月第 1 版
印 次 2021年 8月第 1 次印刷
书 号 ISBN 978-7-5594-5869-8
定 价 49.80元

目录

第一章　案发现场

周子杰的心猛地收紧，像快要窒息一般。

他很清楚，只要哥哥往这边走过来，就一定会看到荒草被拔得干干净净的小纯的坟墓，也就会发现埋在小纯坟前的周少安的人头。

虽然他在埋周少安人头的地方用枯枝败叶仔细地做了遮掩，但瞒不过有刑侦天才之誉的哥哥。

找到周少安的人头，推测出与小纯的关系，就离找到他不远了。

他的脑子如齿轮般飞速转动，思考着如何应变。

然而他还是没有想到任何办法。

如果是其他警察或任何人，发现他的终极秘密，威胁到他的安全，他肯定会痛下杀手，可对方是他的亲哥哥，是他在这个世界上最亲的人，是他唯一在乎的人。

李子豪目光犀利如觅食的猎鹰般扫过周边荒野，一点一点地向前搜寻着，他看得出来，这里的确是个很好的作案现场。

所以，他有一种预感，真相应该就在这里，在他周围的某个地方。

“有发现，豪哥，有发现！”袁雨佳突然在身后喊了起来。

李子豪几人当即跑回去，问：“发现什么了？”

袁雨佳在靠左的一处林子里，指着乱扔在草丛里的一把锄头和两把铁锹，说：“如果我猜得不错的话，这应该就是作案工具。”

“我说新人，你也太大惊小怪了吧，锄头和铁锹能是什么作案工具？”白一龙用长者的口吻道。

“为什么不可以！”袁雨佳振振有词地反驳，“锄头可以用来挖坑啊，掩埋尸体啊，有问题吗？”

白一龙略带嘲讽地道：“你是说他们从城区到这样的深山老林来杀人，还会带着锄头和铁锹？那他们的作案手段也太专业了点吧。”

“那要不然呢？”袁雨佳反问道，“你以为这锄头和铁锹是怎么回事？如果是农民，他们会舍得把吃饭的东西这样乱丢吗？而且还不是一件。”

“雨佳说得对，这很可能就是作案工具。对方既然处心积虑地把这里选为作案现场，就说明其心思缜密，谋划周全，他们带着锄头和铁锹来，也不是什么稀奇事。”李子豪看了一下丢在草丛里的锄头和铁锹，抬起头，他看见了好几处折断的树枝。

树叶已经蔫了，但还没干枯，说明树枝被折断的时间不是很长。

而且，从树枝断掉的位置看，位于荆棘林的后方，不可能有人穿过荆棘去把树枝折断，因为荆棘丛也没有被踩过的痕迹。

李子豪推断，应该是从山林上方扔下锄头和铁锹，将树枝折断，穿过荆棘，落在了草丛上。

“到上面看看。”

李子豪说罢，便根据推测的大概位置，爬到了坡坎上面，果然，一眼就看见了草坪的中间有一片泥土是新翻过的，显然是泥土被挖开后又掩盖上去的。

周边许多草也有被踩踏过的痕迹。

“下山去找两把锄头来，把这里挖开看看。”李子豪吩咐道。

白一龙问：“你手上不是有锄头吗，干吗还要去找？”

李子豪说：“这可能是作案工具，上面会有罪犯的指纹，不能用来挖掘，你们去村里找人借一下吧。”

韩松领命，很快就拿回两把锄头，和白一龙挖掘被翻动过的新土。

结果没有悬念，很快就发现了埋在里面的两具尸体。

一男一女，脸朝下，看不清面目，尸体全身都被鲜血染红，让人触目惊心。

李子豪把坑里的人慢慢地翻过来，虽然脸上沾了许多泥土，但他还是一眼就认出了这一男一女正是失踪的四眼和冯香香！

他和韩松小心翼翼地将两具尸体抬到草坪上放好，开始检查他们身上的致命伤。

冯香香的脸浮肿得很厉害，嘴角裂开了个口子，看得出被击打过，最明显的是脖子上的勒痕，呈乌黑色。

四眼身上则有多处刀伤，从伤口形状上看，都是刺伤。

刺伤部位分别在腹部、胸部及腿部。

"下手够狠啊，这么多伤口。"白一龙看着四眼衣服上破开的数道口子说。

"你这不是废话吗？要不够狠，能毁掉两条人命？"老铁接话道。

白一龙义愤填膺地说："这些人渣，欺行霸市，草菅人命，是该收拾他们了，不然天理不容啊。"

"听你这话，你知道是谁干的了？"袁雨佳问。

"废话，这还用说吗？"白一龙说，"三道湾枪击案，冯香香和四眼被秦疤子怀疑是泄密者，除了秦疤子，谁还会杀他们？"

"有点道理。"袁雨佳揶揄地说，"看来你还是有点侦探才能的，没有豪哥说的那么不堪。"

"什么，豪哥说我不堪？什么时候说的！"白一龙一脸不服地问道。

李子豪故意说："我可没说你不堪，我只是没想明白，警校怎么就让你毕业了，我质疑的是警校，不是你。"

袁雨佳几人哄然而笑。

白一龙说："我知道你们嫉妒我年轻，有思想，还长得帅，你们等着，早晚我要单独破一宗大案，让你们都刮目相看！"

“行，给你个机会。”李子豪问，“你告诉我，同样是凶杀，为什么这两个人一个是被勒死，一个是被捅死？”

“因为……”白一龙略想了想，“女的没什么反抗之力，找绳子勒就可以了呗。男的比较难对付，所以就用刀子了，这么简单的道理能难倒我？真当我几年警校白读的？”

李子豪笑道：“看来不是我看不起你，是你真的不行。”

“难道不是？”白一龙反问。

李子豪指着冯香香脖子上的勒痕说：“看见了吗？这勒痕之处，破开了较浅的口子，印痕明显，显然不是绳子所勒，而是相对坚硬、有棱角类的东西，譬如，皮带，因为绳子之类的东西容易勒破皮肤，痕迹也会不一样。你的观察力还远远不够，只知道看很明显的东西，不知道看细节。另外，为什么这两个人的死法不一样，那是因为两个人是被不同的人所杀。”

“被不同的人所杀？”白一龙一愣，“什么意思？你说是不同的人杀了他们，然后埋到了一起？还可以这样？”

其他人也都盯着李子豪，觉得有些不可思议。

李子豪说：“你忘记你们调查冯香香失踪的事了吗？是四眼打电话把她约出来之后才失踪的，所以，四眼应该是对冯香香有作案动机的最大嫌疑人。”

李子豪将四眼的衣服掀了些上去，继续说：“看见了吗？四眼的腰间没有皮带，而冯香香脖子上的勒痕又正是皮带所为，所以可以确定冯香香是四眼所杀。”

“嗯，有道理，豪哥就是豪哥。”白一龙又问，“那四眼呢，他怎么也死了，又是什么人杀的他？”

“四眼？”李子豪说，“应该就是被秦疤子手下的人所杀。四眼为了洗脱三道湾枪击案泄密者的嫌疑，就让蒋门神替他做了一个局，引冯香香入套，可惜这个局被秦疤子看破，秦疤子将计就计，把冯香香当成泄密者，让四眼把冯香香骗出来，杀她出气。四眼不知是计，就跟着秦疤子的人把冯香香骗到这荒野之处杀害，以求自保，而就在四眼勒杀冯香香的时候，秦疤子的人对他出手了。若不是认定四眼就是泄密者，他身上不会有这么多伤口。”

“伤口多也能说明什么问题吗？”白一龙问。

李子豪说：“秦疤子的手下若要杀四眼，是轻而易举的事。一是场面肯定在秦疤子手下的控制之中，二是四眼没有防备。四眼身上之所以有这么多伤口，是因为秦疤子的目的并非要干净利落地杀死他，而是要逼问他泄密的细节。所以，这腿上多处刺伤，是为了防止他逃跑。四眼没法跑了，也没有反抗之力了，对方就可以慢慢地逼问他了。”

“看来，这个秦疤子还真是个老奸巨猾的狠角色。”白一龙说。

“你以为呢？”李子豪说，“他能在这西河道上独当一面，只靠逞强斗狠或运气就可以的吗？”

“那现在我们该怎么办？”白一龙问。

李子豪看了眼地上的两具尸体，说道：“保护好现场，让技术科的人来提取现场和下面车辆上的痕迹证据。然后去把秦疤子身边的人挨个地查一遍，尤其是那个强子，我觉得他很有问题！”

“是！”白一龙应了一声。

李子豪又看了眼躺在地上的两具已经有些腐臭味的尸体，想起不过几天之前，他去调查时还是两个鲜活的人，尤其是冯香香，还和自己吐槽她在天河会所上班的不容易，经常为了业绩，为了陪客人，喝得不省人事。但小人物在奋斗中，谁没点憋屈，谁没点心酸呢，熬出来就好了。

虽在风尘之地，她还是挺积极乐观的，憧憬着有一天和爱她的男人有一个自己的孩子，拥有平淡的幸福。

然而，她终是没有走出这浮华的泥潭，没有等到她想要的明天，成了欲望黑洞中的一件牺牲品。

天渐暗，城市的灯火盏盏地亮起。

街上穿行的人潮如同暴雨将至时的群蚁，奔忙了一天的他们都迫切地想回到那处能为自己遮风挡雨的小窝，拥有片刻的安宁和小憩。

唯有周家，一阵阵敲锣打鼓鞭炮轰鸣。

门口竖着两排看起来阴森凄惨的花圈，好些进进出出的人头上系着白色孝布。装着周少安骨灰的盒子和他的遗像就放在客厅正中的桌子上。周母哭哭啼啼地跪在那里给他烧纸，时而悲从中来，一阵号啕大哭，周围的亲戚便扶着她，好言劝说保重身体。

周子杰也头戴孝布，并且为了应景，也装得一脸的愁云惨淡。

他一直在留意着周国昌。

自从怀疑周国昌与当初害死小纯的面具人可能有关之后，他无时无刻不在暗中留意着这个老家伙的动静，但并没什么具体发现。

这两天周国昌一直在忙着周少安的后事。

和周母的悲痛万分不同的是，周国昌脸上看不出任何悲伤。

他一直在有条不紊地处理各种事情，只是一改曾经那副和善的面孔，整日阴沉着脸色，看不出悲喜。

周子杰能够感觉得到，那阴沉的脸色之间，隐藏着一种可怕的情绪。

他记得周国昌说过，他自有手段找出杀害周少安的凶手，为周少安报仇。然而，他能有什么样的手段呢?

周子杰很期待。

他想在周国昌那里找到那个面具人的身影，将那一切罪恶都做个了断。他将那个噩梦背负了这么多年，他不想再一直这样痛苦下去。

周国昌游离的目光向周子杰这边看了过来。

周子杰假装看向别处，眼角的余光瞥见周国昌正往这边走来，一直走到他面前，他将目光收回，脸上无悲无喜地喊了声：“爸。”

“你哥走了，这个家以后就靠你了。”周国昌说。

“嗯，您放心吧，我会孝顺好您和老妈的。”周子杰说。

“不是要你孝顺。”周国昌说，“是这么大的家业需要你来打理。你哥走了，爸也老了，突然觉得累了，往后只想过点清闲的日子。所以，学校那里，你就别去了，留下来吧。”

周子杰没有说话。他快速思考着。

本来，他决定在杀死周少安后就离开西河，回到省城去，方便以后杀人有不在场证据。然而，他却突然发现了周国昌的另一副面孔，发现他极有可能与当年害死小纯的魔鬼面具人有关。如果回省城，他就没法对周国昌进行暗中观察或调查，没法发现周国昌身上那些转瞬即逝的蛛丝马迹。

所以，为了当年的真相，他必须留下来。

在此之前，周国昌夫妇也劝说他留下来，但被他果断地拒绝了，若是现在爽快地答应，周国昌难免起疑。所以，他绝不能轻易答应。

见周子杰犹豫不决，周国昌又说：“爸知道，你可能对过去的一些事难以释怀，但你哥已经走了，那些事你也就不必计较了。人这一辈子拼死拼活不就为名利吗？你只要回来，这一切都有了。”

周子杰说：“我没有跟哥计较，虽然从表面看来，这个家对我有些不公，但那又能怎样呢？这天下的事从来就没有绝对的公平，就算是亲生儿女，也有亲疏之分，何况，一个亲生的，一个领养的。爸妈能在我最无助的时候给我一个家，为我遮风挡雨，让我长大，我已经很知足了。”

“你能这么想就好。”周国昌的脸色也松缓了几分，深感欣慰地道，“那就不用多说了，留下来吧，待你哥下葬以后，我就着手安排你接管周家的生意。”

“我可以暂时留下来，但不会接手家里的生意。”周子杰说得很干脆。

“这又是为什么？”周国昌不解地道。

周子杰说：“哥尸骨未寒，若蒋门神真的只是被陷害，不是杀哥的凶手，那真正的凶手是谁，绝不能让他逍遥法外。真凶一日不落网，我一日不会代替哥接手周家的生意，我不能让哥死不瞑目！”

“唉。”周国昌叹气道，“你哥要是知道你有这份心，当初他也会对你好点的。不过，找凶手和报仇的事，你就不用操心了，我会处理好的。我会找出害你哥的真凶，会让他后悔自己做了这么一件愚蠢的事情，让他付出应有的代价，他会死得很惨的！”

“爸，你的意思是不通过警察？”周子杰试探着问。

周国昌说：“警察办事依照法律，而有时候对有些人不讲法律的效果会更好。”

“爸，你有什么办法吗？”周子杰问。

“这个你就不用管了，我能在西河有今天的地位，肯定还是有些办法的，你等消息就是了。”说完，周国昌便到一边去了。

“老狐狸！”周子杰在心里暗骂了声。

但是，他也不能再多问，只能等着周国昌自己把狐狸尾巴露出来。

依目前所见，有一点可以肯定，那就是周国昌绝非平时人前一派和气的成功企业家模样，他背后肯定藏着许多不为人知的手段。但他究竟跟当年的魔鬼面具人有没有关系，还没有办法知道。

在没有被证实之前，周子杰不能仅凭猜疑就对周国昌下手。

他的目的是找出真正的凶手。

突然，周子杰留意到周国昌拿出了电话。应该是有人打电话进来，但他没有马上接听，而是用目光扫了一下周围，然后走到一边的树荫处接听。

周子杰意识到这应该是一个非同寻常的电话，很想靠过去听一下他说些什么。

可老奸巨猾的周国昌虽然在人群外接电话，却一直保持警惕地盯着这边的动静。

他那双眼睛跟正常人有很大的区别。

正常人接电话，目光会盯在一处，或是随意移动一下。而周国昌却是眼珠子滴溜溜地乱转，甚至还转身看了身后，很明显是怕人偷听到他的通话。

周子杰正寻思着怎样才能神不知鬼不觉地过去偷听一下的时候，突然，几辆豪车往周家别墅这边驶了过来。

为首是一辆加长型悍马，后面跟了一辆大奔和两辆路虎。

其实，来了豪车并不足为奇，来周家吊唁的人绝大多数都开着豪车，但多数都只是一辆，顶多两辆车一同过来，像这样四辆车一起，像个小车队似的，难免引起人们的注意和好奇。

而对于周子杰来说，他对那辆加长型悍马，应该有些特别的记忆。数天之前，蒋门神的杀手在三弯路伏击秦疤子，秦疤子坐的就是一辆加长型悍马。只不过，当时他躲在比较远的玉米地里，看不清车牌。

难道是秦疤子来了？

有专门的人员引导车子在车位上停好，果然，周子杰看见了从加长型悍马副驾上下来的人，身形剽悍，目光犀利，尤其醒目的是至眉头而斜到脸上的一条刀疤，如同一条爬在脸上的蜈蚣，使得其人自带一股凶气。

那一刻，周子杰的某种情绪被激发，他有一种强烈的冲动，想要扑上去，咬断他的脖子！

见秦疤子到来，周国昌立即挂掉电话，赔着笑脸上前迎去，并向周子杰招了招手，喊他过去。

周子杰走过去，装作并不认识秦疤子的样子。

周国昌为他介绍秦疤子，说江湖人称疤哥，西河道上真正的大哥大，也是周少安的合伙人。

然后又向秦疤子介绍他，说是少安他弟，让秦疤子以后多关照。

“少安他弟？”秦疤子的目光落在周子杰脸上，若有所思，“我好像听少安说起过，说是在外面读书，而且读得还很好，研究生，是吧？”

周子杰装出一副毕恭毕敬的样子，说道：“嗯，是的。”

周国昌接话道：“以后，子杰会逐步接手少安和周家的生意，还请疤哥多多关照。”

“好说，好说。”秦疤子说，“少安是我的好兄弟，他弟就是我弟，以后在西河，有什么事只管找我，包管给你摆平。”

“谢谢疤哥。”周子杰问，“我能留个疤哥的电话吗？有事也方便……”

“那是必须的啊。”秦疤子当即说了号码，又突然想起什么，“哦，对了，过几天就是我四十岁生日，就在大富豪宴客，来玩啊。”

“嗯，必须来，必须来。”周子杰说。

随后，周国昌将秦疤子引去周少安遗像前祭奠，然后带他和一众手下到预留的两张贵宾桌入席就餐。

本来，这些年来城里风俗，无论丧事喜事，多是在饭店酒楼宴客，可周国昌出生在农村，比较迷信农村的有些习俗。农村习俗，人死之后，下葬之前，会选一个晚上作为死者的告别仪式。

这个告别仪式就在死者的家里，接受亲朋吊唁，并大摆筵席，招待亲朋，亦有人和一群吹鼓手为死者通宵守候。

这在农村称为“坐夜”。

秦疤子落座后，周围不断地有人过去和他打招呼，向他敬酒，可见他在西河道上的分量。

周子杰就在那里看着这个恶魔，那年的梦魇如同毒蛇撕咬着他的心，他数度忍不住想要冲过去将这个恶魔杀死，但他知道现在不是时候。

很奇怪的是，秦疤子也总在有意无意地看他，使得他赶紧将目光移开，但他还是能察觉得到，秦疤子在很仔细地打量他，这种很刻意地打量让他有种莫名的不自在。

周少安跟秦疤子提起过他，都说了些什么呢？

是只说到他在外地读书，还是说到了别的什么，譬如两个人的关系恶劣，从小的那些事？甚至包括当年小纯那件事，秦疤子是否仍记忆犹新？若不然，只是随便说说，秦疤子这样一个纸醉金迷夜夜笙歌之徒如何就对他一个小角色记得那么清楚，不但记得他在外面读书，还记得他在读研？

看来，这个秦疤子比起蒋国富和周少安来，似乎要难对付得多。

一个脖子上戴大金链子、左手臂上文龙、右手上文虎的胖子过去向秦疤子敬了一杯酒。

秦疤子将满杯酒一饮而尽，电话突然响了。

他示意敬酒的人走了之后接了电话。

然后，周子杰看见秦疤子的脸色阴沉下去。

挂断电话后，秦疤子对桌上的一个平头说了声什么，那个平头也顿时神色慌张起来，马上起身离去。

在离去的时候，平头也开始打电话。

周子杰对这个平头有些印象，在大坪山上的时候，就是这个平头从背后出刀，将那个戴着眼镜的人杀死，然后埋在了坑里。

而就在今天下午，警方在大坪山找到了埋人之处。难道秦疤子接到的电话和这个平头的惊慌离开是因为那件事？

如果真是的话，他就不得不佩服他哥哥的破案能力了，能在这么短的时间，找出案件真凶。那么，他以后要走的每一步，只怕都是如履薄冰。

平头走后，秦疤子一改之前的谈笑风生，也不与同桌的手下推杯换盏了，一脸心事重重的样子。

几个手下都有问发生了什么事，秦疤子没说，手下也就不敢再多问。

大约半个小时，几辆警车风风火火地驶进周家别墅，数名警察从车上下来，直奔场内而来。

为首的人正是李子豪。

“子豪，你们这是干什么？”周国昌一见，赶紧走了过去。

今天可是给周少安坐夜的日子，有那么多有头有脸的亲朋好友在这里，可不能出什么乱子，打了周家的脸。

李子豪的目光麻溜地往场内一扫，马上就锁定在秦疤子一桌，他说：“没事，我就找个人。”

他看了站在那里的周子杰一眼，也没有打招呼，直接往秦疤子这边来了，在秦疤子的桌子边站住。

秦疤子慢悠悠地抬起头，装得颇感意外地问道：“哟，李警官，你也来吊唁吗？”

“我来找你。”李子豪平静地说。

“找我？”秦疤子一愣，问道，“这大晚上的，李警官找我有什么事吗？”

“找到四眼了。”李子豪说。

“啊？找到四眼了？”秦疤子一愣，故意转着脖子四下张望，大声问道，“人呢？在哪？”

“别装了，你的演技太拙劣了。”李子豪说。

“李警官你这话什么意思？我装什么了？你不是说找到四眼了吗？没见人啊。”秦疤子问。

李子豪说：“人是找到了，但是是尸体。”

“死了？”秦疤子一脸茫然地问，“你是说四眼死了？他是怎么死的？”

“怎么死的，你不清楚吗？”李子豪问。

“我清楚？”秦疤子颇有些愤然，“我为什么清楚？你不会怀疑四眼的死跟我有关吧？”

李子豪说：“不跟你多说了，跟你有没有关系，你和你的人都跟我走一趟就知道了。”

“我和我的人都跟你走一趟？”秦疤子问。

李子豪说：“对，你没有听错。”

秦疤子说：“这大晚上的，在参加朋友的葬礼呢，李警官你这无缘无故地让我跟你走，你觉得合适吗？”

“是啊，子豪，今天是给少安坐夜，这么多亲朋好友在，有什么事你能不能换个时间再说，看我面子上，别闹不愉快了。”周国昌也在一边劝说。

“出了命案，刻不容缓。”李子豪的态度很坚决，“而且，说不准和少安的死都有所关联，叔叔你也希望早日找出杀害少安的真凶是不是？秦万勇，带着你的人走吧。要我硬来的话，大家脸上都不好看了。”

“行行行，你是警察，你有枪，你牛，我怕你可以了吧。”秦疤子一脸不满地站起身。

“等等，还有个人呢？”李子豪突然问。

“还有个人？”秦疤子问，“谁啊？”

李子豪说：“强子。”

“强子？”秦疤子说，“我不知道他在哪玩啊，李警官找他有事吗？你好像留了他的号码吧，可以给他打电话。”

李子豪说：“我们去过你的大富豪酒店了，已经将你的好几个得力手下带回去了，他们说了强子跟你来参加周少安的追悼会，你还是不要跟我耍滑头了，要真耍的话我会耍得让你受不了。”

“是的，强子本来是打算跟我来参加少安追悼会的，但他临时有事，所以就没来，这有什么问题吗？”秦疤子强辩道。

李子豪没说话，转头看了一圈，看到了进周家别墅的大门边安装的一个监控探头，指着说：“看见了吗？那个监控探头对着门前的这整块平地，所有到过这里的人都能看得清清楚楚，我甚至可以根据道路监控查看你和随行车辆，从什么路线来，在哪里上的车，有哪些人。你还在混传统的江湖，大概不知道在现代高科技面前，已经很难说得了谎了。你需要我去找证据戳穿你，暴露你的做贼心虚吗？”

“好吧，强子确实跟我来了，但后来他确实是有事走了。”秦疤子再傻也知道一点，在监控面前说不了谎。

“说说，他因为什么事走的？”李子豪问。

“这个，我也不知道啊，我又不管别人私事。”秦疤子说。

李子豪说：“你不要觉得我不懂江湖。在江湖上，小弟都以大哥马首是瞻，跟着大哥就是工作，他正陪你喝酒吃饭，突然中途要走，必然会给你一个可以谅解的理由，他不可能马马虎虎说声有事就走的。看来，你是个很不诚实的人，我还是费点力气看下监控吧，等我戳穿了你的谎言，再回来慢慢跟你玩。”

当下，他让随行刑警看住秦疤子等人，然后让周国昌带他去屋里面查看监控记录。

他问了秦疤子等人到这里来的大概时间，然后从那个时间点往后查看监控记录，结果就看见了强子和秦疤子一起来到这里，周国昌和周子杰及秦疤子三人说了一会话之后，秦疤子就和他的手下在两张预留的桌子旁坐下。

“看清楚了，跟秦疤子来的这些人，等下都一起带走，不要遗漏了。”李子豪对身后的老铁嘱咐道。

不过十几分钟，监控记录显示，秦疤子接了一个电话，神情有变化，然后对强子说了几句什么，强子便匆匆离去。

“画面就停这里，去，把秦疤子带来。”李子豪吩咐。

白一龙应声而去。

很快，秦疤子就被带了过来。

李子豪把秦疤子接电话，然后强子离开的这段视频重新播放了一遍，看着秦疤子问道：“解释解释吧，这什么情况？”

“没什么情况啊，我不是说了嘛，强子临时有事，然后就走了。”秦疤子仍然装糊涂。

“你是不是以为警察傻？”李子豪问，“你当我看不出来，是你接了一个电话之后对他说了什么，然后他才匆匆离去的吗？我有必要再提醒你一下，事关两条人命，而且与多起重大案件有关联，不要跟我玩这种小把戏，也不要逼我来硬的！”

秦疤子没有说话。

在证据面前，他想狡辩都无从下手，他必须想清楚，以免露出更大的破绽来。他可是知道李子豪其名，也打过交道，西河天才刑警不是吹出来的。

“马上，给强子打电话，说有重要的事跟他说，电话里不方便，让他到大富豪酒店你的办公室等你。”李子豪吩咐道。

秦疤子没有动。

他很清楚，李子豪如此指名道姓地找强子，肯定是发现了什么线索，一旦把强子抓住，他也就玩完了。

“快点打啊，还磨蹭什么？心虚了？”李子豪问。

秦疤子突然心一横耍赖道：“要打你们自己打，我不知道你们为什么要找强子，但总之咱们在外面混的，干不出那种出卖兄弟的事。我不可能明知道你们要抓他，我还给他下套。”

“哟，你还给我摆出一副讲义气的嘴脸？”李子豪说，“你是怕他被抓到，你跟着就现形了吧。不过我有必要告诉你，警察办案，每一个公民都有配合调查的义务，若是拒不配合，可按包庇罪论处，你想清楚了，打不打这个电话？”

“行行行，你们是警察，你们说了算，我打还不行吗？”秦疤子当即拨打强子的号码。

李子豪提醒道：“开免提。”

然而，从电话那端传来的却是客服抱歉的声音，拨打的电话无法接通。

秦疤子一脸幸灾乐祸地嘲讽道：“这总不能怪我了吧，毕竟我又没能力去控制卫星信号。”

李子豪没理会他，只是下令没收了他的手机，然后对老铁吩咐，把强子的资料调出来给局里，全城搜捕强子，千万不要让他跑了。

随即又喝令将秦疤子一伙带回去，监控视频拷贝一份。

临走前，李子豪又对周国昌深表歉意地说：“本不该在这个时候来打扰，确实是案情重要。”

周国昌点头道：“嗯，理解，正好我也有事想请你帮忙。”

李子豪问：“什么事？”

周国昌说：“借一步说话吧。”

当下，就把李子豪带到了人群外。

“有什么事您说吧，我还得赶时间回去查案呢。”李子豪说。

“其实，也不是什么大事，就是子杰的事。”周国昌说。

李子豪问：“子杰什么事？”

周国昌叹了一口气，说道：“这不是少安出事了，周家这么大摊子需要人打理。我的意思是让子杰不要读那个什么研究生了，回来帮忙，可他不大愿意，还说杀害少安的真凶一日查不出来，他就一日不会接手周家的生意。你是他亲哥，所以看你能不能帮忙劝劝他。人活一辈子，不就是为个名利吗？只要他愿意，这些都是唾手可得的，而且大家都在一个城市，也能多些照顾。”

“嗯，是这个道理。”李子豪说，“不过，我感觉子杰的性格有点孤僻，不善与人交流，他若是真对做生意没兴趣的话，也难劝。”

周国昌说：“兴趣是可以慢慢培养的嘛，而且他只要回来接手，我可以为他安排很得力的助手，有什么难题都可以帮他解决，他自己根本不需要做什么事，只需要当那个做主的人就行了。”

李子豪说：“这可以，我看找个时间和他聊聊吧。”

周国昌说：“那就拜托了，他年纪也不小了，一晃就三十了，女朋友都还没有，一直在外漂着，也不是个办法。只要他回来，什么都不用顾虑，他需要什么，我们都能帮他解决。”

“好的，我知道了，我先去忙案子了，我到时候找他聊聊。”

李子豪当即告辞，他没耐性和周国昌扯这些，因为他很清楚，周子杰为什么不愿意回这个家，为什么不愿意接手周家的生意。

在他孤立无助的时候，他曾渴望这个家里的人对他好一点。可是，他们的眼里只有周少安这个亲生儿子。而且这个亲生儿子还极为可恶地欺负子杰。他终于靠着自己的努力考上大学，读了研究生，可以自食其力了，他只想远离这个家，摆脱这个家带给他的阴影。

李子豪和周子杰打了个招呼，然后带着秦疤子及其同伙回刑警队。

“喂，我说警官，我犯什么罪了？你不能无缘无故地抓我啊。”被带上警车的秦疤子一副老油条的样子。

李子豪说：“现在你是嫌犯，知道什么是嫌犯吗？就是你有嫌疑，所以要接受我们的调查、审讯。确定有罪了，会将材料提交检察院，然后向法院起诉，判你刑。若是证据不够，自然会放了你。所以，一会儿到了局里，你好好配合我们的审讯就是，不要说这些没用的。”

“好吧，我配合你们，看你们能把我怎么样。”秦疤子又摆出一副不做亏心事，不怕鬼敲门的架势来。

李子豪没再和他多说话，将一行人带回刑警队后，当即让技术科的人来，对所有人进行了指纹采集。

在大坪山上挖出尸体的地方，发现了皮带、匕首、铁锹和锄头等作案工具，技术人员已分别从上面提取到了指纹。

只要有人员与作案工具的指纹比对上，案件也就找到突破口了。

在技术人员做指纹比对的同时，李子豪让白一龙和韩松各自对秦疤子的手下进行了审讯，审讯重点即强子为什么突然离开，在他离开时与秦疤子有什么对话。

李子豪则亲自提审秦疤子。

“警官你想问什么就赶紧问吧，问完了赶紧放我走，我感觉好累，想睡觉了。”秦疤子故意打了个呵欠。

“想回去睡觉？”李子豪冷笑道，“我刚才掐指算了下，你想多了。如果不出意外的话，今晚你得在这里睡，而且，恐怕还得失眠，做噩梦。”

“不可能。”秦疤子说，“我心宽，一向睡眠很好，属于倒头就能睡，睡着了雷打不醒的那种。而且从不做梦。梦都是不切实际的东西，想什么，就努力去实现它，那才是英雄本色，对不对？”

李子豪死死地盯着秦疤子，说道：“我看得出来你现在很紧张，你想用故作轻松来掩饰自己的心虚，然而并没什么用，因为你会发现，你只有把什么都说了，才会如释重负。”

秦疤子不以为然地一笑，说道：“看不出李警官你还是个全能型人才啊，还懂心理学。不过从你的判断上来看，显然经验欠缺，喜欢信口雌黄。”

“是不是信口雌黄，你很快就知道了。”李子豪说，“说吧，强子在哪里？”

“强子在哪里，你应该问强子啊。他如果是我儿子，你问我还有得说，他又不是我儿子，你不能找我要人吧。就算是我儿子，他也满十八岁了，有他的自由，对不对？”

“好吧，那你告诉我，你接了谁的电话，又跟强子说了什么？”

秦疤子说：“你们不是收了我的电话吗？我接了谁的电话你可以看，为什么非要问我？”

李子豪说：“我看了，你最近一个通话，也就是在你让强子走之前接的那个电话，存的名字叫老A，老A是谁？”

“老A？”秦疤子说，“不认识啊，我也想知道她是谁呢。”

“不认识？”李子豪问，“不认识她会给你打电话？不认识你还存了名字？”

“所以我存的是老A啊，老A不就是骗子的意思吗？”秦疤子辩解道。

“骗子？”李子豪问，“什么骗子？”

秦疤子说：“搞茶叶推销的，说不上骗子，但我感觉跟骗子也差不多吧，如出一辙。吹得天花乱坠的，就是想让你掏钱。”

“既然你这么反感，为什么不拉黑，还要存着名字呢？”

“这个……”秦疤子笑了笑，“男人嘛，难免有些非分之想，我听着声音挺好听的，有时候就想跟她调侃一下。要不然，我早就拉黑了。”

“编故事的能力不错啊，你不去写小说还真是可惜了。”李子豪猛地拍了一下桌子，“你当我是三岁小孩呢？你这种人，夜夜笙歌纸醉金迷，身边的女人成群结队，你会跟一个卖茶叶的，甚至面都没见过的女人瞎聊？”

“这个李警官你就不懂了。”秦疤子说，“像那些娱乐场所的女人唾手可得，反而令男人兴趣不大，太容易得到的东西都不带劲，尤其是女人。所以，我宁愿在一个不容易得到的女人身上花上百万和大把的时间，也不愿意和那些轻易就能得到的女人睡上一晚。没有征服欲，缺少激情，李警官你也是男人，应该懂的吧？”

“少扯那些没用的。”李子豪说，“我不管你那么多，你只需要告诉我，你接完那个电话后，跟强子说了什么，他才走的。我提醒你一下，你的几个手下都在接受审讯，如果你们的口供不一样，你们就谁也走不了了。”

“说的什么？嗯，说的什么，我得好好想想，我说了很多话，这记性也不大好……”秦疤子装出一副冥思苦想的样子，“哦，想起来了，如果我记得不错的话，当时我接完电话后，跟强子说了一句，听说有人找你，你赶紧去找个地方躲躲，一定要注意安全，大概就是这么个意思。”

“你是怎么知道我们在找他的？是那个电话里的人告诉你的吗？”李子豪问。

“什么我知道你们在找他，那个电话里的人告诉我的？”秦疤子说，“我不是说了那个电话是推销茶叶的吗？我也不知道是你们在找他啊，要是知道你们在找他的话，我就让他来找你们了，上次你来大富豪，我不就让他全力配合你们吗？”

“那你说谁在找他，让他找地方躲躲？”

秦疤子说：“蒋门神的人啊，之前我和蒋门神有恩怨，强子几次拔刀要废了蒋门神，和蒋门神的手下有冲突。现在外面蒋门神的手下说，是我给蒋门神下了套，想把他送进监狱，说要替他报仇，强子是我身边的人，首先就拿他开刀。所以，我就让他先去找地方躲躲了。这个时候，蒋门神那些手下没人带他们赚钱，就急眼了，好人不跟疯狗斗是不是？”

“看来，你一直在很认真地跟我胡说八道，不想说真话。你很喜欢和我玩这种头脑游戏！”李子豪冷冷地说。

“没有啊，我说的都是事实，如果李警官你实在不信我的话，那我也没办法了。”秦疤子一脸无奈地道。

“可以，那就等下看你的另外几个手下怎么说了，如果你早算到了这一步，串好口供，那我也只能说你高明。”李子豪说。

秦疤子说：“这跟串供没关系，我说的是实话，跟他们说的自然吻合。”

“那就先看看你这个卖茶叶的是什么样的牛鬼蛇神了。”李子豪说着，当即用秦疤子的电话拨通了那个老 A 的电话，并打开免提。

李子豪死死地盯着秦疤子的脸，他很清楚秦疤子说那个电话是推销茶叶的是在撒谎，只要这个电话打过去，就可以戳穿他的谎言。

他很明显地在秦疤子的脸上看见了紧张、不安。

电话响了几声之后，那边有人按下了接听键，电话接通，却没人说话，没有正常情况下的那一声“喂”。

如果电话那边有人打招呼，就可以首先从声音上知道对方是男人，还是女人，如果是个男人，秦疤子的谎言也就露出了马脚。

然而，那边接了电话，却并没有说话。

李子豪马上就知道，对方是一个非常厉害的角色，对方不先说话，是因为他不确定打电话过去的这个人是不是秦疤子，他要先听到秦疤子的声音后才会说话。

可见此人疑心极重，极为谨慎。

李子豪的脑子在快速转动，想应对办法，他知道只要他一开口，对方听到不是秦疤子的声音，就会警惕了。

在他思考之时，对方没听见声音，也没说话，就直接把电话挂了。

但他也没法让秦疤子来打这个电话。

若是让秦疤子说话，秦疤子只需要在有半点支吾，凭对方的警惕性，马上就能意识到问题。而且秦疤子肯定会问对方的茶叶怎么卖，对方就会心领神会，摇身一变就成了卖茶叶的。

想了想之后，李子豪又再次拨打了那个老 A 的电话。

这一次，电话响了很久才接通。

令李子豪意外的是，这一次接通之后那边立马有人应声了，而且是一个女声，声音挺甜美，“喂”了声后静待下文。

“在忙什么呢？”李子豪装着聊天。

“你谁啊？”女人问。

“你不知道我是谁吗？一个小时前你刚给我打过电话呢。”这么说的时候李子豪隐隐地觉得，说话的这个女人应该不是电话的主人。对方刚才挂掉电话之后起了疑心 才让这个女人替他接的电话。

电话那端出现了短暂的沉默，接电话的女人可能在和另外一个人有某种交流，交流完回答道：“我一天要给无数个人打电话，我怎么知道你是谁。”

“给无数个人打电话做什么？”李子豪问。

电话那端又有短暂的沉默，尔后那女人说：“你都不知道我干什么的，给我打电话干什么，神经病啊。”

说完就把电话挂了。

这时候李子豪基本上确定了，接电话的女人不是电话的主人，她接电话的时候开了免提，那个电话的主人在旁边用某种方式教她如何回答，所以在他说话后，电话里会有短暂的沉默，然后那女人才回答他，就是因为有人在旁边授意。

问题是如何来撕开这个口子呢？

他想，他得见见这个号码的主人才行。

当下，他又拨打了那个号码过去。

对方直接把电话挂了。

李子豪看了秦疤子一眼，转身走了。他找了部带有110的警用电话，再次拨了那个号码过去。

这下，对方大概知道终究是躲不过去的，接了电话。

还是那个女声，“喂”了声。

“我是西河刑警队，现有一桩案件找你调查，请问你现在在什么地方？”李子豪开门见山地问。

“刑警队？什么案件啊？”那女声仍是迟疑一阵后回答。

李子豪说：“说你在什么地方就行了，见面了我自然会告诉你。如果你不信我的身份，认为是诈骗什么的，你可以打110报警，让警察在那里等我。”

“好吧，我在西江楼。”女声说。

“西江楼？”李子豪皱了皱眉，“你叫什么名字？”

“朱月娥。”女声答。

“行，你就在那里等我，我马上过来。”说罢，李子豪便挂了电话，当即开车前往西江楼。

他其实见过西江楼这个招牌，有一点记忆，位于西河边上，但他从没有进去过，并不知道那里是吃饭，喝茶还是住宿的。

但秦疤子能和这里扯上关系，料想不是一个简单的地方。

大约半个小时后，李子豪赶到了西江楼。

西河岸有许多茶楼、咖啡馆乃至民宿，都颇有农庄特色。而这西江楼比起其他茶楼来别具一格，占地很宽，门口有两株百年以上的黄桷树，花藤缠绕其上，形成一道天然的拱形门，后面的西江楼更是用纯木材雕龙画凤，檐角飞扬，颇有些古典味道。

不过挺奇怪的是，在西江楼周围的一些场所都挺热闹，有歌手驻场，人进人出，生意极好，而看起来格调要高得多的西江楼却格外安静，或者说是幽静。

在西江楼的旁边还有一条通道，入口处有一块别致的牌子，上面写着西江楼专用停车场。那个通道入口处，坐着一个保安。

李子豪将车开过去，保安伸手将车拦住，并走到他的车窗边问：“干什么的？”

“到西江楼有事。”李子豪说。

“有谁邀请吗？”保安问。

“还要人邀请？”李子豪问。

保安说：“那当然，西江楼不对外营业，只接待接受邀请的朋友。”

“好吧，那我问下，朱月娥是这里什么人？”李子豪问。

“朱经理吗？是她邀请的你？”保安问。

李子豪说：“是。”

“嗯，可以了，老板把车停进去吧。”保安马上客客气气地说。

李子豪把车开到里面，发现停了好几辆兰博基尼、保时捷和宾利之类的豪车，他心里暗想，看来这西江楼是真不简单。

这背后的人到底是谁？

他是如何知道警方打算找秦疤子，从而及时地打电话给秦疤子，让秦疤子手下的凶手逃跑的？

本来，还没有从作案工具上进行指纹对比，李子豪并不确定强子就是凶手，不过从这个打给秦疤子的神秘电话，而秦疤子唯独让强子一人走了的迹象判断，强子是杀害四眼的凶手之一无疑了。

李子豪停好车，进了西江楼，有温柔美丽的迎宾小姐在门口迎着，问先生找哪位，李子豪说了朱月娥的名字。

“找朱经理啊，先生跟我来。”迎宾小姐便带着李子豪往里面去。

一个披着大波浪卷发，穿着白衬衣配牛仔短裙的性感女人正坐在办公椅上玩手机，对李子豪的到来表现出极大的热情。

在迎宾小姐说出“朱经理，这位先生找你”的时候，她立马一改坐在那里的懒散样，虽然并不认识李子豪，也连忙起身来迎着，伸出一只纤纤玉手：“您好，我是西江楼客户经理朱月娥，请问有什么能为您服务的？”

李子豪的目光扫视了一眼颇有书卷气息的办公室，随后才缓缓亮出证件，说道：“我是西河刑警队的，之前给你打过电话了。”

朱月娥往那证件上探头看了眼，连忙说道：“哦，李警官，你好，你好，不知道有什么可帮你的。”

“找你了解点事情。”李子豪说。

“行，李警官有什么想知道的，我肯定知无不言。”朱月娥很爽快地说。

李子豪皱了皱眉，突然觉得有些什么不对。

在电话里那个女人说话犹犹豫豫、吞吞吐吐的，声音也比较怯弱，和眼前这个无比热情而豪爽的女人很不一样啊。

“你认识秦疤子吗？”李子豪还是开门见山地问道。

“秦疤子？”朱月娥装得一脸迷茫，问道，“谁啊，干什么的？”

“在一个小时之前，你还给他打过电话的，你忘记了吗？”李子豪问。

“是吗？”朱月娥说，“我这一天打过的电话多了去了，并不是每个人我都记得住的。”

“你一天给你根本记不住的人打那么多电话干什么？”李子豪追问。

“卖茶叶啊。”朱月娥回答得很爽快。

“卖茶叶？”李子豪一愣，这可是与秦疤子的说法对上了，难道秦疤子真没有撒谎，只是一个卖茶叶的打给他推销茶叶，而那个茶叶推销电话和强子的离开只是刚好成了巧合？

不可能！

因为之前在刑警队回电话过来出现的一些疑点表明，这其中是有问题的。

“西江楼卖茶叶吗？”李子豪问。

“西江楼是茶楼，当然卖茶叶了。”朱月娥回答。

“然而——”李子豪说，“我来的时候保安人员说这里好像不对外接客，除非有里面的人邀请，这是怎么回事？”

朱月娥说：“因为我们这里是高档会所，只针对一些有社会地位的人经营，所以就不向大众开放了，要不是里面的 VIP，或经过我们特别邀请，就不会接待。我们的茶叶推销，也是针对一些行业的成功人士。”

“那不就对了吗？”李子豪说，“既然你们的茶叶推销是针对行业的一些成功人士，就说明你们不是广撒网，多敛鱼，而是有针对性的，会做很多功课，对客户足够熟悉和了解了才会出手，你怎么不知道你打电话的人是谁？”

朱月娥一下子被问住了，答不上来。

而在另外一间房里，一个老头子正面对着一处监控看着这一幕，面前的手机里播放着彼此的谈话，不由得恼怒地骂了句：“真是个蠢货！”

“而且西河的成功人士也不会多到让你每天都联系不过来吧，你一天能联系几个就不错了，才通话一个小时你就不记得是谁了，谁信呢？还有，既然你们在西河这地方做的各行业成功人士的生意，又岂会不知道秦疤子其人？西河道上，谁人不知他，就连出租车司机都能说起几段他的故事，你竟然都没听说，又蒙谁呢？”

“我……我孤陋寡闻啊。”朱月娥有些慌乱了。

“孤陋寡闻？”李子豪冷笑道，“那你为何给他打电话，你不了解他，不知道他是成功人士，你凭什么打电话给他？”

“我……我……老板给我名单，我就照着名单去联系了，所以我也不知道对方到底什么来历了。”朱月娥虽然还在努力辩解，但神色越发慌乱，眼神开始游离不定。

“呵呵。”李子豪笑了一下，说道，“你真是连谎都不会撒，虽然我没做过业务推销，但我起码知道一点，稍微有点常识的业务推销员，在和客户打交道之前，首先就得了解客户；不了解客户，如何对话？对牛弹琴吗？尤其是你们这种有精准定位的，就更不用说了吧。”

朱月娥一下子又被问得无言以对了。

“我知道，这个电话号码不是你的，那个给秦疤子的电话，也不是你打的，甚至在后来我打电话过来，都不是你接的，因为我的听力实在是太好，你们的声音并不一样，性格也不一样。一个声音甜美，是标准的迎宾接待员的声音，而你的声音是比较积极主动，颇为豪放。所以，如果我猜得不错的话，你只是在最后被推出来做挡箭牌而已。”

“我……我真不知道你在说什么。难不成你们警察都是这样喜欢胡乱猜测吗？”朱月娥还在故作镇定。

“我不跟你废话了，打电话给你老板，我要见你们老板。”李子豪果断地说。

“老板？”朱月娥愣了下，说道，“老板不在。”

“不在？”李子豪问，“你以为骗得了我吗？”

“他就是不在，我又怎么骗你了？”朱月娥问。

李子豪将手指向办公室壁灯侧一个小玻璃球似的东西说道：“那里有一个经过伪装处理的针孔摄像头，能监视到这屋子里的一切动静，如果我猜得不错的话，你的老板此刻就坐在他的办公室里，看着这一切吧。不要跟我玩花招了，我要调查一宗涉及两条人命的案子。带我见你老板，还可以好好聊聊。如果见不了的话，我只能打个电话，喊警察过来把你这里搜个底朝天！”

朱月娥没说话，她跑到壁灯那边，目光看着那个侧边并不起眼的针孔摄像头，脑子里一片茫然。她根本没想到，老板会在她的办公室里装上这个。这么说来，她在办公室的一举一动，都在老板的监视之下了。

她可是在这里面换过衣服，也做过一些不雅的举动，不过这都不重要，反正他也光明正大地看过她的身体，得到过她的一切。重点是这种不被信任的感觉，让人心寒，也让人心有余悸。

“怎么，要我用我的方式来找你老板吗？”李子豪问了句。

朱月娥回过头，看了李子豪一眼。

此刻她陷入两难。

她知道老板就在这里，而且从这个针孔摄像头来看，老板应该就坐在办公室看着这一切。所以，她能说老板就在这里，并带李子豪去找他吗？

可她要是再坚持说不在，李子豪真的要用某种方式给会所带来麻烦，她也担不起这个责任。

“朱经理。”门口突然出现了一个人。

一个看起来五十多岁，穿着中式大褂、头戴大圆帽，手里把玩着一串手串，颇有几分儒雅的男人。

“赵总。”朱月娥一见那男人赶紧迎上前。

“听前台说有警察到我们这里来了，什么情况啊？”赵总问。

“是吗？前台是怎么知道警察到这里来的？”李子豪问。

“她长了眼睛的，你进来她不会看见吗？”赵总的语气颇有些不友好。

李子豪一笑，说道：“我穿着便衣来的，前台能知道我是警察，你们这里还真是藏龙卧虎啊。”

赵总一愣，但反应也极快，连忙解释道：“她也许听到了你和朱经理的谈话吧。”

李子豪说："不好意思，我和朱经理谈话，是在那个迎宾走了之后开始的，我记得我看了一圈屋子，听到那个脚步声走远了，才亮出的证件，所以她不可能知道。所以，我倒是觉得……"

他一指那个壁灯边的针孔摄像头："我亮证件的时候，你从那里看见了。或许，你还装了窃听器，听到了我说的话。所以，在你的经理招架不住的时候，你就赶紧露面了。我说的没错吧？"

"你还真说错了。"赵总说。

"是吗？你说说，我哪里说错了。"李子豪说。

赵总说："这里面安装的监控，是为了监督她们的上班状态，毕竟这里是上班的地方，在上班的地方安装监控不是很正常吗？而且刚才我也没有看监控，我正四处转悠呢。的确不是前台说的警察来了，我只是跟前台随便问了句，朱经理呢。前台说朱经理在和客人谈事，我想看看是不是熟人，就过来看看。听见了你和朱经理的后面几句对话，判断出你是警察。"

"这么厉害？"李子豪说，"从简单的几句对话，你就能判断出我是警察？"

赵总颇有些自豪，说道："那是当然，怎么说，我也干过那么多年的刑警，这点判断力还是有的。"

"你也干过刑警？"李子豪眉头一皱，颇感意外。

"是的。"赵总竖起一根手指来，一脸骄傲地说，"而且是超过十年的刑警生涯。"

"是吗？"李子豪问，"在哪当的刑警？"

赵总说："西河刑警支队。"

"西河刑警支队？"李子豪问，"什么时候的事？"

赵总说："七八年前吧。"

"哦，那时候我好像还没来，难怪不认识你。那后来你怎么不干了？"李子豪问。

"还能因为什么，当然是犯事了呗。"赵总说得很洒脱。

李子豪问："犯什么事？"

“这个说来话长，就不说了，以后有时间咱们喝着茶慢慢聊。”赵总说。

“也是，我差点忘了正事。”李子豪问，“你就是这西江楼的老板？”

“是。”

“叫什么？”

“鄙人姓赵，名良臣。”

“赵良臣？好，既然你也知道我的身份，现在我就问你，你和秦疤子是什么关系？”

“没什么关系啊，我和他能有什么关系？”赵良臣说，“他混的是黑道，我做的是正经生意，道不同不相为谋，能有什么关系。”

“没关系，你打电话给他干什么？”李子豪问。

“我什么时候打电话给他了？”赵良臣一头雾水的样子。

李子豪说：“我知道一个小时以前打给秦疤子的那个电话出自你的手笔，半个小时后，我用秦疤子的电话打回来，你接了，但没有说话，而是等着电话那边说话。那边没有声音，你就起了疑心，知道秦疤子有麻烦了，不想被警方知道你和秦疤子的关系，所以就在我第二次打电话过来的时候，你找了个服务员接电话，你授意她怎么回答，我没说错吧？”

“你凭什么这么认为？总得有点依据吧。”赵良臣说。

李子豪说：“依据就是，在我和那个女的通话的时候，每一句话她都会等上几秒钟再回答，显然不是她自己回答的，而是旁边有人在教她。”

“你还真是够自信的，以为这世间一切，都在你的掐指一算之间，却不知万事万物都有很多种可能，也许她接你电话时心不在焉，一边和你说话，一边忙着别的事呢，有所迟疑也正常吧。”

“不愧是做过刑警的，非常擅长强辩。”李子豪说，“行了，我过来也没指望你承认，既然这个号码是朱月娥的，电话也是朱月娥打的，那就麻烦这位朱月娥把电话交出来，跟我到刑警队走一趟吧。”

“啊？干什么？”朱月娥脸色陡变，“我又没犯法，干吗抓我？”

李子豪说：“没说你犯法，只是你牵扯到了罪案，得跟我回去接受调查而已，如果证明跟你无关，自然会放了你，走吧。”

朱月娥没有任何举动，而是看向赵良臣。

“一个电话，小事而已，兄弟何必弄得这么兴师动众呢？”赵良臣赔着笑脸，“给兄弟个面子，找时间我请兄弟喝几杯，交个朋友怎么样？我虽然不在警队里了，但里面朋友还是挺多的，当初那一批老兄弟，都做领导了，以后有机会大家可以多往来。”

“交朋友以后再说，今天先办案。”李子豪把手伸到朱月娥跟前，加重了语气，说道，“电话交出来，跟我走，非要我强制执行就没意思了。”

“去吧，为人不做亏心事，怕什么呢？反正你什么都没做，就打个电话而已，还能把你枪毙了啊，不要怕，我会找律师去接你的。”赵良臣给她吃了定心丸，也是在提醒她，只要什么都不说，就什么事都没有。

李子豪却冲着他笑了笑，说道：“别想着接她了，下一个被带走的或许就是你了。”

“我等着，看你的本事了。”赵良臣故作坦然地回答。

朱月娥将手机给了李子豪。

“是用这个电话打给秦疤子的吗？”李子豪问。

“不，不是这个。”朱月娥答。

李子豪说：“我要打给秦疤子的那个电话！”

朱月娥到办公桌的抽屉里拿出一部电话，递给了李子豪。

李子豪看着赵良臣意味深长地一笑，说道：“有意思啊，一部用来联系重要客户的电话，竟然放在抽屉里面。”

赵良臣也尴尬一笑。

他看着李子豪将朱月娥带出大门，两眼眯成一条线在那里站了很久，口中自言自语地说了一句：“你要真不识抬举的话……”

然后折身上了楼。

第二章　怪人

李子豪把朱月娥带回刑警队时，已经快十一点了。

他将朱月娥先关了起来，打算明天再审，可这时窗外一阵电闪雷鸣，接着暴雨如注，雨点随风打在窗子上，就像下冰雹一样噼里啪啦地响。

李子豪站在窗前，隔着玻璃看那万家灯火被雨打得一片模糊。

算了，先审了再说吧，反正也是要审的。

李子豪这么想着，又回到关押室提审了朱月娥。

“说说吧，那个电话到底是你打给秦疤子的，还是你的老板赵良臣打的？”李子豪直截了当地问。

“就是我打的，跟老板没关系。”

“你要知道，这个电话的内容关系到两条人命。本来不关你的事，你非要往自己身上揽的话，你这辈子很可能就毁在这么一件事上，明白吗？”

说的时候，李子豪死死盯着她的脸，发现她神色之间果然有了犹豫，她还是感到了害怕，心中不停地在权衡。

“秦疤子已经在我们警方的控制之中，他现在也是在犹豫要不要交代，一旦他说出真相，这个电话是赵良臣打给他，不是你。那么，你的罪名就是包庇杀人犯。我想我有必要跟你解释一下包庇罪。如果是包庇大案要犯的话，处三年以上十年以下有期徒刑。你现在应该也是三十多了吧，坐十年牢，出来差不多就要五十岁了，你觉得帮人撒个谎，毁了一生，值得吗？”

“关键是我没有撒谎，我说的就是事实。”朱月娥还是决定顽抗到底。

她想起了赵良臣曾经教给她的，警察最擅长的就是攻心术，她不能被李子豪给吓到了。

她知道赵良臣是什么样的人，如果她出卖了他，后果只怕不比坐牢好。所以，她必须硬扛着。

“事实？”李子豪说，“你要知道当你从抽屉里拿出那个手机的时候，我就知道那个手机不是你的了。而是因为赵良臣觉得你可能更老于世故，有一定的应变力，就授意接电话那个女的说电话是你的，然后，赵良臣就把电话给了你，让你拿着应付我。因为不是你常用的手机，所以你才没有带在身上或包里，也没有放在办公桌上，而是随手放到了抽屉里。”

“你说得这么认真，我都差点信了。”朱月娥说，“还是老板那句话，凡事得讲证据，靠猜测是没用的。你能拿出证据来，我自然心服口服，拿不出证据，说什么都枉然。”

“等明天技术科的人上班，我只要在手机上提取指纹，就知道谁用过这手机了。”李子豪说。

朱月娥说：“那你就等明天在手机上提取了指纹再说。”

“好吧，这样跟你耗着我也累，明天再说好了。反正，事情交代不清楚，你也不要想走，我无所谓。”李子豪说完起身，回到了办公室。

外面的雨还在下。

雷电一道又一道，特别暴烈，惊心动魄。

李子豪点燃了一根烟。

不知道为什么，他隐隐地预感，在这个狂风暴雨的晚上会有什么事情发生。

他想起了数天之前的那个晚上，也是一样的电闪雷鸣，狂风暴雨，蒋国富的老婆孩子在自己家里失踪，除了满屋子的用血写的死字，两个人活不见人，死不见尸。后来，又发生了一宗离奇的游艇命案，至今未破。

在很多个恍惚的瞬间，他似乎都能感觉到凶手就在他所知道的某个角落里，用一双嘲讽的眼睛看着他，而他却无法确定凶手的样子，那是个像幽灵一样的人物，是他从警以来遇到最为狡猾的罪犯。

高智商，而且专业。

但他不能认输。

若不能将其绳之以法，他这些年的警察就白干了。他预感在蒋国富的老婆孩子和周少安之后，这个凶手还会再杀人。

还会杀谁呢？

一道刺目的闪电挟带雷声，撕裂黑夜。突然，他的脑子里灵光一闪，冒出一个人来。

蒋国富！

没错，这个凶手一定会杀蒋国富！

游艇之上，凶手利用周少安引蒋国富前往，杀周少安而嫁祸蒋国富，并利用电话录音洗脱自己在华庭国际案的嫌疑，一个很完美的一箭三雕之计。可如果蒋国富安然无恙地出去了，凶手是不是会大失所望？

是不是还会对蒋国富出手？

李子豪心里顿时沸腾了起来，他觉得这是可以让凶手现形的最好办法，引蛇出洞！

只不过，蒋国富现在还背负着游艇命案的嫌疑，是没法放他出去的。

没法也得想办法！

李子豪决定了，无论如何也得找领导商量，非常时候非常手段，唯有放蒋国富出去，凶手才会上钩，他一定得说服领导。

烟已燃到尽头。

李子豪将烟头掐灭，兴冲冲地开车回家睡觉。

大雨依然滂沱，珠子般的雨点打在挡风玻璃上，雨刮器刮下去都一片模糊，雨水在街道上汇聚成了小河一般。

突然，车辆缓行，目光不经意地扫过时，李子豪看见了一辆熟悉的车子。

奥迪 A8，车牌西 D.M1N888。

董曼妮的车。

这个时候董曼妮的车怎么会在这里？

李子豪将车子驶得近了些，然后停下，抬起头看了看，停车的地方是一个酒吧，从里面传出轰隆隆地动山摇般的声音。

一群烫着爆炸头非主流的男女聚集在门口，有些人张狂而悠闲地吞吐着烟雾，有些人已经醉意阑珊、神志模糊。

这场暴雨似乎跟他们没有任何关系。

李子豪略想了想，还是找地方把车停好，走进了酒吧。

他知道，董曼妮是从不在酒吧这种地方玩的，她很反感这种地方，一片混乱，乌烟瘴气，容易让人迷失。

他知道那段感情对于两个人的重要性，因为都是真的付出过。从分手到今天，他都能清楚地看见自己心里缺失的那一块。尤其是在躺在床上辗转反侧不眠的夜里，在一个人很安静的时候，那些回忆就像汹涌的潮水般涌来，将他淹没。

酒吧的里面比外面吵很多。

进酒吧里面了才发现，外面的那场雨简直多余，根本无法感觉到它的存在。

重金属音乐如战鼓一般惊天动地，迷幻的灯光下的男男女女在舞池中狂乱地摇摆如同群魔乱舞，伴随着一阵阵尖叫声，真是一个刺激的世界。

李子豪也弄不清楚，他们到底是在放纵，还是堕落。

他的目光掠过舞池旁旁观的人群。

没有看见董曼妮。

他往里面去寻找，目光扫过那一张张陌生的脸，终于在一个柱子后的角落里看见了那张熟悉的面孔。

三个女孩坐在那里摇着色盅。

桌上的酒瓶东倒西歪了一片，可见喝了不少酒。

董曼妮大概是摇输了，端起一满杯酒，一扬脖子一饮而尽。而就在她放下杯子的那个瞬间，她的目光只是随意地往酒吧门口这边看了一眼，结果就愣住了。

李子豪就站在那里。

本来，他看见董曼妮和两个女孩坐在角落里喝酒，觉得还挺安全，准备悄无声息地离去，没想董曼妮看见了他。

他还是走了过去。

“李子豪？你怎么在这里？”同桌一个女孩大惊小怪地问。

李子豪认得她，是董曼妮很要好的闺蜜，叫谭爽，便说："来这边有点事，很巧啊，你们也在。”

“既然这么巧，坐下来喝两杯啊。”谭爽说。

“这，不合适吧，你们几个女孩子，我一个男的。”李子豪说。

他发现董曼妮装着不认识他的样子，把脸朝向了另一边。

“怕什么啊，难道你堂堂李大警官，还怕我们几个女孩子把你怎么样了吗？”谭爽说。

“你要这么说的话，那我就恭敬不如从命了。”李子豪说着，拉过一个凳子坐了下来。

谭爽说："来，我给你介绍一下，这个是我和曼妮都很好的朋友，才从国外回来，姓王，名美珍。”

同时，她也为王美珍介绍了李子豪，说是西河警界的天才，李子豪。

王美珍突然想起什么，疑问道："咦，不是说曼妮的男朋友就是西河警界的天才，叫李子……”

“美珍你不要搞错了，那是很久很久以前的事了，我现在是单身，没有男朋友。”董曼妮说。

“哦，那就是前男友了。”王美珍向李子豪端起酒杯，“来吧，曼妮的前男友，初次见面，喝一杯吧。”

李子豪跟她喝了一杯，又跟谭爽喝了一杯，然后又倒了一杯，把杯子举到董曼妮面前，说：“我们，我们也喝一杯吧。”

“我为什么要跟你喝，你很有面子吗？”董曼妮的态度很生硬。

“睡都睡过，还要什么面子？”李子豪说。

“你……”董曼妮脸色大变，一双眼如利剑般地向李子豪刺来，警告道，“我告诉你李子豪，不要以为自己是人渣还值得炫耀！”

“人渣？”李子豪说，“还真不好意思，如果我都算人渣的话，我不知道这世界哪里还能找到好人。”

“你还能要点脸吗？”董曼妮问。

“要脸？要什么脸？”李子豪说，“说实话董曼妮，不管你瞧不瞧得起我，觉得我配不配得上你。但在过去的这些年，觉得我还不错的人有很多，包括很多条件不错的女孩子，但我都保持了距离。你看见的那次，不管你信不信，我都可以负责任地说，那只是个误会。从和你认识以来，我李子豪只有一件对不起你的事，就是没法有出息，去说服你的父母，让他们同意我们在一起。除此之外，再无其他。你们慢慢玩吧，我就不打扰你们的雅兴了。”

说完，李子豪一扬脖子，自己将那满杯酒喝下，转身走了。

那一刻，董曼妮的泪水突然从眼眶滚落。

“曼妮你干什么呢？你自己也说了，其实你也不相信他会干出那样的事，那个女的也跟你解释过，只是她的一厢情愿。你明明喜欢，明明忘不了他，今天这么好的机会，我喊他坐下，大家喝几杯酒开几个玩笑，很容易就冰释前嫌了，你非要说话这么带刺的……”

“有什么用吗？”董曼妮抹了一把脸上的泪，“他如果真在乎我，就不知道跟我多说说好话？这么多天了，连个电话都没有！”

“你不是说把他都拉入黑名单了吗？他怎么给你打电话。”谭爽说。

“电话拉黑了，他不知道换电话打吗，不知道来我公司找我吗？”董曼妮问。

“哎。你都说了，他也是个有骨气的人，而且你比他条件好，他怎么可能低声下气地来求你。要不，我去帮你喊回来，你们再好好说说？”

谭爽说着，站起了身。

“算了，不要了。”董曼妮拉住了她。

“你真的非要这么倔吗？宁愿让自己难过，也要那点所谓的面子？”

董曼妮没有说话。

也许，只有她自己才知道，这无关面子的事。只是有些已经走过的路，要回过头来很难，很难。

有多少令人魂牵梦萦的东西到头来都成镜花水月，这是许多人都会经历的人生的无奈。

外面的雨已经停了。

街上到处都是积水，呼啸而过的车辆冲起大幕的水花，街边的路灯显得格外清冷。

李子豪又想起了六年前，那个华灯初上的夜。

他刚从警校回来，准备赶车回家时，途经西河一高门口，一个穿着百褶裙的长发大眼女孩，怀抱着几本书从里面出来。

真漂亮。

李子豪心里赞叹着，看见女孩走上人行道，往相反的方向而去，他颇有些遗憾地收回目光准备离开，突然发现两个男子盯上了女孩，不动声色地尾随了上去。

对面的路边，一辆银灰色的商务车徐徐而行。

李子豪发现，商务车的牌照上贴着百年好合的喜联。

本来，有很多婚车为了喜庆，会在车牌上贴一些祝福语，这很正常。

而不正常的是，婚车大多数都是好车或者新车，再不济也得像模像样，而这辆商务车很破旧，像是从废品站捡来的一样。

所以，学过刑侦的李子豪断定，车里的人是借这样一幅喜联来遮掩车牌，从而为犯罪掩盖证据。然后他还发现了，跟踪女孩的两个男子，时不时地将目光向商务车这边瞟，显然他们是一伙的。

不管这伙歹徒出于什么目的，绝不能让一个花季女孩遭到他们的毒手，李子豪当即跟在了两名男子后面。

往前两百米转角有一条岔道，两旁种着茂盛的垂柳，垂下柳枝将路灯的光都挡去大半，使得路面看起来特别阴暗。不过，晚上九点的时候，还有不少来往的车辆或行人，倒也没什么可怕。

女孩往岔道里走了大约一百米的样子，后面两个尾随的男子突然加快脚步，远远跟着的商务车也突然加速向那边靠近。

李子豪意识到要出事了，当即也加快脚步跟过去。

果然，两个男子快步接近到女孩身边，一左一右，配合默契，将她夹住，并捂住她的嘴，阻止她呼救。

猛一看，不过两个人攀着一个人而已。

树荫下光线很暗，商务车也正好停靠过来，挡住了道路另外一边的视线，所以很难看出动静。

车上的人“哗啦”一声将车门拉开，两名男子当即就要把女孩往商务车上推。

李子豪出手了。

他一脚将一名男子踹倒在地，顺手就将女孩拉下车，护在身后。

“你干什么？找死啊！”另一男子看着李子豪，一脸凶狠之气。

“我看，找死的应该是你才对。”李子豪淡淡地说。

“老子就让你看看谁找死！”男子一咬牙，竟然从裤兜里掏出一把弹簧刀来。

车上也下来了两个手拿匕首的男子，一起朝李子豪冲过来。

女孩吓得抓紧李子豪的手臂。

“别怕，有我呢。”李子豪一脸淡然。

几名男子挥着刀子向李子豪扑来，李子豪就站在原地，左右腿换着踢了几脚，手都没用得上，一共五名男子，都倒在地上“哎哟”直叫了。

要知道他在全省警校比武大赛上靠腿出名，什么“铁腿”“飞毛腿”绝非浪得虚名，跑得快，踢人狠，岂是这些渣渣能受得了的。

李子豪打电话报了警，几名歹徒交代，因为女孩家里有钱，他们赌钱输了，就想绑架她，敲诈点钱用。

这个女孩就是董曼妮。

两个人的爱情从那里开始，很美好的开始。然而，却不是理想的结局。

明明相爱的两个人，为什么就形同陌路了呢?

即使心里放不下，也只有放手了。

闹钟在七点钟准时响起。

李子豪一翻身起床，洗漱完准备出门时，老妈喊住了他，问他婚房看得怎么样了，说曼妮也有好些日子没来家里玩了，要不喊她到家里来吃个饭。

“我还有个要紧的案子要办呢，回头再说啊，妈。”甩下一句话，李子豪就赶紧夺门而逃。

相比失恋的难受，他更怕对老妈有什么伤害。

老妈喜欢曼妮，而且把她毕生的钱都拿出来给他，帮他买婚房，而他却把媳妇搞没了，怎么向老妈交代?

其实，这些年他一直在很努力地让自己更优秀，希望能保护好家人和朋友，然而，在强大的现实和命运面前，他却仍然活得像个小丑。

他在路边摊上买了一杯豆浆两根油条，先放在车上，便直奔刑警队。他前脚赶到办公室，袁雨佳后脚就到了。

“咦，豪哥你最近上班都来得挺早啊。”袁雨佳边说着边凑过来，少女身上的芳香格外醉人。

那双眼看他的时候，永远都有一种闪亮的光芒。

李子豪咬了一口油条，口齿不清地说：“不只是来得早，回去得还晚，我都觉得自己有点像超人了。”

“怎么，昨晚我们走了以后你又加班了吗？”袁雨佳问。

“那还用说吗？对了，你等下去给我查个号码的通话记录。”李子豪道。

“什么号码？”袁雨佳问。

李子豪当即把朱月娥的那个号码告诉了袁雨佳：“一是查号码的登记名，二是查通话记录。如果通话频繁，就查一个月的；如果通话较少，就查半年的。”

袁雨佳领命而去。

李子豪边吃早饭，边合计着怎么跟领导请示放蒋国富出去，引凶手上钩的事。

将早饭吃完，韩松和老铁他们也都陆续来上班了。

李子豪让韩松把朱月娥从抽屉里拿出来的手机送去技术科，做一下检验。

然后，他便往刑警队长王永年的办公室的方向走向，才走到半路，身上的电话就响了起来。

他拿起电话一看，竟然是王永年打来的，当即便接了，喊了声：“王队。”

“你在队里吗？”王永年问。

李子豪说：“在，王队有什么事吗？”

王永年说：“刚接到大安所的消息，说是在大安路发现了张志强的尸体，你赶紧过去看看。”

“张志强？”李子豪愣了一下，马上想了起来，“强子？那个秦疤子的手下？”

王永年说：“对，就是他，昨晚我们全城搜捕的那个。”

“他死了？”李子豪问，“什么情况？”

“被杀的吧。”王永年说，“据说一共死了四个人，现场惨不忍睹。”

“死了四个人？”李子豪更是大感意外。

“是的，不跟你说了，你赶紧带人去看看吧，因为是你这里的涉案人，所以就交给你了。”王永年说。

“是，我马上跟大安所那边联系。”

李子豪挂掉电话，接着给大安派出所那边打了过去，让他们把具体的案发地址说一声。

随后，他叫上韩松和白一龙，以及技术鉴定人员，立即启程前往案发现场。

“又发生什么大案子了吗，豪哥？这么急。”韩松问。

白一龙接话道：“重点是我们手里已经有好几个案子，都忙不过来了，管他什么案子，就不能让其他兄弟去办吗？”

“强子死了，你说给谁去办？”李子豪问。

“什么，强子死了？秦疤子那个手下吗？”白一龙也大感意外，问道，“怎么死的？”

李子豪说：“我也不清楚，应该是被杀？”

“被杀？”白一龙说，“也太巧了点吧，强子可是四眼被杀案的疑犯，是可以指正秦疤子的重要证人，他这时候被杀了？”

“难道被秦疤子灭口了？”韩松疑问。

白一龙说：“秦疤子被关着的，电话都被收缴了，怎么灭口？”

“要不然呢，他怎么会在这个节骨眼上被杀？”韩松说，“昨晚才全城搜捕他，今天就死了？”

李子豪没有说话，他也在想这个问题。

如果只是一般道上恩怨寻仇，那也未免太过巧合了。如果不是巧合，那又是怎么回事呢？

时间正是早班高峰期，路上比较拥堵，平常二十分钟可以出城，今天开了近一个小时。出城后又在畅通无阻的城乡公路上开了一个多小时，李子豪一行才赶到案发现场。

案发现场真是惨不忍睹。

李子豪向负责的警察做了自我介绍，然后询问具体情况。

负责的警察叫邱安亮，说早上七点左右，一户人家的狗不停地叫唤，惊动了主人，跟着狗的叫声过来发现了案发现场，于是报了警。

他们接警过来，发现案情重大，并且从死者的身上搜出了一张身份证，名字叫张志强，想起了昨晚市局要抓的人，于是就赶紧向市局汇报了，犯罪现场保护完好。

李子豪又看了眼现场，除了尸体、血迹之外，还有几把掉在地上的刀子，三把长的，一把短的。

除此之外，在强子的身旁还有一把仿军用手枪！

但没有发现弹壳，所以应该排除开枪的可能。如果开枪的话，昨晚就应该惊动附近的居民，而不会等到今早被狗发现了。

李子豪戴上手套，很小心地检查了几具尸体，发现四个人的死因都一致，而且特别简单。

除了满脸都是恶意划开的密密麻麻的口子外，就只有颈动脉上有伤口了，那是唯一的致命伤。

那一道伤口细长，且规则。

和脸上的伤型吻合，是被一种超薄的利器所伤，李子豪第一时间就想到了那种刮胡子用的刀片。

他又看了看地上的四把刀子，三把带柄约一尺长，属于中规中矩的匕首；一把带柄也不过半尺，像是削水果用的。

这四把刀子，都不是造成颈部致命伤口的凶器，而且几把刀子的刀刃都没有血迹，非常干净。

他又看了眼强子身边的枪，捡起来退下弹夹，里面是满的。

看到这里，李子豪心里大致有数了。

从现场来看，强子和死去的另外三人应该是一伙的，都是被刀片类的东西割破颈动脉而死。

一开始，应该是四个人都用了刀子和凶手搏杀，却不敌凶手。到最后，为首的强子拔枪了，然而他还来不及开枪，就被对方击杀。

现在还不能断定凶手是一个还是几个。这个需要技术人员提取现场痕迹分析后才知道。不过李子豪觉得，凶手应该是一个。因为几个人都用刀片做凶器，而且连杀人手法都如此一致，可能性太小。

如果凶手是一个人的话，那就真的太可怕了。

以一人之力击杀四人，而且还都是秦疤子的得力手下，他们都有刀枪在手，却没有机会反击，可见这名凶手的身手了得。凶手将四人杀死之后，并没有立即逃跑，而是将四人的脸划得面目全非，惨不忍睹，可见其心理素质强大，手段残忍，甚至性格上还可能有些变态。

那么最重要的问题来了，这个凶狠又变态的凶手，为什么杀了强子四个人呢？而且还是在秦疤子被抓，强子被通缉的这个节骨眼上。

李子豪又仔细观察了一下周围的环境。

这是一片闲置的庄稼地，后面大概两百米是一条城乡公路，前面不远处是一条小河沟，河沟后面是山。

为什么案发现场是这里？

凶手是原本和强子几人一行的，临时动手；还是早有预谋，尾随至此？或者根本就是偶遇而发生的冲突？

李子豪的目光突然落在现场的一双脚印上。

那双脚印很大，至少有45码，说明其身高至少有180厘米。而鞋的印痕极深，可见其体格巨大魁梧。仔细查看，鞋的印痕则类似于大头皮鞋之类，这尤其让李子豪感到奇怪。

因为现在不过九月，在西河还属于很热的天气，谁会穿这种鞋子呢？热天穿这种鞋子的话，不透气，太闷脚了。

技术科的人员当即着手做现场技术勘查，提取现场足迹、刀枪上的指纹，对伤口及死亡原因进行鉴定。

经过检验，现场留下的四把刀子，分别和强子四个死者的指纹对应，说明刀子确实是强子四个人的。仿军用手枪上是强子的指纹。

现场脚印除了警察和强子四人之外，有两个陌生人和一只狗的脚印，其中一个陌生脚印证实为狗主人，也就是报案人的脚印。

所以，剩下的另外一个脚印，不用说就是凶手的脚印了。

而那个脚印就是李子豪觉得很奇怪的脚印。

“这双鞋印有点不应该啊。”技术员梁博自言自语道。

白一龙问：“什么叫不应该？”

梁博说：“这种鞋印一看就是军用的大头皮鞋，这种鞋子往往在冬天才会穿，现在才九月，天气还太热了。”

“这个……”李子豪说，“也可以理解，每个人有每个人的癖好或是习惯，就好比有些男人即便再热的天也不穿短裤，有些女人即便再热的天也不会穿裙子。这个凶手有些变态，有些与众不同的生活习惯也不足为怪。”

梁博说：“倒也是。”

李子豪说：“从还保留的血迹和现场来看，这场凶杀案应该是在昨晚十二点后发生的，这对于现场和现场周围的证据保留很有利，因为这个时间点周围几乎都没什么人了，你们在周边仔细找找，看一下凶手是怎么来的。”

“你怎么认定凶案是发生在昨晚十二点后的呢？”梁博奇怪地问。

李子豪说：“因为我记得昨天晚上的雨是在临近十二点停的，从现场保留的痕迹来看，肯定是在雨停后发生的这一切。如果是在下雨前或者下雨时，不可能留下这么完整的现场痕迹。所以，这场雨很不错，让我们破案顺利了不少。”

梁博点头道：“是的，我们在周边搜寻下，看会不会有什么发现。”

“对了。”李子豪突然想起，“把这几个死者的指纹提取后，跟我们在大坪山现场的指纹对比下，虽然我大概可以断定大坪山凶杀案一定跟这个强子有关，但还是需要证实。”

梁博说：“行，我们先勘查现场，到时出对比结果了告诉你。”

李子豪又循着那双大头皮鞋的脚印找了找，在地里走过的痕迹都很明显，直到那条城乡公路上，鞋印消失了。

可见，凶手也是乘坐交通工具来的。

然而这条公路上车来车往，凶手留下的车痕早就被毁掉了，无法查证。

如果说凶手开着他的车子走了，那么被杀死的强子四人呢？

他们不可能走路到这个地方来吧，他们的车子呢？

他又把目光看向不远处的凶杀现场，为什么会是在那里？从凌乱的足迹上判断，那里就是案发第一现场，而非凶手将几人的尸体转移至那里。凶手也没必要把四个人的尸体转移到那里，因为那并不是一个足够隐蔽的地方。

强子四个人为什么会去那里呢？

李子豪的目光看向远处，看到了那座山，猜测他们是打算到山里藏起来呢，还是打算到山的那边去。

他让白一龙去喊了辖区民警过来，问山那边是哪里。

民警说："山后面是一个村子，叫槐树村。"

"这个槐树村有什么特别的吗？"李子豪问。

"特别？"民警仔细想了想，摇头，"也没什么特别吧。不过，地理位置倒是有点特别。"

"地理位置有什么特别？"李子豪问。

民警说："这个村子在西河市边缘，另一边则是另外一个省汉中省的南溪县边界。"

"原来如此。"李子豪说，"我总算明白了，看来强子他们是了解这个地方，打算从这里逃到省外！"

白一龙说："逃到省外有什么用啊，现在是全网通缉，只要在国内，他跑哪儿不都一样吗？"

"那可不一样。"李子豪说，"像强子这种，还没有经过证实的嫌疑人，如果只是在本省还好查，如果逃到省外，是没法大张旗鼓地通缉的。所以，只要逃到省外，还是好藏身的。”

白一龙说：“倒也是。只是，他们为什么会在这里被杀呢？”

李子豪说：“凶手在这里和他们狭路相逢而发生冲突的可能性几乎为零。所以，最大的可能是凶手和他们一同前来，到这里的时候，凶手觉得时机到了，就动手了。还有一种可能是凶手并非和他们一起，但知道他们的行踪，尾随至此，然后在这里动的手。”

白一龙说：“要这么说的话，无论是一同前来，还是尾随而来，都说明了凶手是蓄意的，那么他的动机何在？如果是寻仇，那他跟这四个人都有仇吗？”

“我觉得，不大可能是寻仇。”李子豪说。

“为什么？”白一龙问。

李子豪说：“你想啊，如果是寻仇的话，这个凶手如此之狠，他不管什么时候报仇，强子也别想逃得过，他为什么要等警察到处找强子的时候才动手呢？”

“那就只有一种可能了。”白一龙说，“凶手不想让强子被警察找到，所以，就赶在警察找到他之前把他杀了？”

韩松说：“然而，从我们所知的信息来看，最怕强子被警方找到的就是秦疤子了，而秦疤子却被我们关着，手机也被我们没收。所以，不可能是秦疤子指使的杀人灭口。除了他，还会有谁？”

白一龙摇头道：“似乎想不出谁了，强子是秦疤子的心腹，他只为秦疤子卖命，除了秦疤子以外，也没有谁有理由或实力来灭他的口了。蒋国富倒是可以，可他没必要来灭强子的口啊，他巴不得强子出事，把秦疤子吐出来呢。何况，蒋国富也关着的。”

“会不会是？”韩松突然欲言又止。

“会不会是什么？”李子豪问。

韩松说：“我突然想起，会不会是那个制造了华庭国际案和游艇凶杀案的神秘凶手？”

“这个案子跟前面两个案子没有共性啊，你怎么会这么认为？”李子豪颇感奇怪地道。

韩松说：“是没有共性，我只是觉得这两个案子都很奇怪，凶手都让人难以琢磨，突然就想到了。更何况华庭国际的那个凶手最擅长的就是故布疑阵，谁知道他是不是故意穿了一双军用大头皮鞋来混淆视线呢？”

“嗯，你这么说倒也不是没可能。”李子豪说，“毕竟我也经手案件无数，和各种凶残狡猾的罪犯打过交道，唯独从华庭国际开始遇到的这几个案子，让我感到了凶手的深不可测，还真说不准他和这个强子有什么恩怨。”

“还真可能是。”白一龙也同意道，“你们看啊，蒋国富，周少安，还有强子，这几个人都是有恩怨联系的，说不定这几个人就是因为某一件事跟凶手有关联了呢？”

“把证物带回去，都好好想想吧。”李子豪说完便开车返回城区。

在路上的时候，袁雨佳打来电话，说已经查了朱月娥那个号码这半年来的通话记录。

李子豪说：“怎么，你查到了半年的通话记录？意思是通话很少吗？”

他记得当时对袁雨佳吩咐的，如果通话频繁，就查一个月的；如果通话较少，就查半年的。

袁雨佳说：“不是很少，而是相当少。半年的通话记录也不过几个人，十来次通话而已。”

“这么少？”李子豪更感到意外了，“行，等我回来再说吧。”

他马上意识到这里面存在巨大的问题。

朱月娥说那是茶叶推销电话，专门打给一些能喝得起名贵茶叶的成功人士，如果是这样的话，这个号码的通话应该很频繁才对。不说像有的推销员每天把电话打爆，但一天几个电话是免不了的。

然而，按照袁雨佳所说，这个号码半年不过十来个通话记录，一个月都难得有两个通话，这果然不是一个正常的号码！

能从这里找到撕开秦疤子的突破口吗?

李子豪心里的那股劲儿又来了，似乎又看见了重重迷雾中的一线光亮。

在临下班之前，李子豪赶回了刑警队，他找袁雨佳拿了那份通话记录，立马就看出了更大的问题。

半年时间，一共有十四次通话。而集中在这个月的就有六次通话，前面五个月一共才八次通话。其间有两个月一个通话都没有。

说明这个电话是用于联系某种重要事情的专号，而这个月的发生事情比较多，所以联系得比较多。

李子豪又注意了这半年的十四次通话，只打给三个号码。

而看到其中两个号码的时候，李子豪还是大大地意外了一下。除了秦疤子的号码外，另外一个号码，竟然是蒋国富的!

对方竟然与秦疤子和蒋国富两人同时保持着秘密通话?

这就更激起了李子豪对第三个通话号码的兴趣。

“哎，忘记叮嘱你了，查通话记录的时候应该顺便查一下这些号码的户主身份，现在又得麻烦你跑一趟。”李子豪说。

“我看了，就三个通话号码，你要查哪个号码的身份啊?”袁雨佳问。

“有两个我都知道了，是蒋国富和秦疤子的，还有另外一个，这个——”李子豪指着说，“把这个查出来。”

“哎，一丁点儿事要跑几次，没有这么折磨下属的吧。”袁雨佳故意开玩笑说。

“这两天忙得焦头烂额的，是我疏忽了。但案子重要，开不得玩笑，就当帮我个忙了。”李子豪说。

“帮你忙可以啊。”袁雨佳说，“但你得请我吃午饭，也不需要多贵的，吃个肯德基，或者牛排，我也不挑剔。”

李子豪看了看时间，都十二点半了，耽误了人家半个小时的下班时间，请吃个饭也理所当然，当即就说：“行，想吃什么你自己说，我请。”

“真的请?”袁雨佳一脸不相信地问。

“这有什么值得怀疑的吗？”李子豪说，“我也不是多吝啬的人吧，请顿饭都值得怀疑吗？”

“不是不是。”袁雨佳笑道，“我知道豪哥你大方。”

李子豪说：“行，你说吃什么吧。”

“我想想啊？”袁雨佳说，“听朋友说新开路开了一家精品牛排挺不错，我都快一个月没有吃牛排了，就去那里怎么样？”

“走吧。”李子豪二话没说答应道。

“哈哈哈，真好，又可以打牙祭了。”袁雨佳高兴得像个孩子一样。

李子豪不禁摇头叹息，心想：这就是传说中的吃货？

吃个东西而已，比起人家洞房花烛、金榜题名都还欢喜？

其实，他不知道，袁雨佳喜欢吃牛排只是其次，更重要的是和他一起吃牛排，所以才这么开心。

有时候，和喜欢的人在一起，比起得到全世界都让人开心。

袁雨佳说的精品牛排店离刑警队并不是很远，开车也就十来分钟，里面环境挺不错，空间宽敞而明亮，布置得浪漫舒适，放着非常轻柔的音乐。两个人对面而坐，很有情调。

李子豪让袁雨佳点了单，他又在想，朱月娥通话记录上的另一个号码是谁呢？

他觉得在哪里见过，却想不起来。

反正他知道那绝不是一个简单人物。

“对了豪哥，给你个福利怎么样？”袁雨佳见李子豪也不说话，试图活跃一下气氛。

“福利？”李子豪问，“什么福利？”

袁雨佳说：“你经常请我吃饭，我总得给你点回报吧。来而不往非礼也，是不是？要我帮你做点什么吗？”

李子豪说：“不是让你帮我去查那个号码了吗？”

“这个开玩笑的你也当真，做这些事都是我分内的事而已，所以，不算帮你。”袁雨佳说。

“好像是这个道理。”李子豪说。

袁雨佳说：“所以，你可以提点私人的事，让我帮你。”

“私人的事？”李子豪皱眉道，“我有什么私人的事需要你帮的吗？我能摆平的事就不需要你了，我摆不平的，你就更不用说了。”

袁雨佳说：“你别一想就是那些大麻烦啊，生活里不是有很多零零碎碎的琐事吗？”

“琐事？”李子豪问，“什么？”

“譬如，洗衣服这些啊。”袁雨佳说，“你看这一阵案子接二连三的，你忙得不可开交，这些事也很分心的，如果我帮你解决的话，是不是会轻松很多呢？”

“这个……”李子豪看着袁雨佳，那双明亮的眼睛里有种动人的东西，让他的心里一颤，他似乎明白了什么。

说实话，她真是个不错的女孩。可是李子豪对她的喜欢并不是那么强烈，他心里真正喜欢的人还是董曼妮。

“算了吧，我家有洗衣机呢，就不麻烦你了。”他还是婉拒了。

“洗衣机？”袁雨佳说，“那也不是什么都能洗的啊，譬如袜子，还有质量好的衣服，洗衣机很容易洗坏。再说了，就算用洗衣机，把东西丢进去，放洗衣液，晾晒，也需要时间的。”

“如果你真想帮我，就想想这几个案子吧。”李子豪说，“案子影响大，领导追得紧，而且一波未平一波又起的，搞不好工作都得丢了。所以你还是多花点时间，帮我想想案子的突破口吧。”

“你这个天才刑警都被难住了？”袁雨佳问。

李子豪笑道：“天才刑警还不都是人？只要是人，总有力所不及嘛。我要真的什么案子都能破的话，公安部都得来请我了。”

“可我听说你在西河刑警队的这几年，确实就没有过破不了的案子啊。”

袁雨佳说。

李子豪说："这是事实。但之前遇到的那些案犯，都还好对付，也有作案手段专业的，但都中规中矩。这次的案犯就不一样了，不只专业，而且深不可测，再过一个月破不了案的话，只怕得请省厅专家来了。"

"唉，也是。我都只是在书上读到过杀人不留痕迹的，没想现在还真的遇到了。好了，我也不逗你了，这个给你。"袁雨佳说着拿出一张纸递过来。

李子豪狐疑地接过一看，不禁心头一跳。

这是他做梦也没有想到的，在那部电话的通话记录里除了秦疤子和蒋国富的，第三个号码主人，竟然是周国昌！

难怪他觉得那个号码似曾相识。

他的手机上存着周国昌的电话，但跟周国昌没什么联系，前面因为周少安的案子才有一点交集，所以对他的号码只有隐隐约约的印象。

居然是他？

他可是一个正经的生意人，一个从不沾染江湖是非的企业家，李子豪在西河市长大，在这里做了六年警察，都没有听说过周国昌和哪个江湖人物有半点瓜葛，就连周少安的那些狐朋狗友，周国昌都拒绝来往。

如今他竟和秦疤子和蒋国富这种江湖巨头扯到了一起？

而且用这种秘密方式联系，里面一定有猫腻。这和华庭国际人口失踪案及游艇凶杀案有什么联系吗？

"怎么，没想到我有这么聪明吧，知道你要了通话记录，还要号码主人，就一起给你办了。"袁雨佳一脸得意地说。

"嗯，好好干，有前途。"李子豪敷衍地说。

他脑子里还是在想着这三个人之间可能存在的一些牵连。

袁雨佳又说："我倒是很好奇，朱月娥这个电话是干什么用啊，怎么半年时间就这三个联系人？而且这三个人还不是一般人，都是西河市大名鼎鼎的人物。"

"这个号码不是朱月娥的。"李子豪说。

“不是朱月娥的？”袁雨佳问，“那是谁的？号码确实没有户主登记，是一个多年前的号码。”

李子豪说：“是她老板的。”

“她老板？谁啊？”袁雨佳问。

“叫赵良臣，听说过吗？”李子豪问。

袁雨佳摇头道：“没听说过，什么人？”

李子豪说：“他自己说曾经也是西河刑警的一员，后来犯了事就退了，现在具体在干什么，还不得而知。我在西河待了六年，都没听说过这个人，可见他藏得有多深。”

“也就是说，是这个人向秦疤子泄露了消息，导致了强子的逃跑？”袁雨佳问。

李子豪说：“八九不离十。”

袁雨佳说：“既然有这么大可能，把他抓回来审问就知道了。”

李子豪摇头道：“没这么容易。”

“有什么难的吗？”袁雨佳问。

李子豪说：“难在秦疤子不承认这个电话是赵良臣打的，而赵良臣也不承认这个电话是他的，说是朱月娥的，而朱月娥和秦疤子的联系，也只是为了推销茶叶而已。”

“那就抓了这个朱月娥，从她身上打开缺口。”袁雨佳说。

李子豪说：“昨晚我已经把她带回来了，关着呢，准备上午审她的，结果突然有案子，还没来得及审。”

“对了，你们上午去哪了，什么案子？”袁雨佳问。

李子豪说：“强子被杀了。”

“强子被杀了？”袁雨佳瞪大眼睛，问道，“就是昨晚跑掉的那个强子吗？”

李子豪点了点头。

“谁杀的？因为什么事？”袁雨佳问。

李子豪说："我要是知道就不头疼了，这可能是继华庭国际人口失踪案和游艇凶杀案后第三个让我觉得头疼的案子。我感觉他们就像一张严实的网，把我困在里面，我拼尽全力，却始终找不到那个出口。"

"不急不急，这一个月还不到呢。"袁雨佳说，"我听说有些案子好几个月甚至好几年才破。"

李子豪说："就是不到一个月，就发生了这么多案子，还都互有关联，这才是让人头痛的地方。如果我们不尽早破案，抓到凶手，接下来肯定还会有命案发生。"

袁雨佳恨恨不已，说道："这个罪犯真是猖狂，明知警方在全力侦破案件，却丝毫也不收敛，真是可恶！"

李子豪说："他这明明就是在挑衅警方，嘲笑警方无能。若不能将他绳之以法，还让他继续犯案，真对不起刑警这个职业。"

袁雨佳说："行，从今天起，无论是刮风下雨，还是上班下班，只要豪哥你有用得着我的地方，只管吩咐，我一定全力以赴，帮助豪哥，抓这个丧心病狂的罪犯！"

看着那明亮而炙热的眼神，李子豪觉得心里有一种暖意轻轻地流过，他想：她真是个不错的女孩。

第三章　背后大哥

下午的时候，李子豪带着袁雨佳去提审了朱月娥，问那个号码到底是不是她的。

大概经过了一夜的冷静，朱月娥又恢复了一个社交女人的油滑和老练，她很爽快地承认号码就是她的。

她还反问："不是我的号码，我干吗要说成自己的？我又没疯没癫的。"

"你是觉得赵良臣能保你无事，还是怕他报复你？所以你要帮他背这个锅？"李子豪问。

"什么保我报复我的，我不知道你在说什么。"朱月娥装糊涂。

"你知道我在说什么，但你装听不懂。"李子豪说，"行，那我就说点你懂的吧，你说你不知道秦疤子是谁，他只是你的茶叶推销对象，而且因为你每天要打很多茶叶推销电话，所以你给谁打了都记不清楚，是吗？"

"是啊，有问题吗？"朱月娥问。

"是就对了，我给你看样东西吧。"李子豪说着，把袁雨佳去通信公司拿回来的通话记录递到她面前。

"知道这是什么吗？"李子豪问。

朱月娥看着打印单上的通话记录，没明白李子豪的意图，还是说："这不是通话记录吗，怎么了？"

"那你看清楚了，这是谁的通话记录？"李子豪问。

朱月娥的目光看到了户主的那个号码，却是一脸陌生。

"这是……我的？"朱月娥问。

李子豪说："很可笑吧，你连自己的号码都认不出了，更像是猜出来的一样。看来，这个号码一直是你老板在用，而且用得很隐秘，所以你也不知道。你只是被临时拉出来垫背的而已，可惜没有经过排练，以至于你的回答漏洞百出。"

"什么叫漏洞百出，因为这是业务用的号码，又不是我的日用号码，我不记得又怎么了。除了我的常用号码，其他朋友的号码我都一概不记得呢。不只是我，很多朋友都一样，因为存了名字，拨打的时候找到名字就打出去了，电话丢了，那些朋友的号码也就不记得了，很奇怪吗？"朱月娥还在强辩。

她毕竟也是见过一些世面的，而且做客户经理，与人沟通交流挺多，应变能力确实不错。

"好吧，就当你说得有理。"李子豪说，"那就再把你的眼睛睁大点，看看这上面的通话记录，有什么问题没有？"

朱月娥真的把眼睛睁大，在上面来来回回地看了几遍，就是呼入和呼出的通话记录，却并没有看出什么名堂。

"发现问题了吗？"李子豪问。

"什么问题？"朱月娥茫然地问道。

李子豪说："你看清楚了，这张纸上显示的是半年的通话记录，半年，十四次通话。最近一个月有六次通话，也是平均在一个星期一次。而其中有两个月都没有通话，这就是你说的每天都会打好几个让你记不起给谁打过的茶叶推销电话？"

经李子豪提醒，朱月娥这才注意到呼入和呼出电话的时间，她还一直以为那些电话有什么问题呢。

这下子，她无法反驳了。

李子豪继续说："昨天，也就四次通话，一次是呼出，三次是呼入，除了我用警用电话打过一次之外，另外的呼出和呼入都是同一个号码，也就是秦疤子的号码。也就是说，昨天这个号码就只打过一个电话出去，打给秦疤子的，你竟然说你一天打了很多个电话，你都不记得给秦疤子打过？有没有觉得你这个只是经过你老板临时授意却排练得不够充分的谎言，根本就是破绽百出，完全没法自圆其说？"

朱月娥不说话了，此刻的她面对李子豪的犀利逼问，如芒刺在背。她很清楚，凭她这点道行，不可能是李子豪的对手。

"好吧，再给你个机会。"李子豪说，"你说这是你的号码，半年才十几次通话，十几次通话一共三个号码。换种说法就是你在半年之内，只和三个人联系了。那么你和这三个人肯定不是一般地熟悉，除了秦疤子外，你告诉我这另外两个号码是谁的。只要你能说出来，我就相信这个号码是你的了。"

"我不记得了，我脑子很乱，这几天觉没睡好，记性也不好，所以你就不要问我了。"朱月娥并不认识另外两个号码，所以只能回避这个问题。

不只是这个问题，恐怕对于李子豪要问的其他问题都一样，她根本一无所知，她就是被赵良臣推出来做挡箭牌而已。

没承想，她根本挡不住李子豪的攻势。所以，她没法再应付李子豪的逼问。唯一的办法，就是什么都不回答。

"你不知道吗，还是由我来告诉你吧。"李子豪说着，拿过袁雨佳吃饭时给他的那张通话号码的身份备注，"看清楚了，这是半年时间的三个通话对象，你对他们的号码不熟，但对他们的人应该不陌生吧。"

朱月娥抬起头，看着那张纸，上面有三个名字：秦万勇、蒋国富、周国昌。

这三个名字她都知道，两个西河道上的大哥大，一个西河亿万富豪。

在西河这地方，都是如雷贯耳的人物。

“认识吗？”李子豪又问。

朱月娥说：“当然认识了，都是我的客户，怎么会不认识。”

“都是你的客户？”李子豪问，“向他们推销茶叶？半年时间，你就向这三个客户推销茶叶？”

“实话说吧，他们三个都在我们会所玩过，所以我们认识。不但认识，而且他们还对我有意思，一直想和我发生某种关系，但我只是为了生意与他们斡旋而已，所以我一直不想承认和他们认识的，既然你都查得这么清楚了，我也只能承认了。”赵月娥不愧是老油条，从平常对那些男人的应酬中得到灵感，撒了一个看起来可信度很高的谎。

“你还想把这个谎继续撒下去吗？”李子豪问。

朱月娥摆出一副无赖相，说道：“我说的是真话，你非要认为我撒谎，我有什么办法。”

李子豪突然拉下脸，一巴掌狠狠拍在桌子上，连旁边的袁雨佳都被吓了一跳，他指着朱月娥，声音也严厉了许多：“我再跟你强调一遍，这个案子关系到两条人命，而且跟好几个省公安厅盯着的大案牵连。你看这上面的人物就知道了，秦疤子和蒋门神可是盘踞西河近十年的黑恶势力龙头，现在就是拿他们开刀的时候，他们两个就关在这里。我知道你的老板和他们有关系，在我们去抓捕犯人之前，是他打电话给秦疤子通风报信，让犯人逃跑。除此之外，他们之间只怕还有更多见不得人的勾当，你大概也知道你老板是个什么货色了，你是想帮他坐牢，还是想代他被枪毙啊！”

朱月娥不说话了。

是的，她知道赵良臣是什么人，一个深藏不露却又可以呼风唤雨的人，然而，这也正是让她害怕的地方。如果说出了真相，她会面临什么样的灾难？

“行了雨佳，她既然愿意担这个罪，说号码是她的，电话也是她打的，那让嫌疑人跑掉这个罪就算她的吧。无所谓，我们只要有个人能交差就行了，你等下把案卷交上去，明天就把她转看守所去，她大概比较喜欢和那些变态的囚犯一起生活。”边说着，李子豪站起身，挡住朱月娥，给袁雨佳使了个眼色。

袁雨佳会意，故意说：“豪哥，这样不好吧。”

“有什么不好的？”李子豪问。

袁雨佳说：“我听说最近那里关着一个男人婆，练散打的，超级变态，总让其他女囚做一些让人无法忍受的事情，谁不听话，就会经受各种非人的折磨，她这种死脑筋的人，送进去只怕都活不成啊。”

“这些你就不要管了。”李子豪说，“我们只负责案子侦破，至于罪犯会过什么样的生活，被虐待，还是被打死，不是该我们管的。何况，如果后面还查出这个号码更多的问题，她迟早也是要跟蒋门神他们一起被枪毙的，你就不要杞人忧天了。”

“那好吧，我去办。”袁雨佳说完，打算跟李子豪离开。

“等下，等下。”朱月娥赶紧喊道。

她并不知道具体的法律程序，什么证据和口供都没有，根本没法定她的罪，但她被李子豪绕晕了，再被袁雨佳一吓，真怕了。她虽然没有坐过牢，但看过监狱风云，也认识一些过来人聊起过牢中的可怕。就更别说李子豪说还可能跟蒋门神他们一起被枪毙。

她知道蒋门神涉嫌杀害周少安被抓的事。所以，她心里的那道防线一下子就崩溃了。

“还有什么遗言吗？”李子豪回过身，故意说。

“我想问你们一件事。”朱月娥说。

李子豪问：“什么事？”

朱月娥说：“如果我都交代了，你们会不会保护我？”

“保护？”李子豪问，“你是担心你老板报复你？”

朱月娥点头。

李子豪说："放心吧，你只要交代了，被抓的就是他，他人都被抓了，还怎么报复你？而且他也不会报复你的，他说他做过刑警，那么他就知道，但凡是被刑警队抓来的人，就没有过不说真话的，怪不得你。行了，把你知道的都说出来吧。"

朱月娥说："那个号码不是我的，是昨天老板拿给我，让我说是我的。"

"嗯，那你为什么要说这个号码是你的，电话也是你打的呢？"李子豪问。

朱月娥说："这个星期本来不该我晚班，我正在家呢，老板突然就打电话找我，让我以最快的时间去会所。我去之后，他把电话给了我，让我说号码是我的，电话也是我打的，还教我说如果警察来查问，就说只打给客户推销茶叶，问其他的我就说什么都不知道。"

"所以，我没猜错，我第一次打电话，那边接了，但没声音，然后就挂了，那是你老板。他自己不敢接电话，怕暴露自己。然后我第二次打过去，他应该是临时拉了一个女孩接了电话，谎称是做茶叶推销的。当我说了身份，要找她的时候，你老板就让她说了朱月娥的名字，因为你老板知道你比那个女孩要老练，更适合和警察斡旋。通话之后，她就喊你出来应付了。所以我一去那里听你的声音就知道了，你根本不是接电话的那个女的。"

"我已经说了实情，号码不是我的，电话也不是我打的，你们可以放我走了吧？"

"别急，还得聊聊你的老板。"

"聊老板什么？"

"你们老板不是什么好人，那个会所也不是做什么正经生意的吧？"

"这个，这个我就不知道了。"

"你在那里上班，而且还是客户经理，你会不知道？"

"我就负责招呼客人而已。"

“招呼客人？说说，都是些什么样的客人，怎么招呼啊？”

“多数我都不认识，是老板的朋友，老板也不让我多问。”

“多数你不认识，那少数你认识的呢，是些什么人？”

“就是……就是，一些比较有头有脸的。”

“有头有脸的？说具体点，都是谁啊？”

“反正就是一些当官的，和一些做大生意的呗，具体名字我也说不上来了。”

“都怎么招待他们？”

“也没……没怎么招待，就是……就是弄一些山珍海味，服务周到点呗。”

“服务周到？找美女服务吧？”

“这个……这个，现在服务员不都是美女。”

“我倒是听说过有些称为会所的地方，为了和某些社会名流打好关系，就弄一些城市里没有的山珍海味，还找一些特别善解人意的美女，讨他们欢心。身份地位不够的人还进不去，看来，就是你们这样的地方了？”

朱月娥没有说话，算是默认了。

“行，再委屈你一下，在今晚十二点之前，一定会放你出去的。”说完，李子豪和袁雨佳便走了。

“现在去抓那个赵良臣吗？”袁雨佳问。

“不，不忙。”李子豪说。

“朱月娥不是已经交代了，号码是赵良臣的，电话是赵良臣打的，为什么还不抓他啊？”袁雨佳不解。

李子豪说：“我想多抓点他的把柄。”

“多抓点他的把柄？”袁雨佳还是不明白，“什么意思？”

李子豪说：“这个赵良臣是刑警出身，反侦查能力肯定很强，没那么好审讯，他的会所里有很多猫腻，所以，我们得多做几手准备。不然，到时候没有给他定罪的证据，怎么抓的，还得怎么放出去。”

“哦，我明白了。”袁雨佳一脸服气，说道，“果然姜还是老的辣。”

“我老吗？”李子豪问。

袁雨佳笑道：“我是说，资格老。”

李子豪转身给白一龙打了电话，让他和韩松去西江楼外面盯着，看有些什么人进去，主要是那种开着豪车进停车场的男人，等他们进去后，就想办法潜入进去，看有什么动静，一旦有非法行为，立马取证，并打电话给警队。

吩咐完毕，李子豪又想起了赵良臣，他说在西河做了多年刑警，后来因犯事而离职，犯了什么事？这让他很好奇。

当下，他去了局里的档案室，调看赵良臣的档案资料。

然而档案管理员说赵良臣的档案资料在一个单独的保险柜里，需要局领导授权才能查看。

李子豪知道，在档案室单独保险柜里放的一些档案资料都是比较重要的，是不能随便查阅的，看来这个赵良臣还真是有点神秘。

他当即给局长谢天明打了电话，问原来西河刑警队是不是有个叫赵良臣的人。

“你怎么突然问这个？”谢天明颇为意外。

李子豪说：“他牵涉到一个案子，我需要了解一下。”

“什么案子？”谢天明问。

李子豪当即把情况说了一下。

“这样啊？”谢天明说，“行，你在档案室那里等我，我过来给你开吧，密码只有我知道。”

李子豪说了声：“谢谢谢局。”

然后在那里等了十来分钟，谢天明来了，见李子豪就问：“游艇杀人案有什么线索了吗？”

李子豪摇头道：“暂时还没有，一个案子连着一个案子，很复杂，我现在得想法把这些线索捋清楚才行。”

“你加快速度吧。”谢天明说，“那个周国昌都找到市领导那里了，上面给我们施加压力，如果我们认为蒋国富不是杀害周少安的凶手，就得尽快把真凶找出来。找不出真凶，就得加紧对蒋国富的审讯，向检察院起诉。”

李子豪说：“我其实有个比较冒险的计划，或许能险中求胜，找出真凶，想跟王队商量之后，再报谢局这里来的。”

“什么计划？”谢天明问。

李子豪说：“从华庭国际案判断，凶手和蒋国富有仇，所以用一种极为变态的手法报复了蒋国富的家人，对蒋国富造成极大的打击。随后又制造了游艇凶杀案，利用周少安的死完美地嫁祸给蒋国富，可见他在变着花样地报复蒋国富。游艇凶杀案之后，他肯定觉得，蒋国富会被抓起来，被判定死刑。换个角度想，如果我们不按照他所设计的，我们把蒋国富放了呢？”

“把蒋国富放了？”谢天明说，“你没搞错吧？现在可是所有证据都指向蒋国富，作案时间、凶器、作案动机，他都脱不了干系，他是游艇凶杀案的一号嫌疑人，能放了吗？”

李子豪解释道：“我说的肯定不是真放了他，而是以他为饵，钓凶手上钩。因为那个凶手的目的是置蒋国富于死地或绝境，一旦发现他没事，肯定会再想法出手，而我们则找人跟踪和监听蒋国富，螳螂捕蝉，黄雀在后。如此一来，才有可能最快地抓到凶手。”

谢天明说：“办法听起来倒是不错，可关键的问题是，蒋国富现在是头号犯罪嫌疑人。如果没有证据证明他不是杀人犯，或找出游艇凶杀案的真凶，是没法放他出去的，这不在法律允许范围之内。一旦放出去，他跑了，或被杀了，或是出点别的什么意外，我怎么向领导交代？”

李子豪说：“我说了这很冒险，但这是目前最有效而且能最快找出凶手的办法了。”

“何况还有一个更大的问题不好解决。”谢天明一脸凝重地说。

李子豪问："什么问题？"

谢天明说："周国昌一直盯着蒋国富，并且认定蒋国富就是凶手，只是因为某种关系在护着蒋国富，所以迟迟没有定案，甚至还有传言说我就是蒋国富的保护伞。如果我们就这么把蒋国富给放出去，周国昌肯定会闹，别说市里，只怕省里他也会去。毕竟他是全省都有名的企业家，影响力巨大，所以……"

"倒也是。"李子豪没再说什么。

他知道这件事的难处在哪里，谢天明一点也没有危言耸听，案子只要向着这个方向去办，每一步都将如履薄冰。

谢天明说："这样吧，我向领导请示一下，听下领导的意见，召集局里各部门同志开个会，再和周国昌商量商量，我相信周国昌不是想要蒋国富死，而是希望找到真凶，相信他也会理解的。"

"嗯，也只好如此了。"李子豪说。

谢天明没再说什么，直接去保险柜那里拿出了赵良臣的档案资料。

李子豪打开看时，不禁大感意外，赵良臣竟是原西河公安局刑警支队刑侦一科科长！而且，还是从某陆军特种侦察部队转业来西河刑警队的，曾经也是破案的一把好手，后来在一次抓捕行动中，直接将一名逃跑的人犯击毙，而在那个场景，无论从规定还是实际情况来看，顶多只能开枪打腿，赵良臣却一枪命中其头部，赵良臣说是当时失手，而死者家属不依不饶讨要公道，同时有人匿名向公安局举报赵良臣乱搞男女关系，有赵良臣和很多女人的不雅照片为证，于是最后由公安局内部决定，赔了死者家属一笔钱，并将赵良臣开除了。

"谢局还记得那个被赵良臣打死的逃犯是犯了什么事吗？"李子豪问。

谢天明说："不是什么大事，就是聚众赌博，赵良臣当时带人抓赌，一帮人就跑了，赵良臣说他有朝天鸣枪，但对方还跑，他就向逃犯开枪了。"

李子豪不禁疑问道："赵良臣是重案一科科长，他怎么去干抓赌那点事？”

谢天明说：“他解释说当时是他的一个线人跟他说有一个在逃杀人犯在那里赌钱，他是去抓杀人犯的。后来我们也问了他的线人，他说他确实是这么跟赵良臣说的。”

“那里有在逃的杀人犯吗？”李子豪问。

谢天明说：“没有，赵良臣的线人说，他认错人了。而到底是认错人，还是别的原因，也没法确定。”

李子豪说：“即便如此，赵良臣是为了去抓杀人犯，但他并没有发现杀人犯，而只是一些赌徒，那他也不该对一个逃跑的赌徒开枪。”

谢天明说：“他说的，当时他不知道逃跑的那个赌徒是谁，从背影看，他以为就是那个杀人逃犯，所以才开枪。”

“这说法还是牵强了。”李子豪说，“就算是那个杀人犯，他在后面开枪，也是应该打腿。他是陆军特种部队转业过来，枪法不至于那么差，能打到头上去，看来这件事，他的确应该是有某种动机。”

谢天明说：“我们调查过，他和那个被打死的赌徒没什么交集，谈不上挟私报复。”

“那有没有一种可能，赵良臣是帮别人？”李子豪疑问。

“帮别人？”谢天明摇了摇头，“我觉得不大可能吧，他知道这种事的严重性，应该还不至于为他人冒这个险。”

李子豪点头道：“倒也是，行了，我知道个大概就可以了，感谢谢局。”

随后，他回到了刑警队。

技术员梁博已经将被杀的强子四人的指纹与大坪山的凶杀现场提取到指纹进行了对比，结果全部吻合。

也就是说，这四个被杀者的指纹都出现在大坪山的案发现场。其中强子的指纹出现在刀柄之上，另外三人的指纹出现在锄头和铁锹上。

“这就没错了。”李子豪看着那份指纹鉴定对比资料，“因为这四人都涉嫌四眼和冯香香被杀案，所以在秦疤子接到那个神秘电话之后，给了强子某种暗示，于是强子就带着涉案的几人打算出去避风头，没承想都被杀了。”

“那么，是谁干的呢？”老铁问，“那个神秘变态凶手吗？”

“很难说。”李子豪说，“虽然这个案子本身跟前面的两个案子找不出共同之处，但那个神秘变态凶手擅长设局，也极擅长伪装自己，他完全可以把自己伪装成一个我们根本认不出来的人，那双超大号的大头皮鞋，也许就是他为了伪装自己，扰乱我们的视线而干的。”

“如果是他的话，他的动机又是什么呢？”老铁问，“他和蒋国富有仇，和周少安有怨，难道和强子这几个小喽啰也有过节？他怎么可能和这么多人有生死的仇恨呢？”

李子豪说：“要说的话，这几个案子的人物还真能找出些瓜葛来。”

老铁问：“什么瓜葛？”

李子豪说：“强子几人是秦疤子的手下，蒋国富和周少安也都和秦疤子有恩怨牵扯，如果强子几人被杀真是那个神秘变态凶手所为，那么，就应该是有一件什么事让这三个人或更多的人和神秘变态凶手有了致命的交集。”

老铁说：“可是，有一个很关键的问题就是秦疤子和蒋国富是死对头，他们不可能因为同一件事情的利益冲突去和某一个人结仇。”

“是这个道理。”李子豪说，“但你忘记了一件事。”

“什么事？”老铁问。

李子豪说：“在好几年前，秦疤子、蒋国富及周少安就是一伙的，他们是后来才反目成仇。而蒋国富都记不起除了秦疤子之外有这么一个厉害的仇人，说明这件事已经过去很久。当年的那个仇人也许不被他们放在眼里，只不过对方怀恨在心，一直谋划复仇，如今时机成熟，才开始动手！”

“你这么说的话，倒还真是有可能。”老铁也一时茅塞顿开，“十多年前我就遇到过一个案子，一个穷人家的小孩，在八岁的时候被一个有钱的亲戚当众打了一记耳光，并被言语侮辱，十多年后，他把那个亲戚全家人都杀了。问其原因，就只是十多年前的那点儿屁事，伤了他的自尊，他一直记在心里，并处心积虑地谋划如何杀人。”

李子豪说：“这种事并不少，这样吧，你去问一下蒋国富，我去找秦疤子，让他们想想当年还没有分道扬镳的时候，有没有做过什么非常过分的事情，让别人记恨的。”

老铁点头，当即去提审蒋国富。

李子豪则带着袁雨佳去提审秦疤子。

“喂，我说李警官，找到我的犯罪证据了吗？没有的话，已经过了二十四小时，你们该放人了吧！”一见面，秦疤子就嚷嚷道。

李子豪淡然一笑，说：“我若告诉你我还真找到了呢？”

“真找到了？”秦疤子脸上的表情瞬间僵住，但很快又恢复正常，“你跟我开玩笑吧，我没有犯法，你也能找出证据，你当自己是神仙，会法术啊！”

“你看我像开玩笑的样子吗？”李子豪问。

秦疤子看着李子豪，感觉他的目光里有一种洞穿人心的锋芒，又故作镇定地强笑着问：“行，你说说，都找到我的什么犯罪证据了？”

“说说赵良臣给你打的那个电话吧，虽然我已经知道了电话的内容，但我还是想给你一个表现的机会。”问完这话，李子豪便看见秦疤子的表情再一次僵住。

秦疤子也在看着李子豪，想分辨李子豪所说是真是假，但他看到的却是真假莫辨。

“赵良臣？”秦疤子愣住后，又一脸茫然地问，“赵良臣是谁？”

“你不知道是谁吗？”李子豪问。

秦疤子摇头道：“真不知道是谁，谁啊？”

“戏演得不错嘛，我看你是不到黄河心不死，不见棺材不掉泪。”李子豪随即对袁雨佳示意道，“把朱月娥的口供给他看看吧。”

袁雨佳点头，当即拿出朱月娥的口供，递到秦疤子面前。

秦疤子的目光落在上面，仔细地看着。

“怎么样，现在还要否认吗？”李子豪问。

秦疤子一脸恍然的样子，说道：“原来那个西江楼的老板叫赵良臣啊？我一直叫他赵总，不知道他的真名，所以，你说赵良臣，我还真不知道是他。”

“你演技虽然拙劣，但贵在演得认真。”李子豪说，“既然你现在知道是谁了，那就说说他那天给你打电话的内容吧，我有必要提醒你，不要抱有任何幻想，因为你说谎，和赵良臣的口供对不上，只会对你不利。”

“这我知道，我不可能说谎，至少不会对警察说谎，是不是？”秦疤子说，“我想想啊，他昨天晚上给我打电话真没说别的什么，就问我茶叶喝完没，还要不要点茶叶，上次他送了一包极品毛尖给我。”

“你是不是想挑战我的耐心？”李子豪脸色一变，一巴掌用力地拍在桌子上。

“警官你生什么气啊，我说的都是真的，没骗你。”秦疤子说，“再说了，我也不怕吓啊，鬼门关我都走过几次了，我还怕吓吗？”

“真的？”李子豪问，“既然赵良臣打电话给你是问你还要不要茶叶，你为什么一开始要撒谎，说是一个女的给你打的电话向你推销茶叶？”

“因为……因为……”秦疤子说，“我和赵总之间有那么一些秘密的事情，我们都比较小心，不让外人知道，你没见我连他的号码都随便存的嘛。”

“秘密的事情？”李子豪问，“什么秘密的事情？”

秦疤子说：“也不是什么大不了的事，就是吧，臣总那里如果来了漂亮的服务员，他就会向我介绍，让我去……你懂的。然后，因为我在西河也有些兄弟，如果他有什么麻烦，我也会帮他，我们私下关系不错，但没大张旗鼓地让外面知道。”

“你们的关系为什么不让外面知道？”李子豪问。

秦疤子说：“因为他以前是警察，虽然被开除了，但他还是很爱惜自己的羽毛，而我在西河的名声不大好，所以……”

“行，我再问你，为什么你在接那个电话后就跟强子说有人在找他，让他去躲躲？”李子豪问。

“这个……”秦疤子说，“没必然联系啊，接完电话我突然就想起了这事，所以就告诉他了，有什么问题吗？”

“你要知道，你这样狡辩对你没有任何好处。”李子豪说。

秦疤子一脸无辜，说：“李警官你这就是对我有成见了，我明明说的是实话，你非说我是狡辩，我也很无奈啊。”

“很好，这事我们先不聊，说说别的吧。”李子豪问，“你仔细想想，在你和蒋国富没有翻脸之前，你们和周少安有没有一起做一些过分的事，与谁结过仇呢？”

“这个？”秦疤子不知李子豪葫芦里卖的什么药，含糊其词地说，“那都是六七年前的事了，谁还记得住啊。”

“记不住也得记！”李子豪说，“最近蒋国富老婆孩子失踪，以及周少安在游艇被杀嫁祸蒋国富，疑似一个人所为。在最近几年，蒋国富和周少安已经是仇人了，所以在这期间他们很难有一个共同的仇人。最大的可能就是在他们还没翻脸之前结下的仇，只不过当时对方可能不起眼，你们没有放在心上，而时隔几年之后，对方掌握了熟练的杀人技术，回来复仇了！如果真是这样的话，你当年和周少安及蒋国富是一起的核心人员，你很可能也身陷其中。所以，他解决了周少安和蒋国富之后，下一个目标可能就是你！”

“我怎么感觉李警官在讲电影呢。”秦疤子一脸无所谓，说道，“我秦疤子在西河真不是吓大的，被我踩过的人怎么也得排几条街了，谁要是不服的，我随时接招。生死有命，富贵在天，怕也没用，是不是？”

“你最好再仔细想想。”李子豪说，“对强子的抓捕已经紧锣密鼓地进行，他是跑不掉的，抓到他，四眼和冯香香是怎么死的，强子和你之间的那些秘密，都将真相大白。如果在抓到强子之前，你能提供一些对破案有用的线索，或许能戴罪立功，否则的话，生死有命，你的命也就到此为止了。”

说罢，李子豪便命人将秦疤子送回了关押室。

“你为什么说我们对强子的抓捕还在进行中，不说强子被杀的事？如果说了的话，他肯定就会有危险意识了。”袁雨佳说。

李子豪问：“为什么说强子被杀，他会有危险意识？”

袁雨佳说：“因为强子和他是一伙的，强子被杀，而且还是四个人一起被杀，他知道了肯定会害怕啊。”

“只怕是恰恰相反，秦疤子要是知道强子几人死了，不知道多高兴才是。”李子豪说。

“高兴？”袁雨佳问，“他为什么高兴？他的手下被仇家杀了，他还高兴？这是什么逻辑？”

李子豪说：“用你的脚趾头想一想，秦疤子为什么要让强子走？因为强子落网，就会把他这个幕后指使给咬出来；如果强子死了，他们的那些秘密也就被永远地埋在地下了，秦疤子不会开心吗？”

“好像是这个道理哦。”袁雨佳又一脸崇拜地说，“还是豪哥你高瞻远瞩，深谋远虑，我以后必须多跟你学习才行。”

李子豪说：“江湖传闻这秦疤子不过一介莽夫，有勇无谋，从三弯路枪击事件，他能在冯香香和四眼之间清楚地分辨出谁是真正的泄密者，足见其心思缜密。今天对他审问时，他总是能将自己撒过的谎自圆其说，可见其脑子灵活，应变能力强，这是个不好对付的角色。尤其是现在强子被杀，死无对证，想撬开他的嘴巴就更难了。”

“那怎么办？”袁雨佳说，“总不能让他逍遥法外吧？”

李子豪说：“现在就希望从赵良臣那里撬开口了，只要从这条线上撕开一个口子，他们的防线就能全面瓦解。”

正说着，老铁来报告对蒋国富的审讯，说蒋国富并不记得和周少安及秦疤子没翻脸之前与人结仇的事。

李子豪没有说话。

他还是觉得这个神秘的变态凶手应该就是蒋国富和周少安没有翻脸之前共同的仇人，难道真的是一件很小的事，蒋国富和秦疤子都没放在心上，而只是那个复仇者一直耿耿于怀？还是另有隐情？

按照道理来讲，这不应该是一件小事引起的。

毕竟，时至今日，无论是蒋国富，还是周少安，在西河都是一方豪强，人多势众之辈，再记仇的人也不大可能因为一点小事，就如此置身家性命不顾而处心积虑地报复，这件事对复仇者来说，肯定是刻骨铭心、没齿难忘的。

这件事应该是复仇者心中一生的伤痛，他才会如此不择手段。

“对了，和秦疤子一同抓来的那几个手下，他们怎么说？”李子豪问。

老铁说：“他们的口供都对得上，说当时秦疤子跟强子说的是听说有人在找他，让他自己找个地方躲起来，安全了会打电话让他回来。”

“跟秦疤子说的一样。”李子豪说，“看来，这个秦疤子做事的确够谨慎，接电话之后没有当众把话说细，他知道强子跟过他这么多年，和他有一定的默契，会懂他的意思。”

“这果然是只老狐狸。”袁雨佳说。

李子豪说：“不怕他是老狐狸，只要我们一直查下去，他迟早会露出狐狸尾巴的。”

“那接下来我们该怎么办？”袁雨佳问。

李子豪说：“先让技术部门把那双在现场留下的大头皮鞋脚印复原成鞋子，然后找个理由，让全城派出所来一次对宾馆和出租屋的大搜查，重点找类似的鞋子。”

“这是大海捞针啊。”老铁说，“只查宾馆和出租屋，如果凶手没在城区，或是在自己家里，就漏网了，我们就白查了。”

李子豪说：“不排除有这种可能性，但可能性微乎其微。”

“为什么？”老铁不解地问。

李子豪说：“其一，从目前的几件案子来看，这个凶手跟蒋国富或秦疤子等人是有联系的，他肯定不会住在乡下，而是就活动在城区，随时都在侦查和寻找机会动手。其二，这个人在这么热的天穿着大头皮鞋，说明他性格里有些怪癖，即便他只是临时用大头皮鞋来伪装自己，也得避开别人的视线。所以，他不可能和家人住一起，自己在外独住的可能性较大。”

“嗯，有道理。”老铁说。

李子豪看了看时间，已是下午五点，不由得有些奇怪起来，怎么西江楼那里一点动静也没有？

他当即给韩松打了个电话，问什么情况。

韩松说：“我感觉这个地方有些不大正常。”

“为什么？”李子豪问。

韩松说：“我和老白在这里盯了一个下午，附近那些店都是人进人出，只有这个西江楼，除了里面的服务员偶有进出，不见一个客人。”

“一个客人都没有？”李子豪问。

韩松说：“是，一个都没有。”

“再盯会看看。”李子豪说着，挂掉了电话。

其实他心里已经有了某种预感，韩松和白一龙再盯下去也没什么用。西江楼是茶楼，下午是喝茶的好时候，如果没有人去，那就可能是赵良臣用某种方式对他的客户发过通知。

但李子豪还是抱着侥幸，想等吃饭的时间，看有没有人去。

六点半的时候，李子豪再次给韩松打了电话，问什么情况。韩松说还是一样，没有客人进出。

李子豪当即让他们等着，他立马赶过去。

他本想让韩松他们把赵良臣带回刑警队，但想到赵良臣那只老狐狸熟知所有刑警办案程序，他怕韩松他们应付不来。

半个小时后，李子豪赶到了西江楼，喊了白一龙和韩松，直接进了里面。

服务员拦着问他找谁。

李子豪直接亮出证件："警察，找你们老板赵良臣，他在什么地方？"

服务员说："赵总在楼上用餐。"

李子豪说："带我去。"

服务员似乎意识到是麻烦事，怕被赵良臣骂，又不敢拒绝李子豪，站在那里有些不知所措。

"你要我再说一遍吗？"李子豪问。

服务员知道硬抗不过，还是带着李子豪等人上了楼，到了赵良臣的办公室。

办公室里就赵良臣一个人。他正拿着一瓶啤酒，慢悠悠地喝着，面前的茶几上放着几个看起来挺精致的菜碟。

李子豪走到茶几对面。

赵良臣抬起头，在几人的脸上扫过，一愣之下立即放下筷子，站起身来，满脸热情地招呼道："李警官，吃饭了吗，没吃的话我叫人加几双筷子来？"

"你堂堂一个西江楼的老总，用餐如此简单？"李子豪问。

"老总也有贵贱的嘛。"赵良臣说，"这年头生意不好做，很多老总还不如打工的呢，我就是其中一个。李警官来有何贵干？"

"想请你跟我们走一趟。"李子豪说得很直接。

"跟你们走一趟？"赵良臣的脸一下子阴沉下去，"意思是要抓我吗？"

"目前还不到抓的份上，只是让你跟我们回去，协助调查而已，请吧！"李子豪做了个手势。

"协助调查？"赵良臣问，"请问你想让我协助你们调查什么？我必须尽的义务在哪里，这个不弄明白的话，不好意思，我可协助不了你们！"

李子豪说："昨天晚上警方因为一宗命案去对秦疤子一伙进行调查，而在警方到达之前，秦疤子接到一个电话，秦疤子让手下的强子迅速离开。经查证，这个强子就是命案凶手，而打给秦疤子的那个电话就是你打的，你从一个刑警的专业角度告诉我，你有协助我们调查的义务吗？"

"是吗？朱月娥说了那个号码是我的，电话是我打的了？"赵良臣仍不慌不乱。

"你觉得呢？"李子豪说，"你曾是一名刑警，你觉得一个未经任何训练的女人就能在刑警的手里守口如瓶？"

"好吧，就算那个号码是我的，电话是我打给秦疤子的，那又如何？"赵良臣问，"我身为一个合法公民，打个电话犯法吗？"

"打电话不犯法。"李子豪说，"但打电话泄露警方消息，让杀人凶手逃跑，不但犯法，而且只怕量刑不轻。"

赵良臣不禁冷笑道："你是说我打电话泄露警方信息，让杀人凶手逃跑？我不知道你是信口雌黄呢，还是能拿出证据来？"

"是信口雌黄，还是能拿证据，你跟我们走就知道了。"李子豪目光锐利地看着他，"怎么，需要我们强制性带你走吗？"

赵良臣颇有几分嘲讽地笑道："行，谁让你们有枪呢，你们厉害，我跟你们走。"

说罢颇有抵触情绪地将筷子随手往茶几上一扔，上了警车，然后被带回刑警队。

在灯光明亮的审讯室里，赵良臣表现出和其他罪犯完全不一样的轻松之态，他没把自己当一个犯人，而像是一个回家的人。

他看着审讯室的一切，眼中充满了怀念，感叹道："唉，真是讽刺，想当年我的生活就是不断地把罪犯带进这里，刨根问底地审讯他们，没想到有一天，这个角色会转变过来，我成了坐在这里被审讯的人。"

"你不应该感到意外才是。"李子豪说，"毕竟，你比那些罪犯更清楚，法网恢恢，疏而不漏，当你开始犯法的那一刻起，你就知道自己的结局。”

“法网恢恢，疏而不漏？”赵良臣笑了笑，“跟我就不要打官腔了，你我都知道，再厉害的刑警，手里都有破不了的悬案。法律也好，犯罪也罢，终归是人和人的较量而已。谁强，谁就是赢家。”

“可以，那我们就看谁强，谁是赢家了。”李子豪说。

赵良臣自信满满地说：“不用说，我肯定比你强。”

“是吗？何以见得？”李子豪问。

“没理由，自我感觉而已。”赵良臣说。

李子豪笑道：“可以，那我们就开始吧。说说你是怎么知道警方要去查秦疤子的吧。”

“我不知道啊。”赵良臣故作茫然道，“我什么时候说过我知道警方要去查秦疤子了吗？还是秦疤子说了？录音拿出来证明一下。”

李子豪说：“你少装了，我知道你给秦疤子打电话，就是说警方要去查他。”

“你知道？”赵良臣说，“我都不知道的事，你是怎么知道的？现在的刑警都这么牛了，当事人都不知道的事，你都能知道？”

“看来你是不想承认。”李子豪说。

赵良臣说：“没有的事，我承认什么啊？又不是什么好事，我非要往自己身上揽。”

“行，那你告诉我，你给秦疤子打的那个电话，说的什么内容吧。”李子豪说，“我可得提醒你，秦疤子就关在这里，你可不要信口雌黄。”

“是吗？秦疤子就关在这里？”赵良臣老辣地问，“那你怎么不问他，要问我？你觉得我比他傻些，好对付些，你问什么我就能说什么，就算没有的，你也能瞎编出来让我承认？”

“你这是什么态度，好好回答问题！”旁边的白一龙忍不住了，将手指着赵良臣，一副忍不住想抽他的架势。

赵良臣却气定神闲地一笑："怎么，你要打我吗？还是打算刑讯逼供？我也做过刑警，我知道有刑讯逼供这回事，但有些人能逼，有些人是逼不得的。能逼的人你逼死他没关系；不能逼的人，掉根头发你们的饭碗都可能不保，我就是你不敢逼的那种人，你信吗？"

"这么狂。"白一龙当场就冲过去要揍赵良臣，却被李子豪一把拉住："一龙，干什么！"

白一龙愤愤不平地说："豪哥你也看见了，这狂得没点数了，他当这是菜市场呢，你们装着什么都不知道，我给他长点记性。"

"你跟他较什么劲呢。"李子豪一把拉开了他，"一个和黑恶势力狼狈为奸之徒，还卷进了命案，不用你动手，他的下场会好吗？你不要中了他的激将法。他知道我们重案一科的厉害，所以想让我们摊上事没法办案呢。"

"这都被你看穿了，好尴尬。"赵良臣讽刺道。

李子豪说："不跟你废话，说，你打电话给秦疤子说的什么？你们的口供对得上则好，对不上的话，你懂的，出不去了！"

"好吧，我想想，说了什么呢？"赵良臣装出一副冥思苦想的样子，"我这年纪大了，事也多，还真记不大清楚了。怎么办，记性差犯法吗？"

"我看你不是记性差，是不敢说吧。"李子豪说，"撒谎，怕穿帮。说真的，怕摊事，我没说错吧？"

赵良臣笑："你说对说错都没关系，反正你觉得我犯法了，就拿证据出来，零口供办案，把材料送到检察院起诉我。如果没有证据，就别在我身上费时间了，我办案子，找别人套话的时候，你还穿开裆裤呢。"

"告诉我，为什么把你的号码要说是朱月娥的，你打的电话说是她打的？"李子豪问。

"我喜欢撒谎，不可以吗？"赵良臣问。

"喜欢撒谎可以，但是——"李子豪说，"对警察撒谎，对案件撒谎，是犯法，就凭这一点，我就可以拘留你！"

“我都说了，法律我比你懂，你不用动辄用法律来压我。”赵良臣说，“你要确定我撒谎犯法，首先就得确定那通电话内容犯法，如果不能确定那通电话内容犯法，一切都是枉然，明白吗？”

“如果那通电话内容没有犯法，为什么你打的电话不敢承认？而要找个人出来顶包？”李子豪问。

“因为秦疤子不是什么好人，我不想有人知道我跟他有关系，这犯法吗？”赵良臣反问。

“犯没犯法你心里清楚。”李子豪说。

“我清不清楚没用，重要的是证据，我当刑警十年，就只知道一件事，法律要讲证据。”赵良臣说。

李子豪说：“我们对你这个号码进行了调查，半年时间只与三个联系人进行了十四次通话，你对这个神秘的号码和三个联系人都做个解释吧。”

“这有什么好解释的？”赵良臣说，“很多人在同一部电话上对不同的联系人进行分组备注，同学、合伙人、朋友或者亲戚。而我喜欢把不同关系的人用不一样的电话和号码联系，半年只有十四个通话，说明我们关系不怎么样，联系很少，这还不简单吗？”

“你能专门为三个关系不怎么样的人准备一部电话？你是骗傻子呢？”李子豪问。

赵良臣说：“你是刑警，办案时间也不短了，难道你没有发现众生之态的形形色色吗？每个人都可能有自己特立独行而不让人理解的地方，因为每一个人都有自己的思想和喜好，这不是很正常吗？”

“看来你是不想配合了？”李子豪问。

赵良臣一笑，说：“一句话，你觉得我犯法了，拿出证据来抓我。如果只是个人猜测，却拿不出证据，就放了我。你想用那些对付普通人的办法套我、诈我、哄我，都不可能有用。”

“放心吧，我会拿出证据，让你无话可说的。”李子豪说着，让人将赵良臣带下去关起来，他转身离开审讯室。

“喂喂，干吗关我，你没有证据，凭什么关我？”赵良臣喊。

李子豪回过头说：“你忘记了，我有二十四小时的时间来找证据和提审你，放不放你，咱们二十四小时以后再说。”

说完便走了。

“这家伙真狡猾！”白一龙仍然怨气难平。

李子豪说：“你以为呢，他可是当过十年刑警，而且还是原来咱们刑侦一科的重案负责人，对付他，除了铁证，其他那些挖坑下套的心理战术都不可能有用，因为这一切他都了如指掌。”

“可我们一下子去哪里找铁证呢？”白一龙问。

“有个办法可以试一试。”李子豪说。

白一龙问：“什么办法？”

“先从秦疤子身上打开缺口。”李子豪说。

“可是，秦疤子那里我们不是审过了，也没有得到有价值的东西啊，他也什么都不招供。”白一龙说。

“他不承认，那就想法让他招供。”李子豪说。

“想什么法？”白一龙问。

李子豪当即说了个法子。

白一龙听后简直佩服得五体投地，感叹道：“豪哥就是豪哥，高，这一招确实高。”

李子豪说：“这也是没有办法的办法，只能试试。秦疤子也是块老姜，未必就能上当，反正试试吧。”

当下，白一龙领计离去，李子豪则带着韩松去提审秦疤子。

第四章　攻心战

“时间已到二四十小时了吧，你们又没找到我犯法的证据，为什么还不放人？”秦疤子质问道。

“证据吗，很快就可以摆在你面前了。”李子豪说。

“是吗？什么证据？”秦疤子问。

李子豪拿出一支烟点燃，慢悠悠地抽了一口：“刚才得到线报，已经在大安镇发现了强子的踪迹，他们四个人一起离开了镇上，往乡下去了，警方正在全力追捕，在乡下那种地方，只要有警犬，他们就插翅难逃了。”

“是吗？”秦疤子的脸色明显地闪过一丝惊慌，很快又故作镇定，“就算你们能抓到他，跟我又有什么关系？”

李子豪说：“他是你的小弟，帮你做事，你说抓到他跟你有什么关系呢？”

秦疤子说：“他是帮我做事，但也就帮我跑跑腿，有时候跟在我身边，保护一下我的安全，有什么问题吗？”

“不要装了。”李子豪说，“就不说你在西河称霸一方，强子为你挡过多少次刀，单是杀害冯香香和四眼一事，你就别想脱得了干系。如果我猜得不错的话，当时去杀害冯香香和四眼，就是强子带队，一共四人去干的。所以，你在接到电话之后对强子说有人找他，让他赶紧走，去避风头。话没说明白，但就是在告诉强子警方在找他，因为道上的人找他，你们根本不用怕，你们在西河从没怕过躲过道上的人。强子慌忙离开之后，他就立马喊了四眼案的同伙一起离开。从大安镇的地理位置判断，那里与汉中省南溪县相邻，我猜测他们四个是打算从那里逃出省去避风头，你觉得呢？”

秦疤子的神情明显地不自然起来，有种如坐针毡的感觉，屁股不断地挪动，眼神不敢与李子豪对视，只是在别处游离。

“秦万勇，你还是老实交代了吧！”一旁的韩松也趁机展开攻势，“我们在案发现场的凶器上采集了凶手指纹，抓到强子及其同伙，指纹一对比，铁证如山。强子虽然是你手下，平常能为你挡刀挡枪，但他犯下杀人之罪，是不可能包庇你的。他交代，则可将功赎罪；不交代，则死路一条。你认为他想不想活？”

细密的汗珠从秦疤子的额上渗出，他不断地擦拭，仍不断地渗出。他的内心里正在经历一场风暴，他的坐姿也没有之前那样笔挺，背都弓了些，整个人的状态，说明他心里已经失去了底气，处在崩溃的边缘。

因为他很清楚他和强子的那些秘密，一旦强子落网，肯定会将他卖了。

“你得想好了，如果是他先说，他立功在先，他能活，你死。如果是你先说，则是你立功，可以轻判，还能好好活在这个世界上！”李子豪加紧对秦疤子的心理防线的攻势。

秦疤子没有说话，他还在抱着一些侥幸。

李子豪的电话突然响了起来，他拿出电话，看了眼来电显示，对秦疤子说：“这是追捕强子的队员打来的电话，我们打个赌，应该是抓到他了，你信不信？”

说着，按下了免提，故意让秦疤子听到。

“什么情况啊，一龙。”李子豪故意问。

那边传来白一龙气喘吁吁而又兴奋的声音：“豪哥，抓到了，抓到张志强和他的同伙了！”

“在什么地方抓到的？”李子豪问。

白一龙说：“在一座山上，他们几个准备翻过山去，山的那边再过一个村子就是汉中省的南溪县了，他们是想逃出省去躲起来。”

“嗯，很好，带回来进行指纹对比，连夜突审！”李子豪说完，便挂了电话，以胜利者的姿态看着秦疤子，“怎么样，我说得没错吧，天网恢恢，疏而不漏，他们跑不了的。”

秦疤子坐着的身子晃了一下，差点摔倒。

他看着李子豪，暗道：难道自己就这样完蛋了吗？自己在西河叱咤十年前呼后拥的日子就这样完了吗？

“最后的机会了，是你要，还是给强子？”李子豪说，“我个人觉得，你们的江湖，所谓的兄弟都是酒里的豪言壮语而已。我办过太多的案子，你们那些所谓的兄弟，但凡抓到这里来，别说是活命的事，只要能让自己少坐几年牢，什么兄弟都卖得了，一卖就是一窝。话说回来，人不为己天诛地灭，谁都知道人死如灯灭，义气有屁用，你死了，搞不好连你老婆都是兄弟的了。所以，是你先下手为强，还是要等强子来卖你这个大哥，我想，你只要不傻，就知道该怎么做了！”

秦疤子如一尊雕塑般坐在那里，脑子里一片空白。

他知道李子豪不是危言耸听。

无论那些小弟在外面如何地豪言壮语，愿为大哥出生入死，一旦落到警方手里，面对生死抉择，他们没有一个守得住的。

因为不说就完蛋了，说还有个活命的机会，谁不想活呢？

尤其是就站在鬼门关门口，对死亡充满恐惧，对人间充满留恋的时候，谁都想抓住一根救命的稻草。

只是，秦疤子突然想到，他就算主动地把指使强子杀害四眼之事交代出来，他又能活得了吗？

秦疤子指使强子干的事可不止这一桩，要说出来的话，枪毙他十次都够了。而他只要把指使强子杀害四眼之事交代出来，强子就必定会把其他所有事都说出来。他横竖难逃一死。

不如再挺挺，万一强子嘴硬呢？

或者，他们是真抓到强子了吗？刚才那个电话会不会有诈？

秦疤子突然想起了赵良臣曾对他说的一句话，落到警察手里，不要听他们那么多花言巧语，想立功什么的，那多数都是心理战术，如果他们有证据，那就认。没有证据，打死不能松口。

法律是讲证据的。

赵良臣可是做过十年刑警，而且是重案组负责人，他深知其中的门道。

好险，差点就着了李子豪的道。

秦疤子又抹了一把额头的汗，特地把身子又坐直了一些，坦然地说：“你们抓到他尽管审就是，我什么都没做，没什么可说的。我知道江湖上的兄弟也确实不怎么可靠，但为人不做亏心事，半夜不怕鬼敲门，我无所谓。”

“你真的无所谓吗？”李子豪问。

“当然。”秦疤子回答得非常肯定。

李子豪点头：“行，那你就等着吧。”

当即和韩松离开了审讯室。

“就这样完了吗？”韩松还有些没缓过神来。

李子豪说：“是的。”

“感觉才刚刚开始，怎么就完了？”韩松问。

李子豪说：“他的心理防线已经重建，没有证据，唬不住他的。”

“先前我明明看见他已经快要崩溃了，我以为他会松口了，怎么突然就硬气起来了？”韩松疑惑地问。

李子豪说：“这是个老油条，他开始确实是被吓到了，就差那么一点点，他又缓过了神，估计他也想明白了，就算坦白交代，也别想有活路，他犯的事太多。但凡这种犯事太多太重，横竖都难逃一死的，反正豁出去了，就不大信将功赎罪这种事了。”

“难怪。”韩松说，“我就说他明明都已经乱了阵脚，怎么突然又硬气了起来，看来这家伙和那个赵良臣一样，不好对付。”

李子豪说：“他肯定受过赵良臣的影响，有一套对付审讯的经验，很难诈得了他。”

“那我们现在怎么办？”韩松问。

“还能怎么办？”李子豪说，“没有任何实质性的证据，只能放人了。”

“就这样放了他们吗？”韩松问。

李子豪说：“秦疤子和赵良臣明天再放吧，今天先把那个朱月娥放了。”

韩松领命而去。

李子豪拖着一身的疲惫回到办公室。

等在那里的白一龙凑过来，问：“怎么样豪哥，秦疤子招了吗？”

李子豪说：“没有。”

“不会吧，你这么好的法子，都没能把秦疤子拿下？这家伙也太难对付了吧。”白一龙说。

“没事，我再想想其他的法子，你们都先回去吧，时间也不早了。”李子豪说。

“嗯，那豪哥……你呢？”白一龙问。

李子豪说：“我先捋捋头绪，一会儿就走。”

“好的，豪哥你也早点休息。”白一龙打了个招呼就先走了。

李子豪一根接着一根地抽着烟，看着窗外的灯火一盏盏地暗下去，喧嚣的声音终归沉寂。

蒋门神、周少安、秦疤子、赵良臣以及那个神秘莫测的凶手，他们之间到底有着怎样的联系？还有一个凭空冒出来的周国昌，西河商界的风云人物，众人眼中的老好人，他在其中又充当了一个什么角色呢？

李子豪突然想起了一个细节。

那天周国昌和周子杰一起来刑警队问周少安的案子，周国昌的电话突然响起，然后鬼鬼祟祟地跑到走廊外去接电话，神情颇为可疑。李子豪后来特别地查看过监控，结果在监控里发现，周国昌接电话的那个过程，至少有三次狠狠咬牙，眼里有凶光，那种凶光如同吃人的野兽一般可怕。

在周国昌伪善的面孔下，还藏着很复杂而且深不可测的另一张面孔，这另一张面孔跟周少安之死及其他凶案有关吗？

那天周国昌接到的那个电话又是谁打来的？

李子豪突然觉得，这个电话很关键。

当时他想大概是电话里说起了周少安的死，周国昌心中有仇恨才如此表现，所以并未太放在心上，现在想来，应该弄清楚是什么人给周国昌打了这个电话，让他杀气毕露。

这个打电话给周国昌的人，肯定也不是善良之辈，说不定就是这重重迷雾之中的一根线头。

李子豪当即仔细回忆起了周国昌那天到刑警队来接电话的时间，决定明天去查查周国昌接的这个电话，他怕自己事多忘了，特地做了个记录提醒自己。

第二天早上，李子豪才刚赶到刑警队，就发现门口有一个中年男人，他一见到李子豪来，就堆着满脸的笑上前打招呼。

李子豪认识这个人，也知道他来是因为什么事，还没等他开口就说了："没什么事，等上班了会放他的。"

"那真是太好了，我就说嘛，秦哥本本分分做人，不可能干什么犯法的事情，还是李警官明察秋毫。"中年男人恭维道。

李子豪只是在心里暗自冷哼了声。

白一龙和韩松等也都陆续赶到办公室，李子豪吩咐白一龙带秦疤子的律师去将他释放了。

"不会吧，豪哥，就这么把他放了？"白一龙不服地问道。

"要不然呢？"李子豪说，"你没有人家犯法的证据，难道还能一直把人关着吗？"

"可明明就……"

"不用说了，我心中有数，你去放人就是。"李子豪打断了白一龙的话。

白一龙还是心不甘情不愿地去了。

“放秦疤子，豪哥有什么高见吗？”见白一龙和秦疤子律师走了，寡言少语的韩松也忍不住问。

李子豪说：“能有什么高见，没有证据，只能放人而已。”

韩松说：“可是事实摆在眼前，强子是四眼和冯香香案的直接凶手，而四眼和冯香香又是三弯路枪击案秦疤子所怀疑的泄密者，强子是秦疤子的人，所以秦疤子和四眼及冯香香之死是脱不了干系的，他肯定是幕后黑手。”

李子豪说：“这只是我们的推断，这推断再有理，还得有证据才行。而现在是人证物证都没有，有什么用？要是强子还活着，或者在案发现场发现跟秦疤子有关的东西，任他如何狡辩，他还能出去得了吗？”

“所以，我觉得强子几人的死肯定就是秦疤子干的杀人灭口，杀人的死了，幕后指使就安全了。”韩松说。

李子豪摇头道：“不，我倒觉得，强子几人的死并非秦疤子指使的杀人灭口。”

“为什么？”韩松问。

李子豪说：“很简单啊，在强子离开之后，直到秦疤子被抓，他都没有再打过电话，他现场的手下也没有任何异动。虽然他有杀人灭口的动机，却没有任何疑似举动，所以不可能是他所指使的杀人灭口。”

“也许，是他早就做过安排呢？”韩松猜测。

“这种可能性也不大。”李子豪说。

“为什么？”韩松问。

李子豪说：“因为强子本身就是秦疤子的得力干将，也是他最信任的人之一，在四眼案还没有出现状况之前，秦疤子不会对另外一个人做这种安排，这会让人觉得他这个大哥不够义气。而状况是他在周国昌家吃饭时才发生的，那显然只是突发状况。如果在强子走后他接着打了第二个电话，或者马上有手下人员跟着离去，那么就可以板上钉钉了。然而强子走后，一切如常，我相信那时候的秦疤子以为强子是可以逃走的，是可以避过风头再回来的。而且秦疤子本人的反应也正说明了这一点。”

“秦疤子的什么反应？”韩松问。

李子豪说：“就是我审他的时候，故意演了一出强子被抓的戏，他一开始是真的信了，整个人的脸色都变了。如果是他早有安排，一旦他被抓就对强子杀人灭口，那么他肯定不会相信强子被抓，至少会觉得很可疑。因为他安排的人肯定是让强子等人防不胜防的人，不大可能失手。”

韩松说：“可事实上强子几人也死得很容易。”

李子豪说：“但那都不是偷袭至死，而是实实在在地搏杀。强子几人都与凶手有过拔刀拔枪的正面搏杀，说明他们是发现了凶手然后做出反应的。如果对方是自己人，则会出现两种情况，其一是凶手为了更稳妥起见，会找机会在背后猛然出手，其二是至少会有一人的致命伤在身后部位，或正咽喉部位。”

“身后出手，伤怎么会在正咽喉部位？”韩松不解地问。

李子豪说：“身后出手，一手捂嘴，一手以刀抹过脖子。”

韩松说：“那也可能抹过一些，抹到侧颈。”

李子豪说：“是有可能，但伤口的口向是不一样的。”

韩松点头道：“我明白了，这么说来的话，还真不像是自己人的杀人灭口。可正是警察搜捕之时，也不可能是仇家寻仇，那到底是谁干的呢？”

“你去办件事。”李子豪突然想起一件事。

韩松问：“什么事？”

李子豪说：“拿着强子几人的照片，去西河的几家出租车公司，问一下昨天晚上有没有哪个司机载过他们去大安镇。既然案发现场没有车辆存在，那他们就不是自己开车去的现场。既然是秘密逃亡，也不大可能喊朋友送，所以最大的可能就是坐了出租车。”

“是出租车又能怎样呢？”韩松说，“出租车载客而已，不知道他们是逃犯，也不违法。”

“你没懂。”李子豪说，“我追究出租车责任干什么，我是要先找到出租车，然后看有没有其他车辆跟踪出租车，顺藤摸瓜，把那个杀他们的凶手找出来！”

“我懂了。”韩松一下子反应过来，“行，我马上去查。”

韩松当即领命而去。

李子豪略想了想，让老铁找技术部门那边把分析出来的大头皮鞋资料传给各城区派出所，晚上九点之后对全城出租屋及宾馆进行全面搜查。

寻找同款的大头皮鞋，并对大头皮鞋所有者进行审问甄别！

吩咐完毕后，李子豪的目光突然落在笔记本上，昨天晚上记下的，关于那天打给周国昌的那个神秘电话，他当即喊了袁雨佳，和他一起去通信公司。

在警队楼下，李子豪正好遇到被律师领出来的秦疤子。

“怎么样？李警官，我就说我是清白的，没问题吧。”一见李子豪，秦疤子立马凑了过来，神情里有几分得意。

李子豪淡然一笑，说：“清不清白，现在说还为时过早。”

“你就是不信我。”秦疤子也笑道，“是不是你们做警察的都有怀疑的天性啊？”

李子豪说：“你说错了，我们做警察的，不是有怀疑的天性，而是有足够灵敏的嗅觉，就像猫能嗅到老鼠的存在一样，懂吗？”

“懂懂懂。”秦疤子说，“行了，不和李警官开玩笑了，还是得感谢李警官秉公执法，没有对我刑讯逼供，才能还我清白。”

李子豪嘲讽一笑：“不要急，你早晚会恨我的，而且我敢肯定，是恨之入骨的那种。”

说罢，李子豪折身便走。

“喂，等一下，李警官等一下。”秦疤子大声喊。

李子豪回过头来，问：“还有什么事吗？”

秦疤子说：“李警官不是说强子被抓了吗？虽然我不知道他干了什么犯法的事，但怎么说他也是我兄弟，他出事了，我不能不管他，能告诉我他被关在哪里，让我给他送点衣服之类的，顺便看看他吗？”

“不好意思，他是杀人犯，在案件没审理之前，任何人不得探望。”说完，李子豪转身就走了。

秦疤子站在那里，看着李子豪远去的身影，脸上的笑容慢慢地僵硬了。

李子豪和袁雨佳赶到通信公司，调查了周国昌在刑警队那天的通话记录，通过准确的时间对比，李子豪找到了那个通话。

竟然是秦疤子打的！

秦疤子打了电话给周国昌，使得周国昌的神情反应数度杀机毕露，这是个什么样的通话呢？

周国昌和秦疤子之间又是什么样的关系？

众所周知，虽然周少安和秦疤子是合伙人，可周国昌却从没有在任何公开场合与秦疤子有联系，只是一个单纯的企业家。而如今他却卷入了秦疤子、蒋国富以及赵良臣这张错综复杂的大网中。

他们之间到底有着一些什么样见不得人的勾当呢？

跟华庭国际及游艇凶杀这一系列的案子又有什么联系呢？

“这个周国昌到底是个什么样的人啊？不是说他是西河有名的企业家和慈善家吗？怎么跟这些江湖上的人关系如此密切？”袁雨佳颇感不解。

“其实仔细想来并不意外。”李子豪说。

“不意外吗？”袁雨佳说，“我身边的人，甚至我爸妈，说起这个人的时候都很崇拜，觉得他就像偶像一样。我虽然不认识他，但对他也很敬佩，觉得一个人单是有钱不算成功，有钱了还能去做很多对社会有益的事情，才是真的值得敬佩。”

李子豪笑道：“那是因为你太过单纯，看事情只看表面，凡事你往深处看，就能发现许许多多不堪的。”

“那你教我啊，凡事怎么往深处看？”袁雨佳饶有兴致地问。

李子豪说：“这个……学问就太深了，得在生活中感悟的。譬如在这个社会，做生意都会有竞争，有些是公平竞争，而更多的是不良竞争。譬如工程竞标，未必看你实力大小，得看你跟甲方的关系怎样，看你给甲方的红包如何。有些人甚至会动用非常手段，威迫竞争对手，为达目的不择手段。所以许多成功的人都可能或多或少地有一些问题，因为在这个人情世故的社会，规规矩矩地做事，总是举步维艰的。但有些事你只能在背后做，却不能摆在台面上来，一个名声不好的人是走不长远的，所以很多人在成功以后，就会想方设法地做一些文化、教育、慈善之类的东西，来为自己的形象装点门面，他们被称作两面人，而这个社会有许许多多这样的两面人，明白了吗？”

“这么说你早就知道周国昌不是什么好人了？”袁雨佳问。

“这个我还真不知道。”李子豪说，“周国昌这个两面人，属于那种高级两面人，他在平常生活中把自己的阴暗面都隐藏得很好，连他的家人都能瞒着，一副老好人形象，外人就更没法知道了。”

“你怎么知道他连家人都瞒着？”袁雨佳问。

李子豪说：“你忘了我弟弟是他的养子了？我弟弟跟我聊过不少关于他的事，说他做人做事，都还是有心胸、有肚量的，没有什么负面的新闻。你没见周少安在外面上蹿下跳，甚至和蒋国富结仇，被蒋国富报复，也是周少安自己投靠的秦疤子，而周国昌从没有出来为他撑过腰吗？也许背地里做过一些，但在明面上，从没有支持过周少安，给外人的感觉是他对周少安的行为只是放任不管，但没有护短。”

“也是。”袁雨佳说，“由此可见，这个周国昌的心机之深，真是可怕。他背后到底做过怎样可怕的事情，我们需要查一查他吗？”

“怎么查？”李子豪说，“就凭着他和秦疤子或赵良臣的通话吗？他这样的老狐狸，可以有十万种合理的解释。他和秦疤子、赵良臣之流不同，他的身份特殊，是西河的一张名片，如果没有证据，或者撕不开一道口子，是不能轻易碰他的。不然，他到上面的领导那里告个状，闹出个把企业搬出去之类的举动，别说我，就是我们局长都受不了。”

“也是，我们现在只是猜测他这人有问题，但并不知道有什么问题，找不到突破口入手，也是枉然。”袁雨佳说。

李子豪说：“放心吧，我们肯定会找到突破口的。他心机虽深演技虽好，可周少安之死，还是触碰到了他心里最脆弱的那根神经，他已经不冷静了，我相信他的狐狸尾巴会一点一点地露出来，终会被我们逮住的！”

“唉，这一阵忙的，豪哥你都瘦了，变得憔悴了。”袁雨佳看着李子豪，目光里充满了关切。

“有吗？没有吧。”李子豪问。

“真的。”袁雨佳竟然把手伸向李子豪的脸，“你这里颧骨都出来了，我记得才来警队实习的时候还笑话过你，人近中年，有发福的趋势，现在瘦多了，眼眶都有点凹进去了，还有黑眼圈，明显是长时间没有睡过好觉。”

“一直这样啊。”李子豪说，“干刑警六年来，就没有睡过好觉，就算不加班，回到家里，脑子里都会自然而然地想案子，和忙不忙没有关系，都是这么过来的。”

“哦，那我知道了，是另外的原因。”袁雨佳说。

“另外的原因？”李子豪问，“另外什么原因？”

“还有什么原因，自然是……”袁雨佳说，“那个董家的千金大小姐啊，她是真不相信我们之间是误会，还是……其实早就想分手，只是以此为借口啊？”

“过去的事就让它过去吧，不管为什么都不重要了。”李子豪说。

“可我看得出来，你始终没有放下。”袁雨佳说。

李子豪抬起头，看着她，她没有逃避，而是选择对视，眼里有一种炙热的光芒。

她相信他懂。她也希望他能给出她期望的回应。

“走吧，回去再把最近这几个案子都捋一捋，看会不会有什么新的发现。”李子豪说完，便转身走出通信公司。

“你一天这么忙，还是需要一个人照顾的。而且阿姨年纪也大了，她肯定也不希望你就这样一个人。”袁雨佳知道李子豪在逃避，仍不放弃。

她还是想打动他。

她看得出来，李子豪和董曼妮算是彻底地分了，这对她来说是机会。既然喜欢，就该勇敢地争取。

李子豪竟充耳不闻，径直走了。

实际上听了袁雨佳的话，他的心里如一团乱麻。

或是他确实对董曼妮太过喜欢，也或是几年的感情太深厚，在董曼妮决绝而去的日子里，他竟觉得人生是那样索然无味，他拼命地工作，以此让自己不要去想她，他告诉自己应该放下，可她就像是刻在他心上的一个记号，怎样都无法抹去，也无法替代。

至于别人说的什么治疗失恋最好的办法就是再谈一场恋爱，对他来说根本没用，因为他还陷在昨天的幸福里无法自拔，还恋着她的好，对别的女人提不起兴趣。

甚至没有她，他对爱情都有一些心灰意冷。

他不知道那是冷淡，还是疲惫。

很多时候他觉得莫名地累，只想一个人静静，可真正一个人静下来时，那些痛苦的东西就会像猛兽一样蹿出来撕咬他。

有人说，时间是可以治愈任何伤口的良药。所以他一直在强忍着痛苦，让时间来治愈。

他心里很清楚，早晚他得找一个女人，得成一个家。

这世界有无数深爱过的人，在一起的时候信誓旦旦，刻骨铭心，最后仍会松开手，去牵另一个人的手，度过余生。

往事再难忘，都只是回忆。

而且袁雨佳说得没错，老妈老了，希望他能有一个家，老妈把半生积蓄的存折都给他了，给他买房结婚。让他把董曼妮带回家里吃饭，他一直在敷衍，又能敷衍得了多久呢？

难道他真的应该接受袁雨佳吗？

第五章　全城搜查

下午临近下班的时候，李子豪让赵良臣的律师带走了他。

没有任何犯罪证据，面对曾经的刑警干将，没有有力的证据是攻不下他的，李子豪只能让他走，之后再找机会。

晚上九点，西河的夜生活正如火如荼。

数千名警力集体出动，开始了对全城出租屋、宾馆及酒店的大搜查，寻找那只奇怪的大头皮鞋。

在出发之前，所有警员都掌握了那双大头皮鞋的资料，包括鞋底图样，磨损程度，甚至出产厂家等。

李子豪和侦查一科的刑警成员都亲自参与此次的全城搜查行动，因为大安血案本身就是重案。而且李子豪认为，大安血案极有可能和游艇凶杀案及华庭国际人口失踪案有重大关联，这可能是一直悬而未破的系列案件的一个突破口。

所以必须找出那双出现得不合时宜的大头皮鞋和那个藏在背后的神秘变态凶手。

李子豪在整个西河市的地图上选了一个搜查区域。

西河城北老街区。

那里是西河最早的老城区，是当年最为繁华的地方。随着后来西河的大开发，一座座的高楼如雨后春笋般拔地而起，将西河变成了一个更接近于现代化的大都市之后，那些风光显赫的人都搬出了老城区，住进了新建的高楼别墅。

老城区的房子就租或卖给了一些进城务工的农民，成了底层人的聚集地，一些贩夫走卒、三教九流都住到这里，使得这里的人员构成非常复杂，而且流动性极大，一直是西河的治安隐患。

一家名号为“顺安”的小旅馆，看起来普普通通，甚至有些破落，广告灯箱上积满了灰尘，使得招牌看起来都朦胧不清，墙上的瓷砖松动掉落了好些，使得墙面看起来十分斑驳，墙外的电线上更是布满蛛网灰尘，使得这幢房子看起来很有年代感。

晚上九点多，街灯昏黄，劳作了一天的人们开始回到住处。有人带着一身倦意的沉默，有人兴高采烈地说笑，众生百态尽收眼底，每个人都有不一样的辛酸或快乐。

这看起来不过是一个寻常的晚上。

富态可掬的旅馆老板娘无聊地趴在柜台上边嗑着瓜子，一双眼睛空洞地看着街道上的行人。

突然，她的眼睛闪了一下。

她看见了几个穿着笔挺警服的警察，直接向旅馆走来，她认识其中一个，是辖区的一个户籍民警，叫孙香敏，后面跟着的几个警察则个个一脸严肃，有着不怒自威的气质。

“小孙，有什么事吗？”旅馆老板娘见状，赶紧放下瓜子，站起身来热情地招呼。直觉告诉她发生了不得了的事。

因为她看见了身后那几个警察跟她平常见到的警察都不同，他们的腰间都配了枪！

警察都是有枪的，但如果不是面对危险分子或重要的案子，警察通常都不会带枪，至少不会都带枪。

“哦，发生了点事情，要查一下房，黄姐你帮忙把你这里的住宿登记拿来对照一下，然后带我们到各个房间都看看吧。”户籍民警说。

“嗯，好的好的。”老板娘连声答应，当即从柜台的抽屉里拿出了住宿登记簿递了过去。

李子豪伸手接过住宿登记簿，开始仔细查看上面的住宿登记情况。

而此时，在旅馆三楼的一处房间里，一位留着三七分发型、身材瘦削的年轻人正对着简陋房间的墙壁上的一张女星海报发呆。

女星穿着泳装，在阳光灿烂的海边，看起来有一种明媚的性感，可年轻人并非对她着迷，他只是想起了某年某天的某个时候，那段挥之不去的记忆。

站在他身边的女孩看着这张女星海报问他：“怎么样，漂亮吗？”

“明星，当然漂亮了，这还用说吗？”他说。

“那你喜不喜欢？”她问。

他摇了摇头。

“不喜欢？”她颇为意外，“为什么？”

他看着她，目光中充斥着一种炙热的情感，说：“这辈子，我都只喜欢你一个，除你之外，我不会喜欢任何人。”

没有豪言壮语，没有信誓旦旦，如此朴实的一句话，让她觉得温暖和感动。

她笑了，情不自禁地扑在他怀里，说：“嗯，这辈子，我也只喜欢你一个。以后我们要一直在一起，无论发生什么都不分开……”

“来，我们拉钩……”

“拉钩……”

泪水从他的眼眶滚出，从脸庞无声滑落。

拉钩也没有用，命运从不由人。他和她从没有想过分开，甚至都计划好了考一个学校，一起工作，一起生活，可最后却是天人永隔。

她去了无尽黑暗的地方。

他还活着，却心如荒漠。

秦疤子！

就在祭奠完小纯回来，计划着怎么杀他的时候，他却被抓了。他还能被放出来吗？如果不能放出来，就没法亲手杀他了。

对于那几个玷污过小纯的禽兽，一定要亲手宰了他们，让他们恐惧而痛苦地死去，方消心头之恨。

而那个最后出场的盲女面具人呢？他到底是谁？为何这么长时间了，却始终没有发现这个人的蛛丝马迹？

周子杰恨得咬牙切齿面目狰狞，拳头都握得咯咯作响，欲碎裂一般。

突然，他听到了动静。

“屋里有人吗，开下门，警察查房。”有个女人扯大嗓门喊。

周子杰对这声音很熟悉，知道是旅馆老板娘的声音，而且从声音的距离判断，应该还在下面一层。

他当即出了屋子，从走廊边缘的缝隙往下面看，这一看不打紧，吓得他心里猛地一跳，他竟然在几个警察之中看到一张熟得不能再熟的脸！

李子豪也在！

周子杰当即缩回头，折身进了屋子，将东西收拾进包里，打算翻窗子出去，可一抬眼就看见楼下巷子里行人如织，当即又退回来，略一思考，便出了屋子，往楼上去了。

他必须躲。

李子豪是重案刑警，亲自前来查房可不是小事。周子杰知道华庭国际案和游艇凶杀案都是李子豪在负责，而他为什么在这里，如何向李子豪解释，都会引人怀疑，何况他的包里还有见不得人的东西。

生死簿以及盲女面具！

所以他必须避开。

这家旅馆所在一共有七层，因为是早年的建筑，没有电梯，只有楼梯。其中一二三层都是旅馆，楼上则是普通居民住宿。

周子杰先上到了五楼，从缝隙里看下面的动静，他看见李子豪一行人上了三楼，逐个地搜查房间，就算没有人在里面，也让老板娘用房卡开了房门进去搜查。

旅馆老板娘先敲了敲他的房门，喊“小周”。

老板娘敲门喊了几声没人答应，还嘀咕道：“奇怪了，先前明明看见小周上楼来的啊，没在房里吗？”

李子豪说：“可能又出去了吧，你开门我们看看就行了。”

老板娘也没说什么，用房卡开了门。

楼上的周子杰此时还是有些紧张，虽然他觉得自己把东西都收拾好了，可万一有什么疏漏呢？重要的是这个搜查的人是他哥，他知道哥哥的本事，可不想成为他的嫌疑对象。

房间里很简陋，除了桌子、床和墙上几张旧的明星海报，没有什么其他东西，李子豪几人很快就出来了，又逐一搜查其他房间。

周子杰本来以为李子豪他们只是搜查旅馆住宿，等他们搜查离开后就回房间去，没承想他们搜查完三楼之后又往楼上来了，开始敲楼上住户的门。

他才知道这一整栋楼都是要被搜查的。

跟随李子豪一起的包括带路的社区民警和刑警一共有五六个人，有人搜查有人在外面站着，有个下楼去的居民都被拦着了，周子杰也就只好打消了找机会下楼的想法，他得想其他的方法离开。

他直接上了楼，到了楼顶，他得从楼顶找到一条路。李子豪等人搜完所有楼层的住户之后，肯定会到楼顶来看看的。刑警在这方面肯定会做得滴水不漏。

周子杰转到楼的边缘查看周围的情况，看有没有可以离开的方法。

突然，他看到了四楼一处住户的窗子打开，一个穿着花格子衬衫、长得干瘦的男子翻了上去，有些手忙脚乱地踩着窗子外的空调和遮雨板往楼下去。

紧接着，李子豪从窗子那里露出头，看见了刚好从二楼跳到楼下的瘦子，扯开喉咙就喊："那穿花格子衬衫的，站住，不要跑！"

不喊还好，这一喊，那花格衬衫男子回过头往楼上看了一眼，撒开腿就狂奔起来。

李子豪也翻身出了窗子，手脚麻利地翻到二楼，然后纵身跳下，追着那青年就跑。

他必须追。

因为他们在外面敲门的时候没人理会，在李子豪让随同的锁匠开门时，他们听到了窗子被打开的声响，就意识到屋里的人有问题了。没等锁匠把门打开，李子豪直接一脚将门踢开，跑到窗子处，正看见屋里逃跑的人，想也没想就追下去了。

周子杰见李子豪下楼去追人了，当即折身返回楼梯间，果然那些警察都进屋里去看动静了，外面没有留人，他当即趁着这间隙下了楼。

旅馆后面的巷子交织着，跟无数个十字架一样，而且熙熙攘攘的人群给李子豪的追逃带来了很大的困难。他跳下楼时看见瘦子跑进了左边的一条巷子，等他快步跑到那条巷子口的时候，人头攒动中已看不见瘦子的身影。

他拦着一个路人问了一下。

路人见李子豪穿着警服，也不知道那个逃跑的人是什么来路，大概担心被报复，所以有些迟疑地看着前面的一个路口。

李子豪见他的目光落向前面路口的左方，大概就知道了，当即拔腿就往路口左边追去。

果然，他跑到路口往左看去的时候，虽然不见逃跑的男子，却见许多行人回头在看，他就知道瘦子肯定是往那个方向跑了，因为跑得匆忙而狼狈，引起了行人的好奇，人们才回头去看。

他当即又拦了一个回头看的行人，直接问那个穿花格子衬衫的瘦子往哪个方向跑了。

这个行人大概比较正直，见李子豪是警察，就给李子豪指了方向。李子豪沿着那个方向追过去，追到路口的时候果然看见了那个跌跌撞撞逃跑的瘦子。

瘦子肯定跑不过有“飞毛腿”之称的李子豪，尤其是在这种行人较多的路上。瘦子跑得又急又慌，不断与人撞上；李子豪可是受过避开障碍物奔跑训练的，没两下就追到了瘦子身后。瘦子本来累得不行，又看见了后面追来的李子豪，更是心慌，结果迎面撞上一个挑着担子卖凉面的老头，一跤摔倒在地。

李子豪上前，像老鹰抓小鸡一样把瘦子提起来，在他脑袋上就是一巴掌，怒斥道：“跑得还挺快，再跑啊！”

老头也拉着瘦子，要他赔被撞翻的凉面。

李子豪从钱包里拿出两百给了老头，然后就问瘦子：“说吧，为什么跑？”

“为什么跑？”瘦子两眼一翻，摆出一副老油条的样子，说道，“怎么，我跑自己的犯法吗？哪条法律规定不能跑了吗？我跑步锻炼身体，犯法了吗？你为什么抓我？是警察就可以随便抓人吗？”

“有没有犯法你自己清楚，跟我回去你就知道了。”李子豪当即押着瘦子就往回走。

就在此时，李子豪的电话响了起来。他拿出电话一看，是韩松打来的，平常沉默而冷静的韩松语气颇为激动：“豪哥，在房间里找到了一双刚穿过的大头皮鞋，鞋底纹路对得上号！”

“真的吗？”李子豪心里突地一跳。

“是的，我们几个人对照之后才给你打的电话，对了，追到那个逃跑的家伙了吗？”韩松问。

李子豪说：“嗯，抓到了，我马上回来。”

挂掉电话，李子豪的目光回到瘦子身上，他就是那个在大安镇山脚杀害了强子几人的凶手吗？

瘦高的身材，敏捷的身手，逃跑的迹象，倒也能对得上号。

不过李子豪总觉得跟他想象中的凶手有些不同。

从案发现场看，凶手应该具备超强的心理素质，有着极为可怕的身手、变态的心理和残忍的手段，他做事应该果断而干净利落。从某种意义上讲，只是看一眼，都能从他的身上感觉出一种与常人不同的东西。

至少李子豪是这么认为的。

而眼前的人，其实还是个很平常的人，给人的感觉就像个小混混一样。穿着一件颇为招摇的花格衬衫，配一条破洞牛仔裤，一双黑皮鞋，发型是三七分，脸上有一道两厘米长的小伤疤。

“房子里是你一个人住，还是和别人合住？”李子豪问。

“就我一个人住，怎么了？”瘦子说。

“一个人住？那你应该是摊上大事了。”李子豪说。

“摊上大事？”瘦子竟一脸不以为然地道，“你当我吓大的啊，天大的事也不过坐牢，我就跟回家一样，还有什么大事！”

“你坐过牢？”李子豪问。

瘦子说：“当然，才出来半年不到呢。”

“因为什么事坐的牢？”李子豪问。

“我说你这警察是真的还是假的，怎么抓人如此不专业，你来抓我之前就没有了解一下我吗？还不知道我为什么坐的牢？”瘦子的话里竟然有几分讥讽。

“如果我告诉你，我根本就没想抓你，只是你自己做贼心虚不敢开门，还夺窗而逃，我也就抓你玩玩，你会不会觉得自己做人很失败？”李子豪也故意调侃他。

“你逗我玩吧？”瘦子问，“你没想抓我？那你们一群警察来敲我门干什么，你别告诉我是来找我聊天的。”

“我逗你干什么。”李子豪说，“两天前的晚上，大安镇发生了一起残忍的凶杀案，四条人命，凶手在逃，今晚是全城搜查，我们是来找那个杀人凶手的。这本来是一件大海捞针的事，没想歪打正着，就把你捞到了。”

说话的时候，李子豪一直注意着瘦子的神情变化。

“把我捞到了？什么意思？”瘦子说，“我又没杀人，难不成你还能把我当杀人犯抓走？”

“有没有杀人，可不是你说了算，自有证据证明。”

“行，我倒要看看你能有什么证据证明我杀人，我没干的事你还能栽赃给我不成！”瘦子掷地有声地说。

李子豪暗自皱了皱眉头，觉得有些奇怪。

难不成真不是这瘦子？

要不然一个杀人犯被抓，他不可能如此淡定的。李子豪学过心理学，知道任何一个人，即便是心理素质再强的人，遇到内心中所恐惧的事时都可能会慌乱，即便是一闪即逝的。除非是一个经过了特殊训练或做好了完全准备的人。

难道这瘦子是个深藏不露的家伙？他把自己装成了一个没有心机的小混混？然而，这太难了。因为他自己应该知道，那双鞋子就在他的屋子里，那是在现场留下的铁证！

李子豪将瘦子带回了屋子。

韩松当即指着一双放在地上的大头皮鞋，说：“看吧，鞋底上还有泥巴，泥巴的干湿度和案发时间对得上。泥土颜色略黄，和大安镇案发地的土质吻合，应该就是案发现场留下脚印的那双鞋了。”

李子豪戴上手套，上前拿起鞋子看了看，没有经过仪器检验对比，他也不能肯定就是那双鞋子。不过从表面上看来，和韩松分析的一样，是接近的。他的直觉判断这就是那双鞋。

鞋底和鞋帮上都还有残留的泥巴，和李子豪在大安案发现场见过的土色差不多，泥巴的干湿程度也就是一两天的样子。

“从哪里找出来的？”李子豪问。

“放在那个衣柜底下，用一个塑料袋装着的。”韩松说。

“咦，这双鞋子是哪来的，不是我的啊，怎么可能放在衣柜底下？”瘦子很惊讶地说。

“不是你的？”李子豪问，“难不成别人还会把鞋子放到你家里来？还是鞋子成精了，自己会走路？”

“我跟你瞎掰什么，真不是我的。”瘦子说，“我根本就没买过这样的鞋子，这鞋子看起来就像农村人穿的，土得要命，我怎么会穿！”

“这些又是什么？”李子豪环视屋子，突然在茶几上看见了一堆手机，旁边还放着好几把长短不一的刀子。

“哦，这些都是在抽屉、柜子和床底下搜出来的。”韩松说。

李子豪上前仔细查看那些手机，各种牌子的，有新的也有旧的，他抬起头看着瘦子，说：“这些手机，都是偷来的吧！”

“偷？”瘦子说，“那是不可能的，我这都是走街串巷找别人收来的，准备做手机生意呢。”

“啪！”李子豪不由分说地在瘦子头上打了一巴掌，“你当这世界所有人都跟你一样蠢呢？你一个走街串巷的小贩听到警察敲门跑什么？家里还放这么多刀？”

“放刀在家里防身啊，毕竟这社会也不是很安全，是不是？我放这么多手机在家里，也是一笔不小的财富啊，万一有人来打劫呢？”瘦子还在狡辩。

李子豪已经不理会他了，当即对随行警察吩咐道：“带回去慢慢审。还有这双皮鞋，带回去做鉴定。屋子暂时封锁起来，到时候做个现场勘查。”

“那还要继续搜查吗？”韩松问。

李子豪说：“其他组继续搜，我们先回去对鞋子进行鉴定后再说。”

当下，李子豪带着瘦子回了警队，让韩松将皮鞋送去了技术科，他则当即提审瘦子。

“叫什么名字，哪里人，年龄，从事什么职业？”李子豪问。

“你们不是搜走了我的身份证，上面不都写着吗？”瘦子说。

“少废话，我问你什么就答什么，别再扯那些有的没的，我得提醒你这里是刑警队，我有一千种办法让你哭着说，信不信？”李子豪的声音瞬间严厉起来，样子也凶了很多。

瘦子似乎被吓到了，目光环视了一下屋子，看见包括旁边站着的袁雨佳都用那种如利剑的眼神看着他，当下就老老实实地答道：“黄武胜，西河市白山镇后土村人，26岁，自由职业。”

“前天晚上十二点在哪里，在干什么？”

“前天晚上十二点？”黄武胜歪着头想了想，“没干什么，在家睡觉啊。”

“什么时候回的家，走的哪条路回家？”

“这个我就不知道了，我没看过时间。我都是在外面玩够了才回家睡觉。”

“说个大致时间吧。”李子豪说，“我可得提醒你，不要撒谎，你在什么时间，走过哪条路，到过哪个地方，做过什么事，我只要一调监控，就能够证明。但让我知道你撒谎，浪费了我的时间，我会让你吃不了兜着走。”

“这个……这个……”黄武胜顿时不知道该怎么说了。

他本来是想撒个谎忽悠一下，可听了李子豪的话后，就知道根本忽悠不过去，监控真是个厉害的东西，就像是一双随时都盯着你的眼睛，什么谎言都能戳穿。

“我想不起来了，当天的事努力想能想得起，这都过好几天了，又不是什么大事，压根就没放在心上，完全想不起来了。”

李子豪说：“看来，你不是记不起来，而是不敢让人知道你那个时候在哪里。至少有一点可以肯定，前天晚上的十二点后，你是肯定没在家睡觉！”

“你为什么就不信呢？”黄武胜一脸无奈地道，“行，你要不信我在家睡觉，那你说我在干什么吧！”

“你把角色搞错了吧，是我审你，还是你审我？”李子豪问。

“是你审我啊。”黄武胜说，“关键是我说的你不信，我有什么办法，你们警察办案是要讲证据的吧，所以你要认为我犯了什么罪，就拿出证据来，让我无话可说就好了。”

“你还知道警察办案要讲证据，看来你没少和警察打交道啊。对了，我想起来了，你说你坐过牢。”李子豪回过头对袁雨佳说，“雨佳，你去调一下他的资料看看。”

袁雨佳转身去了。

李子豪从兜里抽出一根烟来点燃。

“警察大哥，能给我一支吗？我……我烟瘾也犯了。”黄武胜堆起一脸讨好的笑。

李子豪吸了一口烟，故意把烟雾吹到他脸上，说：“想要烟可以，老实交代问题，前天晚上十二点以后，你在什么地方！”

“我真的在家睡觉啊，你不信我有什么办法。”黄武胜说。

李子豪说：“然而你说不出你是什么时候从哪条路回的家。”

“从哪条路回家，我没放心上去啊。”黄武胜说，“四五条路可以回来，我坐的出租车，我在车里玩手机，也根本没有留意出租车走的哪条路。咱有钱，不在乎出租车绕不绕路。”

“那你是真有钱，坐出租车都绕得起路了。”李子豪揶揄地说。

“嘿嘿，小钱，小钱，不能跟警察大哥你们比，九牛一毛而已。”黄武胜厚着脸皮笑道。

“别给我扯别的。说，你什么时间，在哪里坐的出租车回家？”李子豪问。

“这个我也不记得啊。我当时走着走着，看见一辆空车就伸手拦下了，没有注意地方，更没有去看是什么时间。我不过是一无业人员，我的时间比钱还多，压根就没有时间观念。”黄武胜辩解道。

“好吧，那你肯定记得当时付了多少车费吧？”李子豪问。

“付了……”黄武胜装模作样地想了想，“八块吧。”

“八块？”李子豪一声冷笑，两道冷厉的目光射向他，手掌猛地拍在面前的桌子上，“你不说实话，别想出得去。落到我手里，你不要想着蒙混过关！”

黄武胜吓得一颤，又努力稳了稳神，说：“我，我怎么就蒙你了？给了八块车费，有什么问题吗？”

“当然有问题！”李子豪很肯定地说。

“什……什么问题？”黄武胜一蒙。

李子豪说：“八块，是西河出租车的起步价，你坐的一个起步价的车，说明你是从比较近的距离回的家，也就是说你是在你熟悉的一个小范围，你会不记得是在什么地方上的车，从哪条路回的家？”

“是熟悉的地方，我……我……我说了我当时在玩手机，走神了，没注意。”黄武胜说。

“你当时玩手机走神了？”李子豪说，“行，你总不会一直在玩手机吧，在你坐车回来之前，你去过什么地方，和什么人在一起，你总记得起吧？”

“之前？之前我去了很多地方，譬如去看过电影，逛过商场，也去过游戏机室。”黄武胜说。

“把你去看电影，逛商场和到游戏机室的时间先后排出来。”

黄武胜略想了想：“应该是先去的游戏机室，再看的电影，然后逛的商场。”

“你确定？”李子豪问。

黄武胜又想了想，似乎觉得没什么问题，点头道：“确定。”

“商场通常都是九点半到十点钟关门，也就是说你是在大约九点半或者十点之后回的家？”李子豪问。

“应……应该是吧。”

李子豪说：“整个西河市的商场都不是很多，每一个片区可能也就那么一两个商场，生活在西河的人对这些商场基本都很熟悉，你应该记得你是到的哪个商场吧？”

“嗯，记……记得。好像是大润商场。”黄武胜说。

“跟谁呢？”李子豪问，“逛商场，你肯定不是一个人吧。而且你说前面还看了电影，应该是和一个女孩子一起是不是？”

“嗯，是……是。”黄武胜答道。

“那女孩子是谁？把联系方式给我。”李子豪说。

“不是很熟悉，是打游戏认识的一个妹子。”黄武胜说。

李子豪说：“不管你们怎么认识的，什么关系，既然一起看了电影，逛了商场，联系方式肯定有吧？你要敢说没有，没好果子吃！”

黄武胜不敢狡辩，只好说了那女孩子叫云琪，李子豪在他的手机找出了云琪的电话号码记下。

很快，袁雨佳调了黄武胜的资料送来，递给李子豪。

李子豪接过一看，这个黄武胜确实是个老油条，在过往的经历中，蹲过四次监狱。

第一次是未成年时打群架，在少管所关了半年；第二次是十八岁时伙同别人抢劫，判两年，坐了一年十个月的牢；第三次是盗窃，被判一年；第四次是扒窃并伤人，被判了三年，今年才出狱。

“惯犯啊。”李子豪说。

黄武胜不以此为耻反以为荣，笑着说："小市民，混口饭吃而已。"

李子豪没理会他，而是拨打了那个云琪的电话号码，问她和黄武胜的关系，重点是前天晚上两个人是不是一起去看了电影又逛了商场，以及大概的时间点。

云琪说确实和黄武胜去看过电影逛了商场，从商场离开的大概时间是晚上九点，之后两人还到商场旁边的一个烧烤摊吃了烧烤，然后分开的。

李子豪问烧烤摊的名字。

云琪略想了想，说摊位叫"二哥鱿鱼"。

李子豪当即打电话给韩松，让他去大润商场外的"二哥鱿鱼"，看九点之后那附近的监控，看黄武胜上的哪辆出租车，然后找到那辆出租车的司机，问那天他是不是送黄武胜回了家。

打完电话，李子豪将目光落回黄武胜脸上。

或是心虚的缘故，黄武胜不敢与他对视，只是把目光斜向一边，好几次回过头想对李子豪说什么，却欲言又止。

"现在说实话还来得及，等我调查清楚，发现你撒了谎，误导我办案，看我怎么收拾你！"李子豪说。

"你为什么就不信我呢？"黄武胜说，"我真不是你们要找的那个杀人凶手，你别在我身上浪费时间了，我发誓，我这辈子骂过人，揍过人，也砍过人，但从没有杀过人。我再傻也知道杀人这事不能干啊，有时候跟人放狠话，那都是说出来吓人的，我真不可能干这事。毕竟，杀人跟自杀没区别啊，因为杀了人，就是死路一条。"

"你这嘴挺能扯啊。"李子豪说，"我说了，干没干这事，你说了不算，我说了也不算，证据说了算。"

"那行，你拿出证据来，证明我杀了人再说。"黄武胜理直气壮地把胸脯一挺。

"放心，我会拿出证据的。你再好好想想吧，我一会儿再来看你。"说完，李子豪跟袁雨佳出了屋子。

“这人一点也不老实，满嘴谎话，一看就不是什么好货色。”袁雨佳发着牢骚，话锋一转，“不过，说他是个无赖我信，说他是杀人犯，而且是一口气沾上四条人命，我觉得不大像。”

“你觉得哪里不像？”李子豪问。

“没有那种戾气。”袁雨佳说，“但凡是杀人那么干净利落，近乎变态的，肯定都会有很浓重的戾气。”

李子豪淡然一笑，说道：“这世上的人千奇百怪，有些人性格直爽，而有些人笑里藏刀。单说那些形形色色的诈骗案吧，为什么一年有成千上万的人被骗，就因为那些骗子的脸上没有写一个坏字吗？他们看起来比好人还可信。如果单从面相就能看出一个人的好坏，咱们警察做起来可就真是太轻松了，还学什么破案推理，还要掌握什么刑侦技术，只从脸上看不就可以了？”

“好像也是这个道理。”袁雨佳说。

李子豪说：“越是高明的罪犯，越是不喜形于色，他们会把自己藏得很深。有时候可能是一个让人同情的乞丐，有时候可能是一个灰头土脸的农民，有时候可能是一个流着口水的傻子，但那都是人前的一张面具。避开人后，谁都无法想象他们会如何地灭绝人性。娱乐圈影帝的演技和他们比起来，那都是小巫见大巫，因为他们会研究作案对象，也会研究警察，然后精心地谋划，设想各种可能，做出各种防范……所以，每一个国家几乎都有无法破解的悬案和无法抓捕到案的罪犯，就因为罪犯太过高明。”

“那……这个案子能破吗，我们能把罪犯抓到吗？”袁雨佳弱弱地问。

“当然！”李子豪回答得很肯定。

“这么有把握？”袁雨佳问，“华庭国际案和游艇凶杀案有什么线索了吗？”

“没有。”李子豪还是简简单单的两个字。

“线索都没有，你还说得这么有把握？”袁雨佳问。

李子豪说：“说实话，那两个案子，凶手真是做到了出神入化的地步，堪称完美，无懈可击。如果他就此收手，这两个案子能不能破，我还真没把握。可问题是他还会继续犯案，想得多了，做得多了，再高明的人，百密终有一疏，终会在一些蛛丝马迹中露出马脚的。用我们那里的一句土话说就是，久走夜路要撞鬼！”

“嗯，我真的好想豪哥能把案子破了，看看这个凶手到底是个什么样的人，感觉真是比电影里看到的还让人惊心动魄。”袁雨佳说。

李子豪的电话响了起来。是韩松打来的，说他去“二哥鱿鱼”那里看了，那天晚上大约九点二十分，黄武胜和一个女孩的确在那里吃了东西，在大约十点的时候，女孩上了一辆出租车，黄武胜则骑着一辆电动车，往河西路去了。一直进了一个叫山水花苑的小区，然后就没见出来。

“行，知道了。”接完电话，李子豪又重新回到了审讯室。

“你总算来了，我坐这里都差点睡着了。”黄武胜颇为抱怨地道。

“怎么，想睡觉了吗？”李子豪问。

“那还用说吗？现在应该都过了十二点了吧，早该睡觉了。”黄武胜说。

“呵呵。”李子豪露出了一个嘲讽的笑容，“你今天晚上怕是别想睡了。”

“别想睡了？什么意思啊？”黄武胜问。

李子豪说：“意思就是我要连夜审你，如果我审累了，就换个人审，反正你别想休息，直到你把问题交代清楚，懂吗？”

“把问题交代清楚？”黄武胜一脸茫然，“我有什么问题吗？”

“还装傻充愣！”李子豪一巴掌重重地拍在桌子上，“你不是说前天晚上你坐的出租车回家睡觉，不记得时间和走的哪条路了吗？那个骑着电动车到山水花苑小区的是谁？”

黄武胜的头一下子耷拉了下去。

“说吧，你这么撒谎是为了掩饰什么，去山水花苑干什么去了？”李子豪追问。

“没……没干什么，去……去玩的。”黄武胜的声音小得几乎连自己都听不到了。

“玩？”李子豪问，“跟谁玩？”

“不跟谁玩，就……就自己玩。”黄武胜说。

“自己玩什么？”李子豪问。

“玩……不玩什么。”黄武胜说，“就找地方待会，休息休息。”

“看来，你真的是不见棺材不掉泪，非得要我找东西来把你的嘴巴撬开？”李子豪问。

“警官你要信我，我真没杀人，我对天发誓，要我杀了人，我就不得好死，死了都不超生，这可以了吧？”黄武胜说道。

“别跟我玩这些虚的，说你到底去山水花苑干什么了？”李子豪问，“是进去后一直待在里面，还是进去后就另找出口离开了？如果是待在里面，谁能做证；如果是离开，又去了哪里？”

“我，我就一直待在里面的。”黄武胜说。

“有人能做证吗？”李子豪问。

黄武胜摇头。

“待到什么时候走的，从哪个出口出来？”李子豪说，“提醒你不要说谎，小区里面虽然没有监控，但从小区出来的任何一个出口，你走的路上都能找到监控，你撒不了谎的。”

“待……待到大概凌晨三点的样子。”黄武胜嗫嚅地说。

“待到凌晨三点？”李子豪问，“你待在什么地方？为什么待到那个时候？”

“就在小区里的一处路边，本来是想去找个妹子的，但是徘徊了很久，后来放弃了，我就走了。”黄武胜说。

“去找个妹子？”李子豪问，“什么妹子？”

黄武胜说：“我一直很喜欢的一个妹子，算是暗恋吧。”

“你不是都才和另一个妹子看了电影逛了商场还吃了夜宵吗？”李子豪问。

黄武胜说：“那些都只是玩玩，没放在心上。”

“然后你去找那妹子，十点钟去，凌晨三点才走？中间五个小时，你都在那个小区里，没有去找她？”李子豪问。

黄武胜点头，“嗯”了一声。

“你从小区的哪个门出来的？”李子豪问。

“后门。”

“从后门走后，往左还是往右走的？”

“往左。”

“行，我马上去给你证实，要是你撒了谎，你下半夜会哭着求我的。”李子豪说着，又给韩松打了电话，让他在山水花苑小区后门往左找监控看黄武胜的行踪，时间点在凌晨三点左右。

打完电话，李子豪的目光直视黄武胜，直觉告诉他，黄武胜在说谎。

虽然这看起来是一个还算能自圆其说的故事，可如果真是如此，黄武胜就没必要一开始就撒谎。

那么他到底去山水花苑干什么？

真的是凌晨三点才走的吗？

李子豪看着黄武胜，觉得里面的逻辑漏洞很大。他觉得黄武胜不可能因为暗恋一个女孩而在她的楼下待了将近五个小时，而且还待到凌晨三点。那个时候整个小区的人都已经睡了吧？

何况，无论从哪方面看，黄武胜都不像是一个痴情种。他要是对那个暗恋的女孩那么痴情，他会和别的女孩约会吗？

这里面到底隐藏了什么样的内幕？

如果真能证明他是凌晨三点离开的山水花苑小区，其中的内幕李子豪就不怎么关心了。

李子豪关心的是大安镇的血案，那个案子大概发生在晚上十二点到一点，如果黄武胜是凌晨三点离开的山水花苑小区，那他就有不在场证据，与杀人案无关了。可如果他不是凌晨三点离开的山水花苑小区，那就很难说了。

从他十点进入小区，而后行踪消失，而到大安镇正常情况也就两个小时，晚上车辆较少，速度更快，这么看他是有作案时间的。加上他撒的谎和那双疑似的大头皮鞋，问题就大了。

李子豪给梁梅打了个电话，问大头皮鞋的泥土化验结果出来没有。

梁梅说快了，出来就告诉他。

很快，韩松打了电话来，说山水花苑本身是一个比较旧的小区，后门没有监控，出后门后是一条小路，小路后面是一座土丘，荒草丛生，找不到监控。往左方向去，是一片正开发修建的建筑工地，工地里面装了监控，但监控不到路面上来。

“明白了。”李子豪挂断电话，回过目光看着黄武胜，“看来你的脑子比你这平庸的相貌要出众那么一点，作案知道熟悉环境，知道避开监控。”

“什么熟悉环境，什么避开监控，我不知道你在说什么。”黄武胜说。

李子豪说：“我们的人去山水花苑看了，那里的后门没有监控，往左是建筑工地，工地上有监控，但监控不到路面上来，所以无法证明你是凌晨三点离开的山水花苑。”

“你们无法证明，怪不了我啊。”黄武胜说。

“那行，你告诉我。你既然是在暗恋的女孩楼下徘徊，最后离开时为什么不走前门，而要走后门？”李子豪问。

“因为前门有保安，那个时候出去，保安会问话，我嫌烦。”黄武胜答。

“后门，如果没有保安，晚上不会关着吗？”

“关着没用，我会开锁。”

“哦，我忘记你以前做过盗窃。”李子豪说，“你确实比我以为的要能耐一些。或许你还有什么让人意想不到的能耐，是不是？”

“我不知道你这话的意思。”

“意思就是你跟我绕了这么多弯子，那个晚上你肯定做了什么见不得人的事。你以为山水花苑后门没有监控，就无法查证。那离开山水花苑后你去了哪里，总有个地方是有监控的！”

“离开山水花苑后，我就回家睡觉了啊。”黄武胜说。

“经过了哪些路？”

“我只记得是从宝成路回的家，其他的不记得了。”

“宝成路？”李子豪说，“那是靠近老街区的路了，也就是说你无法证明你是从山水花苑那里回的家，只能证明你是三点多回了家。”

“那就没办法了。”黄武胜说，“我并不知道山水花苑后门没有监控，要不然我干吗非得说凌晨三点才离开，我就是以为有监控骗不了你们才说的实话。”

“好了，咱们先等等证据再说吧。”李子豪说着，点燃了一根烟。

看似不经意甚至有几分懒散地抽着烟，其实李子豪在非常集中注意力地在观察着黄武胜，发现他尽管装着镇定，但脸上有一丝局促不安。

从表象上看，如袁雨佳所说，黄武胜确实不像是一个能够心狠手辣干净利落杀了四个人的刽子手。然而，悬疑是恰恰是十点到三点这个时间无法证明他的去向，这在案发时间之内。

而且，黄武胜确实心中有事。

“警官，能不能让我睡觉，有什么问题明天再问啊，我撑不住了，眼皮都打架了。”黄武胜一脸可怜兮兮地哀求道。

李子豪说：“我说了，在案子没弄清楚之前，你别想睡觉。案子弄不清楚，你可能几天几夜都没得睡的。”

“你们这是乱来啊。”黄武胜一下子愤然起来，“我又没被剥夺政治权利终身，我还有没有一点做人的基本权利了，睡觉都不准吗？”

“我是警察，我都在陪着你熬夜，你还有什么不满的。别激动上火，这样伤肝。以往，很多不配合的人都被我熬哭过，后来是哭着求我，最后什么都说了。犯案的人，只有全部都说了才会如释重负，懂吗？”

“行，我就陪你熬，看你能把我熬成粥不成！”黄武胜突然心一横。

李子豪只是不以为然地轻笑一声。

“快两点了，换个人来审吧，豪哥，我们明天肯定还有很多事忙呢。”旁边的袁雨佳说。

“快两点了吗？”李子豪拿出手机看了下时间，“你先回去睡吧，我再陪他熬一会儿，我必须得熬出个结果来。”

“那好吧，我陪你。”袁雨佳说。

“哎，警官你真是一根筋，你们拿的是工资吧，何必这么拼命呢，身体是自己的，出问题了吃亏的是自己。”黄武胜想让李子豪放弃。

李子豪笑道：“泥菩萨过河，自身难保，你还是先管好你自己吧。这只是一个开始，后面有你哭的时候。我曾经遇到一个犯人，三天三夜都不开口，我换了三次班，最后，他还是扛不住了，我看你能扛多久。”

“出人命了难道你们不负责？”黄武胜问。

“这就不是你该关心的事了。”李子豪说。

黄武胜不说话了。

他在想：真有这么难熬？能审他三天三夜，甚至更久？

李子豪的电话响了起来。

他一看，是梁梅打来的，当即就接了电话。

梁梅说，经过化验，在顺安旅馆楼上住户搜到的大头皮鞋鞋底泥土与大安镇案发现场的泥土土质完全吻合！

也就是说，那双大头皮鞋到过命案现场！

“很好，非常好！”李子豪激动地说。

挂断电话，他回过头看着黄武胜，眼睛里闪烁着光芒，宣布道：“你的表演已经结束了！”

“什么意思？我演什么戏，怎么结束？”黄武胜一脸茫然。

李子豪说：“刚才出了化验结果，在你屋里搜出来的大头皮鞋鞋底泥土与大安镇案发现场的土质完全吻合，说明你就是大安杀人案的最大嫌疑人！”

“没搞错吧，我杀人？”本来有些萎靡的黄武胜一挺腰杆，有些激动地说，“我连鸡都没杀过，怎么会杀人，你们可别诬陷我。”

李子豪问：“我是不是问过你，房子是你一个人住，还是几个人住，你说只有你一个人住？”

“是啊，就我一个人住，怎么了？”黄武胜问。

李子豪说：“你一个人住的房子里，那双鞋子毫无疑问就是你的了，而你的鞋子出现在深夜的杀人现场，你说你没在现场，难道你是把鞋子借给别人穿了？”

黄武胜着急地说：“我不是说过吗，那双鞋子根本就不是我的，我根本就没有那样的鞋子。我也不知道你们是怎么搜出那双鞋子的，不会是你们故意陷害我，把那双鞋子放我屋子里，说是我的吧？”

“陷害你？”李子豪说，“你还真会想，为什么要陷害你？”

“还能为什么。”黄武胜说，“你们想破了命案立功，可是又找不出凶手，然后就找个人陷害，而我倒霉，就偏偏被你们选上了呗。”

李子豪说：“你想多了，搜你房间时不但有支队刑警，还有片区民警，包括带路的户籍警察，没谁能陷害你。因为就算你房子里有证物，只要你有不在场证明，就无法认定你是凶手。所以，这是没法陷害的，懂吗？”

“可那双鞋子真不是我的，我可以对天发誓，我要有这么一双鞋子，就天打五雷轰，不得好死。”黄武胜说。

李子豪说：“发这样的誓是没用的，我们只相信证据。如果你说这双在你屋子里的鞋子不是你的，那是谁的？”

“我也不知道谁的啊。”黄武胜说，“我压根就不知道我屋子里有这么一双鞋子。”

“你见过你朋友穿过那样的鞋子吗？”李子豪问。

黄武胜摇头道：“没有，我的朋友都比较时髦，是不会穿那种土里土气的鞋子的。”

“那这两天有谁到你屋子里去过吗？”

黄武胜还是摇头道：“没有，我不会带朋友去屋里，都是在外面玩。”

“为什么不会带朋友去屋里？”李子豪问。

“因为……因为……不安全。”黄武胜说，“在外面混，难免出点什么事，如果被人知道了住的地方，万一朋友落在了仇人或者警察手里扛不住，那就完蛋了。”

“哟，想不到你还有这样的安全意识。”李子豪说。

黄武胜说：“因为我上过这样的当，被朋友带的警察来屋里抓过。”

“这么说来还真是吃一堑长一智啊，好吧，既然没有朋友到过你屋子里，你的门也是紧锁着的，这双鞋子的确不可能是别人的了。有句话怎么说的，黄泥巴掉到裤裆里，不是屎也是屎。你说或者不说，这个命案你都逃不掉关系了。”李子豪站起身对袁雨佳说：“杀人重犯，可以给他换点道具了。”

“啊，换点道具？”袁雨佳一愣，还没反应过来。

李子豪说：“手铐，脚镣，杀人犯的标配，这你都不知道吗？”

“哦，懂了，我去拿。”袁雨佳说。

“警官，你相信我，我真没杀人啊，真没杀人，那鞋子不是我的，你信我。”黄武胜腿一软，差点从椅子上栽下去。

“初步的证据确定了，后面的事就好办多了，你还是好好想想怎么交代问题吧，明天见。”李子豪说着，让人把黄武胜送回了关押室。

“果然还是豪哥你说得对，看人不能看表面，要不是证据确凿，我怎么都不会信这黄武胜是那个杀人狂魔。”想着这个案子这么快就要破了，袁雨佳有些莫名地兴奋。

“这才哪跟哪呢，哪里证据确凿了？”李子豪问。

“那鞋子不就是证据吗？”袁雨佳反问。

李子豪说：“算是证据之一吧，不过……”

“不过什么？”袁雨佳问。

李子豪说：“这个黄武胜虽然有点自以为是的小聪明，心机却并不深，不够狡猾，我还真有点不信他能制造出那样一个大案。”

“可他那双到过现场的鞋子说明了一切。”袁雨佳说。

李子豪说：“我们换个思路啊，如果他真是那个杀人狂魔，一口气杀掉四个人那么干净利落，说明他肯定是个老手，有着丰富的作案经验。当时是雨天，现场可以留下很明显的鞋印，他是能够想得到的。那么问题来了，他为什么不把鞋印给破坏掉呢？”

“因为是漆黑一片的晚上，没有足够的条件让他去发现和处理那些脚印啊。”袁雨佳说。

“好吧，就算如此。”李子豪顿了一下，“他既然知道自己在现场留下了很明显的脚印，他自然也该知道这双鞋子会成为罪证，别说一个经验丰富的杀人狂魔了，就算是个没有经验的一般人，他也会把鞋子找个地方丢掉吧，谁会傻到还放回自己家里呢？”

“有道理。”袁雨佳说，“可黄武胜都说了，他屋子里都没人去过，平常也都是锁着门的，鞋子除了是他的，还能是谁的？”

“还记得游艇凶杀案吗？”李子豪问。

“记得啊，怎么了？”袁雨佳说。

李子豪说：“那把杀了周少安的青铜短剑，蒋国富说他本来是放在床头柜里的，但却出现在了游艇的案发现场，成了陷害他的罪证。”

“你的意思是说黄武胜也是被人陷害的？”袁雨佳问，“难道大安杀人案真的又是那个神秘的变态杀手干的？”

李子豪摇头道：“不知道，扑朔迷离，我只是在说案件的一种可能而已。先不管了，时间也不早了，我先送你回去吧。”

“啊？怎么，豪哥你送我啊？”袁雨佳眼里有着不可置信的惊喜。

“让你加班到这么晚，应该的嘛。”李子豪说。

袁雨佳说：“你干吗不说是这么晚了，你不放心我一个女孩子独自回家呢？”

李子豪笑道：“你开心就好。”

袁雨佳也笑道：“你要能天天送我，我就更开心了。”

李子豪没接话，他又突然地想起了董曼妮。

那些两个人耳鬓厮磨的夜晚真幸福，只可惜都成了回忆。

这天晚上李子豪做了一个梦。

他梦见了二十年前的那场地震，四处的房屋轰然坍塌，爸妈带着他和弟弟在街道上狂奔，不断有东西砸在周围的地上，弟弟被吓得哇哇大哭。突然路边的一根电杆断倒下来，爸爸把他和弟弟推开，自己却被电杆压住了半截身子。

妈妈过去拉爸爸，也被飞来的一块砖头打倒了，他想过去将爸妈拉起来，口里流着血的爸爸向他挥手，歇斯底里地喊，让他快跑，让他照顾好弟弟，他哭喊着爸爸妈妈，还是想去把他们拉起来，这时旁边的一幢房子轰然倒下，从头上黑压压地压来……

他惊醒过来，发现只是一场噩梦，身上的衣服已经被汗水浸透了。

窗外已经亮开。

李子豪看了下时间，才六点半，感觉还是很困，但再也睡不着了。他满脑子都是刚才的梦，和曾经他的经历那样相似，那场地震很多次将他从梦中惊醒。

无论怎样，他还是非常想念他的亲生父母，想起曾经的幸福时光。那些东西从他存在于这个世界开始，就已经流淌在他的血液里。无论经历了什么，也注定会一直伴随。

只是，那些曾经深刻拥有过的东西却再也无法触摸，每当想起来，就像心中的伤疤被剥开般疼痛。

猛然，他想起来明天就是那个地震之日，也是爸妈的忌日！

他当即给周子杰发了个信息，说明天就是爸妈的忌日，问他能不能空出时间来，一起回去看看。

结果周子杰很快就回了信息，说可以的，反正他现在家里没什么事。

李子豪很意外，回信息问，怎么这么早就醒了？

现在才六点多钟，他以为周子杰肯定还在睡觉，所以才发信息，等他醒来回了就是，没想他居然秒回。

周子杰说，可能是昨晚睡得比较早吧。

李子豪也没再说什么，只是让他安排下时间，明天早上六点出发，回东川去爸妈坟前看看。

那边的周子杰其实并非昨晚睡得早，而是他的心里一直装着事。

这两天他一直在暗中观察周国昌，能感觉得到他比平常忙碌了许多，经常很神秘地与人通话，在通话时杀气毕露。

可周国昌的警惕性特别高，只要是在通话必定留意周边环境，使得周子杰完全没法近距离偷听，只能躲在远处偷看。他还特地买了监听器回来，想找机会装到周国昌的手机或者车上，却始终没有找到机会。

不过他还是发现了一个很重要的线索，那就是周国昌有两个手机，两个手机从外观上看一模一样，一样的牌子，一样的型号。只不过一个放在衣服的兜里，一个放在手中的包里。

放在包里的手机有铃声，而放在身上的没有铃声，应该开的震动。而这几天周国昌用得频繁的就是放在身上那个手机。如果不是仔细观察，根本发现不了这个情况的，只会认为他只是用了一个手机而已。

周子杰故意给周国昌打过电话，发现他打电话去时周国昌是拿包里那个有铃声的手机出来接听，这说明那个有铃声的手机是生活中常用手机，是不存在什么大秘密的。而那个放在身上没有铃声的手机，大概就是周国昌的秘密所在。

周国昌用那个手机都和什么人联系呢?

那个手机时刻都放在周国昌的身上，想要装监听器只怕难如登天。不过要是能弄到那个手机里的号码，查到其中的通话记录，也就可以知道和周国昌保持秘密联系的是什么人，也可以知道周国昌的背后一面了。

然而又能怎样知道那个手机里的号码呢?

偷。

周子杰突然想到了这个字眼，如果能想法把那个手机偷到手，拨打一个号码出来，从来电显示上就可以知道那个号码了。

只是，怎么去偷，他得好好计划一番才行。

他总是隐隐地感觉，周国昌和当年害小纯自杀的那个神秘面具人应该是有直接或间接关系的!

第六章　监控疑踪

李子豪赶到刑警队，第一件事就是提审黄武胜。

他到的时候黄武胜还在睡觉，睡得正香，鼾声如雷，开门的哐当声也没有把他惊醒。

李子豪上前踢了他一脚，他才睁开惺忪的睡眼。

“怎么，都快吃枪子了，还睡得着吗？”李子豪问。

“我一晚上没睡着啊，天亮了才睡的，警官，我真没杀人，你们要相信我！”黄武胜一骨碌爬起来。

“走吧，去审讯室，咱们慢慢说。”李子豪说。

黄武胜被带到审讯室，一路上都在喋喋不休地说那鞋子不是他的，他没有杀人，肯定是有人陷害他。

“别狡辩了。”李子豪说，“这种事不可能有人陷害得了你的。”

“为什么不可能陷害得了我？”黄武胜不解地道。

李子豪说：“只要你有不在场证据，证明案发时你在其他地方有事，别说找到现场的鞋子，就算是找到杀人的凶器，那也不能证明你杀人。所以这双鞋子只不过是一个辅证而已，重要的还是你无法证明你不在案发现场。你所说的凌晨三点才离开山水花苑，没有人可以证明，也没有监控记录，仅凭你口述，不能成为证据。”

“他明显就是在撒谎，谁相信他在一个小区里什么也没做待了五个小时呢？简直是拙劣的谎言。”袁雨佳说。

李子豪说：“而且喜欢一个女孩，在她楼下待了五个小时更荒唐。这种说辞骗三岁小孩还差不多，想在刑警队蒙混过关，你太天真了。”

“好吧，我说实话，我不是因为喜欢一个女孩去的那里，而是有别的事，我都说实话好了，我真没有杀人。”黄武胜说。

“现在要说实话了？”李子豪说，“行，说来听听。”

黄武胜说：“我去那里是去踩一户人家的点，想偷她家的东西。一直等到一点她才睡，两点多钟才睡着，我三点动的手，得手之后从后门离开。这次我要再撒谎就生个儿子没屁眼。”

“踩谁家的点，偷了什么？”李子豪问。

黄武胜说：“她的名字叫杨丽，我拿了些现金和金器。”

“杨丽？”李子豪问，“她是什么人，你认识吗？为什么想到去偷她的东西？”

“嗯，认识。”黄武胜说，“因为她是强哥的女朋友，我知道强哥在她那里放了很多东西，听说强哥被通缉跑了，所以我就想去她那里发点儿财。”

“强哥？”李子豪眉头一皱，“你说的强哥是谁？”

黄武胜说：“真名叫张志强，跟疤哥混的，道上辈分大点儿的都喊他强子。”

“你跟强子熟吗？”李子豪问。

“嗯，还算熟。”黄武胜答道。

“为什么熟，有什么往来吗？”李子豪问。

“就是……就是……”黄武胜说，“有时候我们在外面做业务，遇到麻烦了，会找人请他帮忙摆平，有时候他有什么事用得着我了，也会找我做。”

“他有什么事用得着你做的？”

“帮他在别人家里装窃听器或者监控器，或者帮他偷东西什么的。”黄武胜说。

“帮他偷东西？”李子豪突然脑子里灵光一闪，“前些日子，你有没有帮他偷过手机？”

“这……”

“我可是在给你活命的机会，你要再敷衍我，你自己做好上刑场的准备吧。”李子豪冷冷地说。

“嗯，是的。”黄武胜承认道，“前不久我帮他偷过一个手机。”

“在老城区的一个农民工租的房里偷的一部旧的老人机，是不是？”李子豪问。

“嗯，是的，警官这你都知道？”黄武胜很意外。

李子豪说：“强子把这部手机给了秦疤子的司机四眼，让四眼打给他的情妇冯香香，将她骗到大坪山，然后将其杀害，随后强子再将四眼杀害。就是这部手机，牵出了两条人命，我能不知道吗？”

“啊？出了两条人命？”黄武胜吓得一抖，“警官，不关我事啊，当时强哥只跟我说让我帮他弄部手机，好坏没关系，找没有监控的地方下手就行。因为他帮过我的忙，我欠他人情，也不知道他要手机干什么，反正我是干这行的，就帮他弄了，要知道他弄来杀人，我打死也不敢的。”

李子豪说：“这事先不说了，说一下你在那个女人家里都拿了什么东西吧，记住，你得说清楚了，因为我马上就去找她调查，如果知道你撒谎，你自己知道后果。”

“拿了……拿了……”黄武胜虽然有些不大想说，但还是说了，“有一条黄金项链，一枚红宝石戒指，一个翡翠手镯，还有……还有二十万现金。”

“二十万现金？”李子豪颇感意外，“一个女人怎么会在家里放那么多现金？”

黄武胜说：“因为强哥干的是刀口上舔血的活，随时都可能出事，随时都可能逃亡，钱放在卡里到时候取比较麻烦，还不安全，所以就在他女朋友那里放了很多现金，以备不时之需吧。”

“你是怎么知道的？”李子豪问。

黄武胜说：“道上很多朋友都是这么做的，我听说过。”

“你胆子挺大啊，这张志强跟着秦疤子，是西河道上的狠角色，你竟然敢打他的主意？”李子豪问。

黄武胜说：“他们背后都是有靠山的，一点小事都能摆平，起不了什么动静。但凡有动静，那就是摆不平的事了。我最近赌钱输了不少，欠了债，所以就想去碰碰运气。”

李子豪说：“结果张志强走得急，又怕警察在他家布网，就不敢回去拿钱，被你碰到了运气，是吧？”

“嗯，是的，我也是这么想的。当时全城警察都在找他，我也是觉得他不敢回去。”黄武胜说。

李子豪说：“行了，有那个杨丽的联系方式吗？”

黄武胜摇头道：“没有。”

“那你说一下她在山水花苑的具体住址吧。”李子豪说。

黄武胜说：“8 幢 2 单元 601。”

李子豪起身，对袁雨佳说：“走吧，我们去一趟。”

半个小时后，李子豪和袁雨佳到了山水花苑小区。

这里地属城郊，算是一处偏僻之地了，不远处还有许多正在建设的楼房，空气中时不时地传来嘈杂的搅拌机轰鸣声。

李子豪找到 8 幢 2 单元的 601，按了按门铃。

好一会儿，有很轻的脚步声走到门口，但并没开门。李子豪知道对方肯定发现是警察，在想到底开不开门，他当即就喊道：“我知道你在门口，警察办案，马上开门。”

果然，话音刚落，门开了，一个穿着睡衣的长发女孩站在门口，看着李子豪和袁雨佳，很冷漠地问：“什么事？”

“你叫杨丽是吧？”李子豪问。

“是。”杨丽说。

李子豪亮了证件，说：“我想向你了解一些情况。”

“我什么都不知道，我跟张志强只是谈恋爱而已，我不知道他是做什么的，也不知道他做过什么，你们不要问我，你们要问，去问他爸妈好了。”

李子豪说：“我们找你不是问张志强的事，是问另外的事。”

“另外的什么事？”杨丽问。

李子豪问：“在三天前的晚上，你家里有被偷吗？”

本来颇不耐烦的杨丽陡然眼睛一亮，看着李子豪：“怎么，是你们抓到的小偷交代了？”

“是的，但我想和你核实一下。”李子豪问，“你仔细想想，你那天晚上是什么时候睡的？”

“什么时候睡的？”杨丽很认真地偏着头想了想，“好像是一点多。”

“你怎么知道是一点多，你看了时间吗？”李子豪问。

杨丽说：“是的，我本来都是十二点左右睡觉的，那天晚上好几个朋友给我打电话说强子被通缉的事，后来我看时间一点半了，怕还有人给我打电话，我就关机睡觉了。”

“你是关机后就睡着了，还是过了很久？”

“过了很久吧。”杨丽说。

“你估计是什么时候睡着的？”

“起码是两点多了吧，具体我也不知道。”

“那你第二天什么时候醒的？”李子豪问。

“七点多吧。”杨丽说，“当时我看了一下时间，是七点多。”

“你两到三点才睡，七点钟就醒了？”李子豪问。

杨丽说：“是，当时我做了个梦，梦见强子来找我拿钱，我就醒了。不放心地去看了下箱子里的钱，钱和一些首饰竟然真的不见了，我当时想着可能真是他拿的，后来又想起他虽然有钥匙，但我的门是反锁的。而且强子拿的话，也只会拿现金，不会拿我的首饰。我仔细查看了下屋里，发现防盗窗被撬坏了，才知道是进了小偷。”

“带我去看看被撬的地方。”李子豪说。

杨丽当即带着李子豪进了她的卧室，指着防盗窗被撬坏的地方。

李子豪仔细看了看，防盗窗上有好几根不锈钢条都断了，但不是被撬断的，而是用工具剪断的，断口相对比较整齐。

“你的现金和首饰放哪的？”李子豪问。

杨丽指着书桌下面的一个小柜子，说：“锁在里面的，现在的小偷真厉害，锁都还是好的。”

“那当然，现在不会开锁的小偷都不算合格的小偷了。”李子豪说。

“警察同志你们是抓到小偷了吧，那我可以跟着你去领取失物了吗？”杨丽问。

“你发现失窃之后报过案吗？”李子豪问。

杨丽摇头道：“没有。”

“没有？”李子豪眉头一皱，“为什么不报案？”

“因为……因为……”杨丽说，“我觉得一般的失窃案警察不会认真对待，登个记就完事了，基本上不可能找得回来，我也就免得麻烦了。”

“还记得起具体丢了些什么东西吗？”李子豪问。

“嗯，记得。”杨丽点头说，“一条黄金项链，一枚红宝石戒指，一个翡翠手镯，还有……还有二十万现金，都还是新的。”

“嗯，行。”李子豪说，“你自己到辖区派出所去报个案，让他们找刑警支队刑侦一科对接，小偷关在我们那里。”

“嗯，好的，谢谢警察同志。”

李子豪留了个联系电话给杨丽，说想起什么情况可以和他联系，之后就和袁雨佳离开了。

“这么看来黄武胜说的是真的，大安镇的杀人狂魔真的不是他？”袁雨佳问。

李子豪点头道："是的，可以排除了。"

"如果不是他的话，又会是谁呢？那双出现在案发现场的鞋子在他屋里怎么解释？难道真是有人故意嫁祸给他？"袁雨佳问。

李子豪说："未必就是嫁祸，至于原因确实令人费解，这是个完全不按常理出牌的凶手，就跟他穿的那双大头皮鞋一样。人家作案肯定要穿得轻便，动作会麻利些，他偏偏穿得那么笨重。"

"这么说就是华庭国际案和游艇凶杀案的那个神秘凶手了。"袁雨佳说。

李子豪说："像，很像，但也难说。"

两人回到警队，白一龙急着过来问："怎么样，豪哥？"

李子豪说："情况属实，黄武胜有不在场证明，看来大安杀人案应该不是他所为。"

"他有什么不在场证明了？"老铁在一边问。

李子豪说："他十点潜入山水花苑小区，一直等到三点多才盗窃了财物离开，这就是他的不在场证明啊。"

老铁说："审问笔录能给我看看吗？"

李子豪说："当然可以。"

当即让袁雨佳将黄武胜的审讯笔录和杨丽的问询笔录都给了老铁。

"哈哈哈，铁叔你是怀疑豪哥的办案水平吗？"白一龙开玩笑。

老铁说："不是怀疑，是觉得这个黄武胜一开始就谎话连篇，问题很大。而且谁没事把一双出现在过杀人现场的鞋子放他屋里呢，丢掉和烧掉都比这安全是不是？何况他房间平常都是锁着的，也没人进得去。"

"此案确实有很多疑点，小心为上，就看铁叔你的火眼金睛了。"李子豪说。

老铁也不说话，开始仔细地看起笔录来。

李子豪突然想起明天一早要去东川给爸妈上坟的事，当即给王永年打了个电话请假。

王永年没有直接同意或拒绝，而是上来就问：“案子有什么眉目了吗？”

李子豪说：“还在查。”

“还在查？”王永年说，“也就是说还没有什么结果？你不是动作搞得很大的吗？蒋国富抓了，秦疤子抓了，赵良臣都被你抓了？我以为你能破案了呢？搞半天抓着玩的啊！”

李子豪说：“除了蒋国富外，其他的都算不得抓，只是请来做个调查而已，他们有没有犯案不确定，但关联还是有的。”

“我要的是结果！”王永年说，“谢局说了，上面的领导都在关注最近的这几个案子，说案子要是再这样拖下去，没有什么进展，他这个局长也别当了，我这个刑警队长也别干了，你自己掂量着点！”

“我已经很尽力了，王队要是觉得我给警队丢脸的话，我可以把案子移交给能够胜任的人。”李子豪也觉得心里有些不爽。

实话说，最近他为了这些案子忙得焦头烂额，压力很大，他也想尽快破案，然而对手太过狡猾，这是人和人的较量，不是猫抓老鼠那么简单。

“哟，你还有脾气了？”王永年说，“案子没破，还一个接一个，还不能说你一下了？我还在想着你把案子破了，提你个副科长，以后直接接老唐的班呢，你这还跟我有情绪了？”

李子豪说：“不是不能说，是我确实尽力了，只是对手比我们想象的都要老练，我跟谢局提过一个引蛇出洞的方案，那是我们能找出凶手的最好办法，但谢局现在也没有给我答复，我也没办法。”

“什么引蛇出洞的方案？”王永年问。

李子豪说：“我这里人多，不方便说，王队你问下谢局就知道了，估计谢局也是事多给忘了，正好王队你提醒他一下。”

“行，我找他问问。”王永年说。

“那请假的事？”李子豪问。

“行，就准你一天吧。”王永年说，“案子的事自己上点心，这没跟你开玩笑，一个月发生几起人命案了，领导压力，社会舆论，我已经失眠好几天了。如果你实在没信心，那就向省厅请示，让他们派专家来了，那样的话你我的脸都没地儿搁啊。”

李子豪说：“王队放心吧，我会尽力的，如果能按照我说给谢局的方法，至少能成功一半。”

“行，我这就打电话问谢局，只要你有信心，我怎么样都会帮你促成。”王永年说。

挂掉电话，那边的老铁就喊：“小豪，我看了你们的审问笔录，觉得里面有破绽啊。”

李子豪问：“什么破绽？”

老铁说：“从黄武胜和杨丽的口供来看，杨丽被窃了东西是事实，是黄武胜干的也是事实，可问题是杨丽早上七点醒来才知道东西被偷，那么黄武胜到底是什么时候偷的东西呢？我们假如黄武胜十点进了山水花苑小区，接着就从小区后门离开，跟踪强子几人去了大安镇，将强子几人杀害，此时十二点左右。黄武胜再收拾一番，回到山水花苑小区，不到两个小时即可完成。也就是说，他作案完回到山水花苑盗窃，时间也足够。”

李子豪摇头道：“铁叔你说得有理，却忽略了一个关键点。”

“什么关键点？”老铁问。

李子豪说：“黄武胜说了，从十点进入山水花苑小区，他一直在观察杨丽的房子，观察到杨丽一点多熄灯睡觉，两点多睡着，然后他才动手。这和杨丽说的吻合，杨丽也说了她接完最后一个电话看时间是一点半，然后怕有人再打电话来就关机了，但后面大概是想着强子的事，又过了好一阵才睡着。这说明这个时间黄武胜一直在山水花苑小区没有离开。如果他中途离开，去大安镇作案，那么他肯定不知道杨丽什么时候熄灯，什么时候睡着。”

“他有说到杨丽什么时候熄灯，什么时候睡着吗？”老铁问。

李子豪说：“是的，说得很清楚。”

“如果是这样的话，那你的推断有理。”老铁说。

李子豪说：“而且这个黄武胜只是一个窃贼，小混混而已，用他的话说，是强子在罩着他，有些道上的麻烦事还得强子给他摆平。一是他没有杀强子的作案动机，二是他没有杀强子四人的本事。所以大安杀人案，肯定不是黄武胜所为。”

“这么说那确实不可能是他了。”老铁说，“可那双大头皮鞋到底是谁的，又为什么出现在他的房间？”

李子豪把目光看向韩松，吩咐道：“松子你跑一趟，到黄武胜的房间和门口各安一个监控探头，图像链接到你的手机里，给我二十四小时监控着，看有没有什么可疑人物出现！”

“行，包在我身上了。”韩松接下任务，出了门。

安防方面，监听，监控，追踪，都是他所擅长的。

“我干什么啊，豪哥？”白一龙问。

“把这一段时间发生的几个案子都从头到尾再看一遍，大家都看看，看能不能找到新的线索。”

大家马上回到各自的位置，认真查看起案卷来。

突然，李子豪的电话响了起来。

李子豪拿出电话一看，是韩松打来的，当即便接了，问：“怎么了？”

韩松说：“豪哥，你不是让我找出租车公司查哪个司机载过强子几人去大安镇的吗？”

“是啊，怎么，有消息了吗？”李子豪问。

韩松说：“是，刚才蓝图出租有限公司的负责人打电话给我，说他们公司有一个司机反映，三天前的那个晚上载了强子四人去大安镇。”

“很好，把那个出租车司机的联系方式给我。”李子豪说。

韩松当即说了那个出租车司机的联系电话。

李子豪拨了号码过去，说了自己的身份，问：“你还记得当时你送那四个人去大安的具体出发时间吗？”

出租司机说：“具体时间不记得了，我一天载客比较多，没放心上去。因为目的地是大安，路程很远，所以有些印象，只知道大概是晚上九点到十点的样子。”

“你们应该有 GPS 定位，可以查行程的吧？”李子豪问。

“是的，可以查。”出租司机回道。

李子豪说：“行，你马上帮我查一下，具体什么时间从市区出发，上车点在哪里，走的哪条路。”

出租司机答应道：“行，我马上去查查看。”

四十分钟后，出租司机给李子豪回了电话，说他已经帮忙查了行车记录，他是九点五十六分从市区出发往大安去的，上车点在民丰路口的建设银行旁边，从滨河路出的城。

挂断电话，李子豪当即对袁雨佳说：“走，去调监控。”

“不用去了，你要看哪个区的监控，我帮你。”袁雨佳说。

“你帮我，怎么帮？”李子豪不解道。

袁雨佳笑道：“你告诉我看哪个区的监控就行了，我自然有办法帮你。”

“行，我倒要看看你搞什么名堂，民丰路属于天顺区，接下来呢？”李子豪问。

袁雨佳说了声“等着”，然后坐到电脑面前鼓捣了一会儿，说道：“过来看吧。”

李子豪狐疑地跟过去一看，只见袁雨佳的电脑上竟然显示出民丰路口的监控画面，能清楚地看见旁边的那家建设银行。

“你这是侵入了大顺区派出所的监控系统吗？你会黑客技术？”李子豪

大感意外。

“是，黑客技术，但我侵入的不是派出所的监控系统，而是交警队的。交警队的监控防火墙比派出所的要弱一些，也比较好侵入。”袁雨佳说。

“没听说你会黑客技术啊，什么时候学的？”李子豪问。

“早就会啊，只是之前水平不够，不敢班门弄斧。这不想着有时候能多帮到你一点点嘛，我一边请教高手，一边埋头苦修，总算功夫不负有心人。”袁雨佳一脸的沾沾自喜。

“嗯，孺子可教，未来大有可为。”李子豪礼貌性地夸了一下。

“哟，老松擅安防追踪，雨佳擅黑客技术，就算是铁叔，也号称烟神，抽烟无人能敌，整个刑侦一科，看起来只有我身无一技之长，很是惭愧啊。”白一龙故意说。

“不，你还是有无人可比的长处的。”李子豪说。

“是吗？我有什么长处，我怎么不知道？”白一龙问。

李子豪说：“你的长处就是吹牛啊，你吹起牛来我觉得无人能敌，而且吹牛厉害的人，自己是从不觉得的。”

“豪哥慧眼识英才，在下佩服，佩服！”白一龙不以为耻反以为荣，竖起大拇指。

袁雨佳一脸的不屑，说：“还能要点脸吗？”

白一龙不以为然：“我比较喜欢钱或女人，脸要不要无所谓。”

“实话说，会吹牛，口才好，还真是本事，擅与人打交道，能最快地融入别人的圈子，这是天赋，不是一般人能学得了的。”李子豪一本正经地说。

“我就服豪哥，自愧不如，但从不嫉妒。”白一龙故意斜了眼袁雨佳，“黄毛丫头，以后多学着点，起码这刑警队我也比你早来几天，要懂得尊重前辈。”

“好了，做事了。”李子豪指着监控画面说，“时间点，输入到当天晚上的九点三十分。”

“那司机不是说九点五十六分出发的吗？”袁雨佳问。

“他们是九点五十六出发。”李子豪说，“但是我要看他们出发之前强子几人的动向，他们是什么时候到那里的，周边有什么动静。”

“哦哦哦，明白了。”袁雨佳说着，便在监控上面输入了当日二十一点三十分的时间。

民丰路口旁边就是建设银行。

建设银行前有一大块宽阔的空地，空地上还停留着一些跳完广场舞后仍意犹未尽的大爷大妈，在和同伴练习或交流着舞技，也有偶尔过路的行人，或到银行柜员机取钱的人。

李子豪的视线如猎鹰一般注意着监控里的风吹草动，让袁雨佳也跟着留意强子几人的出现。

在九点三十八分的时候，一辆出租车在民丰路口靠建设银行的路边停下，车上下来了四个人，其中一个就是强子，还有两个瘦子，一个矮子。

“出现了，出现了。”袁雨佳激动地喊。

李子豪认出来了，这除了强子外的另外三人正是在大安镇被杀害的三个人。

四人一起往建设银行那边走去。

李子豪的目光没有跟过去，他在注意着强子几人坐出租车来的方向。果然，他的心里一跳。

他看见了一辆疾驰而来的摩托车，在靠近建设银行的路边停下。

摩托车很旧，甚至说得上破烂了，上面沾满了泥土，前轮上的护壳都变了形。

骑摩托车的人戴了一顶破旧的头盔，那种能将整个头部包括脸部都遮挡起来，只露两只眼睛出来的头盔。

李子豪让袁雨佳将其图像放大，但图像放大，像素越来越模糊，还是没法看得清那人的长相，只能感觉到目光里有一种特别的平静。

“怎么，你觉得这人有什么问题吗？”袁雨佳问。

“废话，这还用说吗？”白一龙说，“无缘无故地戴这么一个遮得严严实实的头盔，傻子也知道有问题了。”

“哦，你聪明，戴个这样的头盔就知道有问题了？”袁雨佳问，“工厂一年要生产那么多这样的头盔出来，不都是给人戴的吗？难道戴的人都有问题？还不能戴了？你知道什么叫细节吗？”

“哦，我不懂细节，你告诉我？”白一龙问。

袁雨佳指着那人的脚下：“看见没有，穿的解放胶鞋，不是大头皮鞋。大安杀人狂魔穿的是大头皮鞋！”

“好像是哦，哟，行啊！居然连这个都被你发现了。”白一龙说，“好吧，是我看漏了。”

“你确实看漏了，但看漏的不是脚下，脚下穿的鞋子不对，并不能说明他没问题。”李子豪说。

“是吗？豪哥你发现了什么问题？”白一龙问。

李子豪指着摩托车后面的一个尾箱：“看见这个东西了吗？里面是可以装不少东西的，譬如一双大头皮鞋，而鞋子是可以换的。”

“豪哥你的想象力是不是过于丰富了点？”白一龙问。

李子豪说：“在没有经过求证之前，一切皆有可能，咱们往下看就知道了。”

几双眼睛都死死地盯着那个戴摩托头盔的男子，穿的是一件深蓝色休闲上衣，有点像维修工的衣服，下身穿一条军绿色裤子，已经很旧了，并且沾上了泥灰。这个男子身材属于瘦高型，至少有一米八，从骑在摩托上的整体形象看，很普通，看不出任何异常，就是在城市里随处可见的那种人。

“前面就是红绿灯，现在是绿灯通行，他为什么停在这里，显然有问题。”李子豪说。

“也许他在等人呢。”白一龙说。

“等人？”李子豪说，“你没看见他的头朝向建设银行那边看吗？也可以说是在等人吧，强子几人去提款机那边取钱了，他就是在等他们。”

几人正说着，就看见强子几人已经从建设银行的提款机取了钱出来，到了马路边上，伸手拦出租车，拦的正是蓝图公司的那辆出租车，从民丰路往滨江路的方向驶去。

而那个戴着摩托车头盔的瘦高男子，不紧不慢地打燃了火，向出租车驶离的方向看了一眼，保持着距离跟了上去，一直跟出城。

城外是国道，没有监控设备。

“看来，这家伙就是凶手了。”白一龙肯定地说，颇有几分激动。

“可是他戴着摩托头盔，头还低得很低，始终没有看见他长什么样子。”袁雨佳说，“而且，他尤其狡猾的是连摩托车的车牌都用泥巴给涂得看不清楚，完全无从查起。”

“万物皆有裂痕，那是光照进来的地方。”李子豪突然莫名其妙地说了句。

两人都用一副不解的神情看着他。

“什么意思啊，豪哥？”袁雨佳问。

李子豪说：“看事情要学会看到源头，才能看得更清楚。把监控从民丰路口往回拉，从那人来的方向找回去，看他是从哪里来的，或许会有发现。”

“对啊，我怎么没想到这点。”袁雨佳如醍醐灌顶，茅塞顿开。

李子豪说：“你为什么没想到？因为你们现在对刑侦破案多数还停留在理论阶段，想象力只停留在表面，只关注那些一眼可见的东西。真正的刑侦破案高手，必须具有超凡的想象力，想到所有的可能和不可能，去筛选或排除。有时候甚至不要把自己当警察，把自己当成罪犯，根据罪犯的思路，更能接近真相。”

“有道理有道理。”白一龙说，“听豪哥一席话，胜读十年书啊！来，快往回看，我想看看这个看起来其貌不扬的家伙到底是何方神圣，竟然那么牛，连杀四人，刀刀致命！”

袁雨佳当即循着摩托车来的方向找去。

一直到西河城北老街区。

那里面只有几个大的路口有监控，还有极少的大店面商家自己装有监控。袁雨佳通过黑客技术查到那几家监控所在的网点侵入进去，看了那个时间点的监控画面，却再也没有发现那个戴着摩托头盔的嫌疑人。

袁雨佳无能为力地摊了摊手。

“线索就这样断了，不又白忙了一场吗？”白一龙气愤地道。

“什么叫白忙活。”李子豪在嫌疑人消失的地方画了一个圈，“知道这是哪里吗？”

“不是城北老街吗？过去这里叫匠人街，我很熟悉，老城没搬的时候我经常在这一带玩，因为这一条街全是卖箩筐、斗笠和竹席之类的传统工艺编织品，多数都是纯手工打造的，所以叫匠人街。”

“地名我知道。”李子豪说，“我说的是，这里往里面进去三百米左转有一家旅馆，叫顺安旅馆，懂我的意思了吗？”

白一龙摇了摇头。

袁雨佳也两眼茫然地问：“顺安旅馆怎么了？”

李子豪说：“那双出现在案发现场的大头皮鞋就是在顺安旅馆楼上黄武胜的房子里搜出来的，而现在我们发现跟踪强子几人的犯罪嫌疑人也进入了这里。如果我猜得不错的话，犯罪嫌疑人就住在顺安旅馆这一栋楼，或者是这栋楼的周边，不超过一百米范围！”

“对啊，我怎么没想到。”白一龙激动得一拍巴掌，“犯罪嫌疑人把鞋子藏到黄武胜的房子里，无论是出于跟黄武胜有仇陷害他，还是别的原因，起码说明了一点，他对黄武胜的屋子或者对顺安旅馆这栋楼是熟悉的，那他肯定是住在那里或者周边了。”

“顺安旅馆好像安了监控，我们可以看看。”袁雨佳说。

李子豪说：“行，看看吧，死马当作活马医了。主要分两个时段查看，一是他的出发时段，看他是不是从那幢楼里出来的；二是他作案后回来，找他将鞋子放到黄武胜屋子里去的踪迹。”

袁雨佳当即把时间调到作案当天晚上八点。

李子豪和白一龙都目不转睛地盯着顺安旅馆的监控屏幕。

腰圆脖子粗形似水桶富态可掬的旅馆老板娘无聊地趴在柜台上玩手机，边玩着边有说有笑，大概是在和人聊天。

与门口街道上的人流相比，旅馆显得特别冷清，偶尔才会有一个人进出。毕竟旅馆也就三楼，三十来个房间，没住满。加上上面居民房有几层，一层也就四家住户，所以实际上里面并没什么人。

突然，李子豪的心脏突地跳了一下。

在监控镜头里，他竟看见了一个熟悉的身影。

一个身材瘦削，背着黑色双肩包的年轻人。

他的弟弟，周子杰！

周子杰径直进了旅馆，往楼上去了。

通过旅馆的楼道监控可见，周子杰到了旅馆三楼的一个房间前，打开房门进去了。

子杰，他干吗住旅馆？

李子豪的脑子里充满了疑惑。

袁雨佳和白一龙的主要目标是那个身高将近一米八的大安案犯罪嫌疑人，没有发现嫌疑人的时候就把视频拉快。

而李子豪却一直在盯着三楼周子杰的那扇房门。

他一直在想子杰为什么要住旅馆？

难道和周家人闹矛盾了？

然而他又为什么住到这么远的地方来？

想离周家越远越好吗？或者因为这里便宜？

可让李子豪又感意外的是，大约过了两个小时，周子杰从房间里出来了，下了楼融入街上的人群。

后来一直没有再回房间。

李子豪还特地看到了凌晨三点，心想周子杰可能心情不好，出去找朋友喝酒，会晚点回来，但到凌晨三点也没见周子杰回来的身影，料想晚上他是没有回来了。

这是什么情况？

难道周子杰并非在那里住宿，而是去那里找朋友的？

也不大像啊。

其一，他去的时候是自己拿的房卡开的门；其二，他离开的时候屋里也没人出来送他，他甚至也没有回头跟屋里的人告别，他出门顺手就把门关上了；其三，在李子豪观察的数个小时里，除了周子杰外，那间屋里都不见有人进出。

所以，周子杰可能就是在那里开了房，可他为什么又并没有睡在那里呢？

“豪哥，你在看吗？怎么发呆了？”袁雨佳用手在李子豪的眼前晃了晃。

李子豪回过神来，说：“在看呢，怎么了？”

“真的在看？”袁雨佳说，“我看你两眼盯着屏幕发直，都不带眨一下的，以为你魔怔了呢。”

“让你找嫌疑人，你怎么把注意力转到豪哥身上去了？看来，有问题哦！”白一龙笑得意味深长。

“有你个鬼。”袁雨佳说，“我就顺带瞥一眼，想看一下豪哥是怎么观察的，凑巧就发现豪哥走神了。”

“呵呵，还不承认。”白一龙说，“在这之前，我就发现了你对豪哥的那点小心思，你还跟我装。别不好意思，像豪哥这种长得帅，身材好，又有才华的男人，我要是女人，我也喜欢。”

“我就是喜欢了，怎么，你嫉妒吗？吃醋吗？自惭形秽吗？”袁雨佳故意说。

"我嫉妒，吃醋？"白一龙说，"你想多了，很早以前，我就有一个让人耳熟能详的身份，叫校草，那时候我最大的烦恼就是被一群女生围追。我之所以选择做警察，就是帅得没有安全感了，想让自己能更冷酷一些，令那些觊觎我的妹子知难而退。"

"你还能要点脸吗？"袁雨佳一脸的不屑。

"好了，别走神了，好好找线索。注意到三点以后，那是犯罪嫌疑人回城，然后将鞋子放到黄武胜房间里的时间，打起精神，千万不能看漏了。"李子豪叮嘱道。

袁雨佳和白一龙赶紧都不作声了，又认真地盯着屏幕。

李子豪也把心从周子杰身上收回来，仔细地看着监控。

从凌晨三点一直看到第二天晚上，看到第三天，能看见黄武胜回家、出去，也看见有些其他的人从旅馆楼道进进出出，但没有看见那个身高一米八左右的犯罪嫌疑人。

其间看见过一个身高一米八的男子，但是个高大的胖子，走路都呈蹒跚之态，显然不是骑摩托车的男子。

一直到昨天晚上对旅馆的突击搜查，始终没有看见那个瘦高个子的犯罪嫌疑人，李子豪却再一次地看见了周子杰的身影。

周子杰是在八点多到旅馆的，和坐在吧台的老板娘打个招呼，也没有办入住手续，而是直接上了三楼，用房卡进入房间。

而后却发生了一件让李子豪觉得费解的事。

周子杰从房间里出来，往楼下看了一眼之后，回到房间背上包出来，直接往楼上去了。

接着就是李子豪和几名警察上楼查房。

子杰往楼上去干什么？

然而二楼三楼属于旅馆，楼道里有监控，再往上是居民，是没有监控的，没法看见周子杰上楼去了哪里。

不过一二十分钟，又能从监控里看见周子杰从楼上下来。

但看不出什么异常。

“神奇了啊，直到我们搜出那双大头皮鞋，都没有看见犯罪嫌疑人出现的身影，怎么回事？”白一龙一脸疑惑。

“有没有可能不是犯罪嫌疑人把鞋子放进去，而是找的人将鞋子放进去的？”袁雨佳猜测道。

李子豪说：“不可能。”

“为什么不可能？”白一龙和袁雨佳同时看向他。

李子豪说：“这种几条人命的事，知道的人越少越好，大头皮鞋是最重要的物证，犯罪嫌疑人怎么可能随便把它给别人。”

“也是。”白一龙说，“可据监控查看，那个骑摩托车跟踪强子四人的家伙八九不离十就是凶手了，大头皮鞋也证实了出现在案发现场，如果不是他，也不是他找人将鞋子放进黄武胜屋里，难道是鞋子自己长了翅膀飞进去的？”

“这就是凶手的可怕之处了。”李子豪说。

“什么意思？”白一龙问。

李子豪说：“犯罪嫌疑人对那一带应该很熟，知道顺安旅馆有监控，所以他肯定是没有通过正门进去，而是通过其他入口，所以我们在监控里找不到他的身影。”

白一龙说：“可我看了，那里虽然有个后门，但长年锁着，而且也在监控范围内，得从正面的楼梯上去，除此之外，还能有什么路线，难道要空中降落吗？”

“什么空中降落？”李子豪说，“你忘记我去抓黄武胜的时候，他从窗子逃下楼的吗？那种旧楼房，下水管、空调和遮雨板特别密集，都能作为攀爬之用，上下楼很方便。而且那后面是小巷子，没有监控。”

“这就说得通了，犯罪嫌疑人肯定是通过窗子这些爬上楼，然后把鞋子放进去的。”白一龙说。

“那可未必。”李子豪说。

“这不是豪哥你自己分析出来的吗？怎么又未必了？你还能自己把自己推翻啊？”白一龙问。

李子豪说：“我只是说那是其中的一种可能，没说是唯一的可能。”

“还有什么可能吗？”白一龙问。

李子豪说：“除了从后方窗子爬入之外，那里的楼与楼之间间隔很小，我看了下，大概三米距离。一个身高一米八的人，稍微借助一下冲刺的力，就能从一幢楼跳到另一幢楼去。如果旁边一幢楼高些，跳到略低的楼房上去会更容易。”

“是的，这是可以做到的，我有过这种跨楼训练，从高往低跳，我跳过将近十米，不过下面是沙堆。如果是楼板那么硬，缓冲力不够，肯定摔骨折。”

李子豪说：“不管多硬，跳三五米的距离应该不会摔骨折的吧。而且，但凡经过训练的人，都知道在冲刺落地时选择缓冲。”

白一龙说：“是的，三五米完全没难度。”

“可是，不管是从隔壁楼房跳过去，还是爬窗，都还是有一定难度的，犯罪嫌疑人为什么要如此大费周章地把鞋子放到黄武胜的屋子里去呢？”袁雨佳疑惑地问。

“是的，绝不可能无缘无故。”李子豪说，“这个过程过于费力，他肯定是有目的的。这说明他和黄武胜之间肯定有什么过节，出于陷害他的目的。这个，一龙你和雨佳去问问黄武胜，看他的对头之中，有哪些可能报复他，并很有本事的。”

“我和雨佳去审，豪哥你呢？”白一龙问。

李子豪说：“我有点别的事，这只是一些简单的问询，你们应该能胜任的吧？”

“能能，肯定能。”白一龙说，“要挑大梁，我们早晚不得独立审案的嘛。”

"对了。"李子豪叮嘱道，"你们得注意一点，最好是问黄武胜那些有可能知道他住处的人，这样我们的甄别范围就小了许多。还有你们可以把这个犯罪嫌疑人在监控里的大致相片给他辨认。虽然我们没法从这个遮住的面孔认出他，可如果是熟人，往往不需要看脸，只看身形就心中有数了。"

"嗯，这些都是小儿科，包我身上了。"白一龙信誓旦旦地说。

李子豪笑了笑，转身走了。

他独自一人开车来到了北城老街的顺安旅馆。

正在埋头玩手机的老板娘陡感觉光线一暗，抬起头来，便见得一位警察站在柜台前，忙赔着笑脸问："警察同志，有什么事吗？"

李子豪说："想找你了解点事，你要如实回答我。"

"嗯，必须的，必须的。"老板娘连声说。

李子豪问："306 房的客人你熟悉吗？"

"306 房？"老板娘略一想，立马就说，"嗯，小周吗？熟悉啊。"

"熟悉？"李子豪说，"也就是说他常来这里住，还是怎么？"

"其实，也不算是常来这里住了。"老板娘说，"他在外面读书，只有放假回来的时候才会来这里住几天，不过只要是回来，基本上都是住我们这里。"

"是吗？他为什么喜欢住你们这里？"李子豪问道。

"这个……"老板娘说，"大概是他家里经济比较困难吧，我们这里比一般的宾馆都要便宜，而且我都是给他按八折算钱。"

"你对他这个人的印象怎么样？"李子豪问。

"印象？"老板娘很认真地想了想，"感觉比较老实，少言寡语，生活得很不开心，每天心事重重的样子，好像有什么病。"

"好像有病？"李子豪心里一惊，"为什么这么说？"

老板娘说："有好几次我都喊他坐下聊聊天，他都说身体不舒服，直接上楼休息去了。"

李子豪松了口气，也许子杰只是不想跟这个女人有什么相处找的借口而已，并不是真有病。

“他到这里来住多久了？”李子豪继续问。

“具体的时间也记不清了，好几年了吧。”老板娘问，“怎么，小周出什么事情了吗？”

“哦，没事，我只是例行调查。”李子豪说。

“没事就好。”老板娘说，“我也觉得小周不像是坏人，不可能做什么犯法的事情。你们昨天抓那个楼上的，他是犯了什么事吗？”

“一点儿小事，我还要四处去看看，就先不打扰了。”李子豪说着准备离开，却又突然想起什么，回过头叮嘱，“对了，我今天问你的话，你不能跟任何人提起，知道吗？”

“不能说吗？”老板娘一愣，“不是说他没犯什么事吗？”

李子豪说：“跟犯没犯事没关系，警察对案件的调查都是保密的，不能向任何当事人泄露，这是原则问题，否则是犯法的。”

“好的，知道了。”老板娘说。

李子豪接着就往楼上去了。

而此时在街道转角的报刊亭那里，有一个人一直站在那里，阴郁地看着顺安旅馆里李子豪和老板娘。

其实李子豪有几次都无意识地瞟向了这边，只不过那人及时躲到了报刊亭侧边，李子豪就没看见。

而他却能露出眼睛看见李子豪和老板娘。

他就是周子杰。

第七章　祭奠

李子豪到了楼顶。

楼顶有一道锈迹斑斑的铁门是开着的，楼上有些钢管上连着的铁丝，被人用来晾晒被子和衣物。

因为上面有许多人走动过，留下了许多杂乱的脚印。

李子豪走到了与邻楼的边缘，发现邻楼的距离不过三米，如果是普通人的话，可能会觉得七楼的高度，这个距离跨越过去很危险。可一个身手较好的人，经过训练，面对这种情况，应该能轻松地跨过去。

可惜的是，大概有许多的人也喜欢在楼的边缘，那里有许多脚印，无法提取罪犯的脚印。

但李子豪觉得，那个罪犯从邻楼过来的可能性较大。

他接着又到邻楼查看了一遍，没有监控，所以根本找不到任何线索。

周子杰在暗处看见李子豪驾驶警车远去，这才走向旅馆。

“怎么，警察来有什么事吗？”周子杰在收银台前站住问。

“来……”老板娘正准备说，却突然想起，“哦，警察说了不能跟任何人说，不然就是犯法。”

“来找我？”周子杰问。

“嗯……嗯。”老板娘欲言又止，但表现得很关心地问，“小周，你没有干什么犯法的事吧？”

“犯法？”周子杰勉强一笑，“我这身子骨能犯得了什么法？”

“就是，我也是这么说。”老板娘说，“你一看就是个老实人。”

“那警察问我什么了吗？”周子杰问。

老板娘立马就忘记了李子豪叮嘱的，说：“也没问什么，就问你的一些住宿情况，人怎么样。”

“问住宿情况？”周子杰心里一紧，“问我在这里住了多久吗？”

老板娘点头道：“是的，我说你在这里住好几年了，很熟了，从来没有发现你什么不对。”

“问我这次住多久了吗？”周子杰问。

“这个没问。”老板娘说。

周子杰心里的一块石头顿时落了地。

如果李子豪问到他这次住多久了，就很可能将他暴露出来。因为他这段时间一共回来住了两次。第一次是杀害蒋国富的妻儿和周少安，他为了掩人耳目，制造不在场证明而回了省城。

这一次李子豪和周家人都不知道他回来了。

李子豪和周家知道他回来，是周少安死之后，周国昌打电话给他。

如果被李子豪知道他早回来过却并没有回周家，即便没有他的犯罪证据，也肯定会怀疑他。

幸好，李子豪还没有把他和前面发生的那些案子联想在一起，可能只是出于对他住在旅馆的好奇而了解一下，所以问得也不是那么仔细和深入。

周子杰转身离开了旅馆，回到他的那辆破车里。打开电脑，搜索出顺安旅馆的电脑联网地址，进入到监控系统中，将这一次之前的包括他在内的所有住宿登记记录都删除了。

如果只是删掉他之前的住宿记录，到时候万一查起来，也会让他显得很可疑，连同别人的住宿记录一起删除，那就可能是电脑系统故障了。

做完这一切，他仰靠在座椅上，看着街上拥挤的人流，感觉自己就像是一座孤岛，生命里是永远都无法救赎的黑暗和孤独。

他有一种特别强烈的预感，终有一天，他连唯一的哥哥也会失去。这种感觉令他感到恐惧、痛苦而无助。

而他没有别的选择。

从小纯离开他的那天开始，从他痛哭着将自己沉入无边的黑暗开始，从他的手上沾上一只老鼠的鲜血开始。

一切都回不去。

即使是绝路，也只能硬着头皮往前走。

蒋国富必须死，秦疤子必须死，那个神秘的面具人必须死！

早上六点，西河那些高矮不一的建筑被一层薄薄的雾点缀着，秋风的点点凉意直往人的脖子里钻。

李子豪在周家别墅外接到了周子杰，他们一起启程前往东川给父母拜祭。

车子穿过清晨的薄雾飞驰，只见得车窗外的景物飞速倒退。

车内的兄弟俩沉默着。

虽然在外人眼里周子杰的性格比较孤僻，可跟李子豪，他和正常人并没有什么区别。他会跟李子豪说一些自己的学习上的、生活上的事，并关心李子豪的生活和工作。

但今天两人都比以前沉默。

“买纸钱和鞭炮了吗？”周子杰打破沉默，试图像以往一样交谈。

“没买，昨天比较忙忘记了，今天起来得早了，丧葬店都没有开门，去东川那边买也一样。”李子豪说。

“嗯，是的。”周子杰说。

然后，他就不知道说什么了。

两个人又有短暂的沉默。

“对了，让你留下来的事你怎么想的？”李子豪还是忍不住问了。

他知道这事可能会触碰到周子杰心里某根敏感的神经，但他觉得该面对的始终要面对，而且周子杰需要一个正确的引导。

他认为周子杰住旅馆，就是周子杰对周家始终有隔阂，并排斥的一种行为。

“我觉得……我心里始终有芥蒂。”周子杰说。

“我知道。”李子豪规劝，“那所有的芥蒂，其实都只是因为周少安，不关周家父母的事。毕竟他们把你养大，供你读书。而且周少安是他们的亲生儿子，他们有所偏袒，也是人之常情。”

“道理我都明白，可问题是在我心里就没把周家当自己家。而且……”说到这里，周子杰故意停顿住。

“而且什么？”李子豪问。

周子杰说：“这几年我在外地读书，本来一年难得回来两次，但我还是宁愿在外面住旅馆，也尽可能不睡在周家。”

这是周子杰的聪明之处，他昨天知道了李子豪发现他住旅馆的事，为了不让李子豪多想，甚至做一些更细致的调查，他还不如故意把这个破绽露出来，然后去做一个合理的解释。

“怎么，你在外住旅馆？”李子豪装作意外地问。

“是的。”周子杰说，“这几年我每次回来，顶多都只是不得已地回去和他们一起吃个饭，然后装作和朋友有约，在外面随便找个廉价旅馆住了，基本上没怎么在家里睡。”

“有这么深的隔阂吗？”李子豪问。

“其实，也说不上隔阂。”周子杰解释道，“就像哥你说的，我知道周家父母偏爱周少安是人之常情。他们对我也有养育之恩，我还是心存感激的。可是，我始终觉得自己和他们不够亲，甚至有些陌生。就像和一个没有共同兴趣和共同话题的人相处，感觉很沉闷，甚至有些尴尬。”

“倒也是。”李子豪说，“不过这都不是什么问题，你留下来，也并不意味着你非得住在周家，周少安在时，他也是常年在外混。周家父母要的，是你人在西河，把周家的产业经营下去就行。”

“嗯，我知道，只是我想这可能需要一个过程。”周子杰说，“一直以来，我都习惯了在学校这种简单的环境里读书，没有想过要去做生意，一下子我会不知道从哪里开始，很茫然。”

“这个不急，慢慢来。”李子豪说，“凡事都有一个过程。”

“如果，我是说如果，我留下来，哥你能答应我一件事情吗？”周子杰突然问。

“什么事？”李子豪问。

周子杰说：“接受我送你一套新房，和曼妮姐尽快结婚。”

“我都说了，这事我有自己的安排，你操这个心干什么？”李子豪仍没有说自己和董曼妮已分手的事。

周子杰说：“这些年我都习惯了平淡的生活，不追求大富大贵，所以对周家的这些东西根本没兴趣，如果一定要一个我留下来的理由，我想大概就是如果这样可以为哥你做点什么，能让你幸福吧。”

李子豪只觉得心里一热，他想说点什么，又觉得说什么都多余。他知道他于子杰，或者子杰于他的意义。

从那场灾难开始，这么多年过去，他们始终相依为命，没有任何一个人或一份感情可以替代。

车子快速而平稳地行驶，车窗外景物飞快地倒退着，三个小时之后，车子到了东川县城。

李子豪找了家面馆吃早餐。

吃完东西，周子杰看着眼前熟悉而陌生的城市发呆。

那一年，父母都在，阖家幸福。那一年，他有父母爱，哥哥宠，他的心中一片纯白，他还是个善良的孩子。那一年，他听见猪的号叫，悲悯其痛而不食肉，他喜爱和心疼这世界的所有生命。

然而，在某一天，这座城市和他心中的世界一起坍塌了。从此，他在痛苦的泥潭里越挣扎越深陷，再也出不来。

而时光和他，都再也回不去了。

他回过头，看了眼身边的哥哥，这个与他相依为命二十年的人，如果有天他知道了他一直关心呵护的弟弟变成了恶魔，手上沾满人命鲜血，他一定会很失望和难过吧？

所以，在以后的复仇计划里，他必须更加小心谨慎，做到滴水不漏，绝不能露出任何破绽。他要干净利落地完成这一场盛大的复仇，然后再悄无声息地退出。

在他与哥哥之间，这噩梦般的一切就像从来没有发生过，是最好的结局。纵然，某天他会因为某种病痛而要离开这个世界，最起码在哥哥的心里，他还是那个从来都没有变过的他。

“唉，一切都变了，都找不出我们家在哪个位置了。”李子豪看着眼前那一片房子感慨道。

“是的，变了，全都变了。这世界本没什么能逃得过命运和时间。”周子杰也幽幽地叹道。

“那也未必。”李子豪回过头，把手搭在他肩上，“至少，无论时间如何流逝，命运如何不堪，你都是这个世界上哥哥最在乎、最关心的人，这一点永远都不会变。”

周子杰难得地笑了笑，说：“是的，无论这世界如何浮躁，现实如何残忍，命运如何无情，有些东西永远都不可能改变的。”

说着这话的时候，他又想起了小纯。

一眨眼，也快十年了，而他对她的思念从没有变过，如果非要说变了，那便是在每一个逝去的日子里，那种思念日积月累，变得更浓烈、更绝望。

没有她的这些年，他的世界变得从未有过的黑暗。

这世界不公啊，为什么要带走那么美丽善良的女孩？

看着眼前的人流如织，他觉得那每一张面孔都如恶魔，他莫名地有一种毁了世界的冲动，容不下小纯的世界，是万恶的世界！

“子杰，你怎么了？”李子豪突然感觉周子杰的身躯开始颤抖，眼里有泪滚落，他担心地问。

这一问把周子杰唤醒了，他马上意识到自己的失态，赶紧抹了把眼泪，说：“我又想起了那天，想起了爸妈……”

“过去了，都过去了，现在我们都很好，爸妈在另外一个世界看着我们，也会放心的。”李子豪将他抱得很紧，让他感觉到这世界还有一个人永远会给他力量和温暖。

李子豪丝毫没有怀疑到周子杰这样失态其实是因为另外一个人。他深深地知道，二十年前的那一天，对于他和子杰来说，是如何残忍和痛苦，这二十年间，多少个午夜梦回，他都深陷在这样的噩梦里无法挣脱。

“走吧，早点去祭奠，早点回西河。”李子豪说。

父母的坟不在东川县城，而是在东川县城所辖的一个很远的乡下，叫狗尾村。那是他们爷爷辈居住，被称为老家的地方。

从县城过去有两百多公里，因为多是坑洼不平的山路，车不能开得过快，得三四个小时才能到。

狗尾村已经没什么人了。随处可见荒草丛生的土地和破落甚至垮塌的房屋。改革开放之后，村里的人知道外面的精彩世界，都蜂拥着离去，只留下了没法走动的老人孩子。后来，那些出去赚了大钱的人，选择了在城里买房，做一个城里人。然后把家人接走，长大而离去的孩子也不愿再回来，山村终于越来越冷清，越来越荒芜。

坐在门前抽着旱烟的老头或做着针线活的老妇人，穿着缝缝补补的衣服，在身后破落而寒碜的旧屋映衬下，显得格外邋遢而凄凉。

他们看着开进村里的车子，只是麻木地抬起头看了两眼，并没有什么反应。那些曾经属于这里，而后来离开的人，在离开以后就再也不属于这里，就算还会回来，也只是路过。

李子豪兄弟是在城里出生的，爷爷辈住这里。每逢过年，父母都会带他们回来看望爷爷奶奶，走一下亲戚。后来，就算爷爷奶奶故去，父母也会每年带他们回来，给爷爷奶奶的坟上锄一下草，放几挂鞭炮。

直到父母出事以后，两个寄人篱下的孩子，对挂坟或者某些农村的习俗都淡然了，他们就很少回来了。

父母的坟在一处山脚的地边，当年有一条通往那里的路，现在荆棘丛生而无人打理，连路都找不着了。就像鲁迅先生说的那样，这世上本没有路，走的人多了，也就有了路。反过来，这世上本来有很多的路，在没人走以后，慢慢地也就没有路了。

李子豪只好去村民家里借了柴刀和锄头，与周子杰一起，折腾了差不多两个小时，才总算弄出一条可以过得去的路。

而那两座并排着的坟，沉默地耸立在那里，在风吹雨打中，长满了杂乱的荆棘和荒草。

兄弟俩将坟头和周围都清理好，然后按照农村习俗放了鞭炮，并跪在坟前，烧纸钱。

不知不觉间，周子杰已是泪流满面。

纵是这些年历经黑暗，他的内心已经变得冰冷而坚硬，可始终有一些东西让他无法抵抗。

这些年经历了怎样的黑暗和痛苦，只有他自己清楚。而这黑暗和痛苦的根源都是因为躺在这冰冷坟中的父母走了，那份本来完整的幸福支离破碎。

对于幸福的人来说，幸福就像一颗糖那么甜，让人喜欢。可对于不幸福的人来说，幸福就是一把刀子，只要想起来，这刀子就会刺进心里，让人疼痛。

“爸，妈，你们为什么要走，为什么要丢下我和哥哥，让我们在这个如泥潭的世界无助地挣扎……”周子杰用双手痛苦地捧着脸，任眼泪从指间流落。

李子豪起身过去抱住了他，安慰道：“过去了，都过去了……”

事实上，他和子杰都经历过常人难以想象的水深火热，然而，他觉得都过去了。他们现在的生活都很好。他在刑警队，前途一片光明。子杰更不用说，周少安死了，他是周家独子，将会继承周家的一切，拥有地位和财富。他们的未来都充满了希望。可是，他并不知道，这些只是表象。

只有周子杰自己清楚，有些路回不去，有些人回不来，这是他心中永不会散开的黑暗，永不可能被治愈的伤痛。

“现在我们都长大了，我们有能力去解决很多问题了。可能你多数时间都在学校里度过，社会阅历比较浅，有很多事都不大会处理。没事，有什么事跟哥说，哥帮你，哥已经在跌跌撞撞中练就了一身钢筋铁骨，会保护好你的。”

周子杰抹了把脸上的泪，坚强地点了点头。

他知道哥哥关心他，但他也知道，哥哥永远都不可能真正地理解他。哥哥知道他的痛苦，是眼前这两座长满了荒草的坟。不知道的是，在他心里还有一座无法对人说，葬在他心里的坟。

第八章　城里的王

街道上车水马龙，人行道上人流如织，伴随着那些走街串巷的小贩叫卖声，这是一个城市普普通通的一天。

秦疤子站在酒店楼上的窗子后俯视着这一切，他在想，人这一辈子活着到底是为了什么呢？

他本来是一个生活在农村的孩子，家里在农村都是很穷的那种。

后来常有人说城市里争名夺利人情冷暖，很现实，其实农村人也未必都朴实。

因为家里太穷，爸妈在人前特别卑微，连和别人说话都得点头哈腰，村主任家有活，用命令的语气喊爸爸去干，更过分的是，村主任还趁着他爸不在的时候跑到他家里，当着他的面对他妈动手动脚。

那年他才两岁，但记忆却特别深刻。

因为他妈哭了，他那时什么都不懂。后来懂了之后，质问过他妈，为什么不反抗，为什么要那样。他妈说，那是村主任，得罪不起，如果得罪了，就会被村主任整得很惨。

在那一次后，后面发生过很多次，但他没有看见，不过听说了。因为村子里传得沸沸扬扬，村里人尤其是女人见了他妈都避而远之，在背后指指点点。村主任老婆还带着一帮凶悍的亲戚跑到他家里来闹。

他爸去拦住他们，也被他们打了。他当时还是个孩子，吓得直哭，村主任老婆嫌他哭得吵，用双手掐着他的喉咙，恐吓他说再哭就把他打死。

无论时间过去多少年，他都忘不了那个场面。老妈扑过来护着他，那雨点般的拳脚落在老妈的身上，他的耳朵里传来如地动山摇的声音。

后来，那些村里的孩子都不跟他玩了，还骂他野种，都欺负他。那个时候他就知道，在这世上要自己足够强大足够狠，才没人敢欺负。

那时候他就在心里暗暗发誓，长大以后一定要做个强者，要踩着别人活，去主宰别人的命运。

到镇上读中学的时候，他的命运被重新洗牌，他认识了一些不良少年，和他们混在一起，把以前忍受过的那些屈辱怒火爆发了出来，加之经常干农活的他体格强壮，就像一只猛兽，横冲直撞无人能挡，从那些富家子弟的马前卒变成了他们都欣赏甚至佩服的兄弟。

初中毕业后，他就约了几个兄弟进城，开始打天下。在十七岁那年，他喊了一大帮凶神恶煞之徒，杀气腾腾地回到村里，让村主任召集了全村的人，然后当着全村人的面，把村主任夫妇打得跪下，和他们清算旧账，羞辱完后把两人的手脚打断，一大帮人扬长而去。

村主任夫妇没敢报警，他说了，他在城里有人，报警也不怕，但若是找他丁点的麻烦，他必十倍百倍地还回来。

从今往后，他不再是以前那个任人欺压羞辱的老实人了。

村主任夫妇老了，不知道他的底细，也不敢惹他。

那个时候，他看见全村的人看他就像看神一样，他的内心得到了极大的满足。他指着全村人训话，说过去的有些事，他就不一个个算账了，但以后谁敢动他爸妈一根头发，他必杀他全家！

全村人无不噤若寒蝉。

那时候他就在想，他不但要做村里的王，也要做城里的王！

他这么想的，也这么做到了。

这十年以来，他在西河的江湖独当一面，多少人恭维他，吹捧他，在他面前低着头说话。日进斗金，女人成群，他过着皇帝一般的日子。

然而，这一切就在前两天变了。

当他被抓进刑警队，尤其是当他得知强子被抓的那一刻，他的整个人差点崩溃。

强子被抓，意味着这些年他干过多少坏事，沾过多少人命，都将大白于天下，他的人生再也没有任何希望，那些风光岁月将成为历史，等待他的将是审判、惩罚。

他害怕了。

可惜人生不能重来。

可没想到的是，他竟然莫名地被放了出来。

他很快就明白了，应该是强子根本没有被抓，李子豪故意接了个电话，向他透露出强子被抓的消息，其实是在诈他！

如果强子被抓了，肯定会把他咬出来的。

警方已经有了强子杀人的罪证，强子已经没有活路，唯一的活路就是坦白从宽，把他咬出来。所以，如果强子被抓，不可能死扛。他知道，但凡是进了刑警队的，没几个扛得住的。在那个地方，任何东西都会输给恐惧。

然而，因为强子没抓到，他才能侥幸出来，万一强子被抓到了呢，他早晚难逃一死，怎么办？

灭口！

秦疤子的脑子里立马冒出这两个字。

他打电话叫王瘸子到办公室来。

王瘸子是他身边最忠心的兄弟了，从他出道就跟他冲锋陷阵。那时的王瘸子名叫王霸，大伙取谐音喊他“王八”。有一次约架，秦疤子中了对方埋伏，身中数刀，他脸上那一道醒目的刀疤也是那次留下的。他当时栽倒在地，同伙一个比较胆小，喊了声跑，不管倒地的秦疤子就先跑了，而这一喊乱了军心，好几个兄弟都跟着跑了，当时只留王霸一个人，手持一把杀猪刀，血红着眼乱捅一气，吓得对方数十人不敢近身，后来被对方中一个人偷砍了一刀，倒了下去。

几十人冲上来就对着两人一通狂砍。

说是狂砍，其实还是有分寸的，主要是往背上腿上这些部位砍，不会砍头部，因为都知道砍头部容易死人，而死了人事情就闹大了。江湖事，若非深仇大恨，通常说的是砍人，所以不会砍头。砍人，一般在主观意识上不夺人命。

好在警察及时赶到。

秦疤子和王霸被送到了医院。只不过这一劫后，本来叫秦万勇的脸上多了一条蜈蚣式似的大刀疤，成了更加心狠手辣的秦疤子。本来的王霸，因为膝盖上中了一刀，伤了关节，从此成了王瘸子。

两人虽都在这一役遭受重创，却也因此役而声名鹊起，正式在西河崭露头角。

因为王瘸子是腿伤，行动不大方便了，出去打架，万一有什么情况跑不动，就很吃亏。所以后来秦疤子在西河的扩张，王瘸子都很少参与。不过，秦疤子始终把他当最好的兄弟，有好处分他一杯羹，西河的所有人也知道王瘸子是他最好的兄弟。

王瘸子特别愧对秦疤子，觉得自己像个废物一样，帮不了秦疤子什么，而且别人还能给他几分面子都是看在秦疤子的分上，他要振作起来，反正平时也没什么事，吃穿用都有秦疤子管着，就去了西河的一所武校里学拳脚。

刚好那所武校里有个退役的特种兵做教练，觉得他是条汉子，教了他很多实战搏杀技巧，而他也想证明自己虽然腿瘸了，但并不是个废人。

他虽然跑不快了，可他有真本事，压根就不用跑，站在那里就是城墙，千军万马都能挡。

事实上他也做到了。

有一次他跟秦疤子喝完酒从KTV出来，当初火拼被抓的那个家伙吴扒皮坐牢出来，喊了几十人来报复。几年后的秦疤子在西河已经站稳脚跟，都知道他有多厉害，没人敢动他，即便是名声地位相当的蒋门神也不敢跟他动真格的。所以，秦疤子就有些大意，一般出行就带三五兄弟。

没承想吴扒皮这个亡命之徒才出狱就那么剽悍，带了几十号人拿着长刀，他自己还拿着自制猎枪，将枪管直指着秦疤子的脑袋，说秦疤子现在拥有的财富、地位和名声都应该是他的。

他要秦疤子拿命来还。

秦疤子当时酒都被吓醒了，他知道吴扒皮是个少根筋的疯子，要面子不要命，十三岁时就差点把人捅死。现在他带了几十号人，重要的是他手里有枪，只要一扣那扳机，一切都没法挽回。

他心想这下完了，正思考着缓兵之计时，王瘸子出手了。

王瘸子趁着吴扒皮的注意力都在秦疤子身上，猛地扑了过去，先按住吴扒皮的手腕，使其枪口朝下，再脚下一铲，就把吴扒皮给绊倒在地，同时用擒拿手夺过了吴扒皮手里的猎枪。

吴扒皮一伙人正准备冲过来帮忙，王瘸子就将黑洞洞的枪口指着他们吼道："你们过来试试，看是老子的枪硬，还是你的脑壳硬！"

那些挥到一半的刀停顿在半空中，跨出来的步子像被使了定身法一样。

"这是我们跟吴扒皮的恩怨，想死的可以参与进来，不想死的自己走，冤有头债有主，老子不乱杀人。"王瘸子说。

加上秦疤子也在打电话叫手下的兄弟火速带着家伙过来，跟着吴扒皮的人都怕了，一下子都作鸟兽散了。毕竟吴扒皮坐了几年牢，已经过气了，现在是秦疤子的天下。他们本以为帮吴扒皮一把，废了秦疤子，能把这天下抢过来，跟着分一杯羹，可现在看来，吴扒皮是出师未捷身先死，他已经一头栽了下去，他们自然也就不会跟他卖命了。

吴扒皮的人散了后，秦疤子的人将吴扒皮的脚筋挑了，西河江湖再无吴扒皮其人，而王瘸子又在一夜之间名气大噪。不过他再怎么出名，也在秦疤子之下，因为秦疤子此时在江湖上地位已稳，各种关系都打通了，势力成形。何况一直以来都知道他是秦疤子的得力干将，他也不会去和秦疤子争高下，秦疤子手上有棘手的事情，都是让他出手解决。

王瘸子虽然瘸了，可在后面几年的艰苦训练中，他在攀爬跳跃等很多方面已经丝毫没有障碍，比正常人都灵活，行动起来干净利落。

他曾给秦疤子建议，去把蒋国富废了，秦疤子没有答应。因为赵良臣不允许，他不想西河这种两分天下的格局被打破，让秦疤子在西河一家独大。

如今强子这事，秦疤子觉得只有王瘸子能帮他解决了。

秦疤子刚打完电话，就有人敲办公室的门。

他打开一看，是保安，就问："什么事？"

保安说："有人找秦总，我们让他给你打个电话，他说他没有打电话的习惯，找人都是直接见。"

"谁啊，这么嚣张？"秦疤子颇为不悦。

"他说说他是西河边的老赵，秦总就知道。"保安说。

"西河边的老赵？"秦疤子皱了皱眉，随即脸色一变，"快带他来。"

很快，保安就带着一个男子上来。

那男子年约五十，穿着中式大褂头，戴着一顶大圆帽，把玩着手串，走起路来不紧不慢，看起来颇有几分儒雅。

"什么风把赵总你吹来了，来，进来坐。"秦疤子满脸热情，然后对保安挥了挥手，"没事了，做你的事去吧。"

不用说，这个人不是别人，正是这些年一直在秦疤子背后控局的赵良臣。

赵良臣进了办公室，秦疤子将门关上。

“来，老板，坐坐坐。”没有外人，秦疤子又喊起了老板。

“以后，不要喊老板了，就喊赵总吧。”赵良臣说着，也没坐，而是绕着秦疤子的办公室仔细地看。

“老板，你在找什么吗？”秦疤子问。

“说了，让你以后不要喊老板，喊赵总，没长记性吗？”赵良臣的语气略重。

“嗯，好好好，赵……赵总你在找什么？”秦疤子又问。

“看有没有窃听器，监控设备。”赵良臣说，“刑警都来找你调查过几次，现在虽然放了你，可并不意味着这事就完了。有时候，他们手里证据不足，就喜欢玩这种把戏。”

“嗯，还是赵总你有经验，要不是你，我这次可就真栽了。”秦疤子说。

“怎么因为我了，我没做什么啊。”赵良臣颇有些愕然。

秦疤子说：“当时那个李子豪诈我，他故意让人打了个电话给他，他当着我的面接电话，说强子被抓了。然后就问我是自己交代，还是让强子把我供出来。就差那么一点，我就想自己承认了，但我想起了老板，哦，赵总你说的，警察办案，有证据自然会拿出来，没有证据摆出来，说什么都不能承认。他们擅长的就是心理战术，所以我死咬着不认，结果发现他们根本没有抓到强子，没有任何证据。我这才出来了。”

赵良臣颇为得意地道：“我跟你说的是不会错的，毕竟我也当了那么多年的警察，我最熟悉他们那一套。他们最擅长的就是使诈，软磨硬泡，你只要不上当，很快就会被放出来；你要真信他们的坦白从宽，就只能是牢底坐穿。”

“是是是。”秦疤子突然想起，“赵总你怎么亲自到这里来找我，有什么事打个电话吩咐就好了。”

“打电话？”赵良臣说，“现在，你和我的电话还能安全吗？早被警方监听了。我就是怕这个，你自己小心点，跟人通话的时候，什么该说，什么不该说，自己心里有个数！在审讯室里，你还能保持着警惕，知道守口如瓶。别出来了，就被他们抓住了小辫子。”

“嗯，我会注意的。”秦疤子说。

“很多事也都放一放吧，做个吃喝玩乐的闲人。”赵良臣说，“等这阵风过了再说，这一阵命案频发，上面都盯着，肯定会严打一阵，这时候肯定是谁冒头谁被打。”

“可有一件事我现在必须得做。”秦疤子说。

赵良臣问：“什么事？”

秦疤子说：“强子还在逃，我得想办法把他做掉。不然，一旦他被抓到，肯定会把我咬出来的，到时候我就死定了。”

“这个你就不用操心了，他不可能把你咬出来的。”赵良臣说。

“这难说。”秦疤子说，“虽然他对我也还算忠心，可要是落到警察手里，警察有他杀人的证据，他为了活命，肯定扛不住……”

“我知道他扛不住。”赵良臣说，“关键的是，他已经没有开口的机会了。”

“他已经没有开口的机会了？”秦疤子一愣，“赵总这话是什么意思？”

或许他明白是什么意思，只是觉得有些突然，让他难以置信。

“因为他已经死了。”赵良臣不紧不慢地说。

“强子死了？”秦疤子还是一脸的怀疑，“不会吧，怎么死的？”

“据说是被人杀的。”赵良臣说。

“被人杀的？什么时候，被谁杀的啊？”秦疤子急问。

“这个我就不清楚了。”赵良臣说，“警察都不知道是谁杀的，还在调查，我怎么会知道。”

“赵总你是说真的，还是在跟我开玩笑啊？”秦疤子问。

“这种事我能跟你开玩笑吗？”赵良臣问。

“强子被杀了？”秦疤子感觉跟做梦一样回不过神，“他在哪里被杀的？”

“大安镇，一共死了四个，你自己看看吧。”赵良臣边说着，拿出了几张照片来。

第一张照片是几个警察正在一块庄稼地里，秦疤子一眼就认出了其中一个正是李子豪，可以看得见地上躺着几个人，但远距离拍摄，看不清面目。而后面几张则是警察站开之后，可以清楚地看见地上躺着的四具尸体，有扑着的，有仰着的。仰着的脸上被划开了许多口子，交织成蛛网一般，看起来非常残忍。不过秦疤子还是一眼就认出那两张被划得血肉模糊的脸。

一个正是他的得力心腹强子，一个则是常跟强子一块的冬瓜。另外两个他不知道是谁，但他突然想起什么，自言自语道：“这么巧？”

“什么意思？”赵良臣问。

秦疤子仍盯着那几张照片，说：“大坪山的案子加上强子一共是四个人，这照片上的另外两个我虽然认不出来，但猜测应该就是和强子他们在大坪山办事的，所以这次就一块跑了，是谁刚好把他们四个一起都杀了？”

“这个人确实够狠的，竟然出手就取四条人命，而且从照片上看得出来，手段很残忍，身手不错。”赵良臣说。

秦疤子说：“确实相当可怕了，强子和冬瓜都是有身手的，平常三两个人都近不了身。平时干架的话，他们四个对付十来人都不是什么问题。而且从这照片上来看还不是多人围攻杀的他们四个，而是一个人干的。”

“你还看得清这个？”赵良臣颇感意外。

秦疤子说：“打架砍人这事我还是有经验的，如果是围攻，他们的身上肯定会有很多刀口，衣服都会被砍破开。可他们身上并没有，衣服上虽然有血，但没有口子，说明肯定什么地方有致命伤，这是真正的杀人高手干的。”

“别管那么多了，他们死了不正好吗，他们的嘴巴闭上了，那些秘密也随之埋葬了。”赵良臣说。

“可是……”秦疤子欲言又止。

"可是什么？"赵良臣问。

秦疤子抬起头看着他，说："我在想到底是谁杀了他们，又为什么要杀他们，下一个会不会轮到我？"

"这些事该警察管，你就别瞎操心了，没有意义。这次受了点惊吓，好好休息一阵吧。"赵良臣说。

秦疤子却摇头道："没法休息，这事不弄清楚，我睡不着觉，强子在外结的仇，基本上都跟我有关，这个人既然对他们下狠手，肯定不会放过我，我不能坐以待毙。还有，我突然想起了一件事！"

"什么事？"赵良臣问。

秦疤子说："我被关在里面的时候，那个姓李的刑警说，周少安不是蒋门神杀的，是有人杀了周少安后嫁祸给蒋门神，而这个人很可能就是杀蒋门神老婆孩子的凶手。所以，这个凶手应该同时和蒋门神、周少安有仇，而蒋门神和周少安已经闹翻六七年了，也就是说应该是在蒋门神和周少安还没闹翻之前结的仇，如果是那个时候的仇，肯定跟我也脱不了关系，那个时候我们三个在一起做事……"

"你的意思是就是这个人杀了强子四人？"赵良臣问。

秦疤子点头道："肯定是的，我在西河混了这十多年，没见过这么可怕的人，杀人如杀鸡，连警察都摸不着门。而且也绝不可能这么凑巧，一个月之内，这种可怕的事接二连三地发生。应该就是我们当初在一起时与人结仇了，但我们没有放在心上，别人却记了仇，处心积虑地准备，现在准备好了，就来报仇了。"

"你现在相信了周少安不是蒋门神杀的了吧？"赵良臣问。

"我觉得应该不是。"秦疤子说，"毕竟就算蒋门神知道少安睡了他的女人，他想弄死少安，也犯不着大张旗鼓地带那么人去，更犯不着亲自动手。他开始以为是我动了他老婆儿子的时候也是找人刺杀我，没有亲自找我。在江湖上摸爬滚打这么多年，可以把别人当刀使时，他不会傻到自己去撞枪口。”

“你总算脑子清醒了。”赵良臣说，“我一开始就跟你说肯定不是他杀的周少安，你还不信。你也不想想，他要是那么莽撞的话，能在西河的道上混到今天吗？”

“所以，如果真如警察所说，这个人跟我们几个同时有仇，先动蒋门神家人，再杀少安，接着干掉我的几个手下，那就真的太可怕了。赵总你干过刑警，还是刑警中的精英，你有什么办法吗？”秦疤子问。

“办法？”赵良臣从兜里拿出一个雪茄盒，先自己拿了一支衔着，又递给秦疤子一支，“办法肯定是有的，任何事都会有解决的办法，就看能不能找到那个入口了。”

“赵总有什么高见？”秦疤子问。

“这得问你啊。”赵良臣说，“在你的印象里，你、蒋门神和周少安一起的时候，做过哪些过分的事情，得罪过哪些人，有可能让人记恨这么多年回来找你们复仇。”

“我倒是怀疑过一个人，但又觉得不大可能。”秦疤子说。

“谁啊？”赵良臣的眼睛顿时亮了些。

“周少安的弟弟，周子杰。”秦疤子说。

“周少安的弟弟？”赵良臣皱起眉头，“他有弟弟吗？没听说周少安有个弟弟啊。”

“这个弟弟是领养的，跟他不一样，不在道上混，一直在外面读书，甚至很少回来，所以一般人都不知道他的存在。”秦疤子解释道。

“就算是这样，他要杀了你们和周少安，是跟你们有什么仇吗？”赵良臣问。

“这个仇算起来也有八九年了，这个事情，赵总你是知道的。”秦疤子说，“我们三个有次强暴了一个女学生被抓了，赵总还记不记得？”

“当然记得。”赵良臣说，“那时我还在刑警队呢，当时案子影响还挺大，不是后来那女的说她是自愿的，然后就把你们放了嘛，跟那个周少安的弟弟又有什么关系？”

秦疤子说：“那个女的本来是周少安弟弟的女朋友，被周少安看上了，让弟弟让给他，他弟弟不答应，他就找了蒋门神，派了几个人把那女的绑到了我们的房子里，然后……”

“还有这样的事？”赵良臣的兴趣一下子浓厚起来，“后来呢，周少安那弟弟跟他发生冲突了吗？”

“没有。”秦疤子说，“他那弟弟很软弱，在家里被他随便拿捏，毕竟一个是亲生的，一个是领养的，爸妈肯定偏袒亲生的啊。”

“嗯，有意思。”赵良臣问，“你知道多少他和他这个弟弟的事？”

“我知道也不是很多，就听少安跟我说起过几次。”秦疤子说，“说他把他弟弟当狗一样地吆喝，连父母给的零用钱都被他没收了，反正就是当软柿子捏。他弟弟的女朋友被强暴之后，他弟弟没放半个屁。这事要换我们任何人身上，肯定都得操刀捅人了。”

“还有这样的事？”赵良臣若有所思。

秦疤子说：“本来这事过去了这么多年，我都忘记了，是那个李子豪让我回想一下当初和蒋门神没有闹掰时，我们有没有一起干过太过分的事，多年以后别人会来复仇，我才想起这桩事来。”

“那你跟李子豪说了？”赵良臣问。

“没有。”秦疤子说，“我怎么可能跟他说，当年那件事，女的说是自愿，我们都无罪释放了，我还能傻到说是我们强暴了那女的吗？更何况那女的还自杀了。”

“那女的自杀了？”赵良臣问，“什么情况？”

秦疤子说：“不知道什么情况啊，她改口说是自愿的，我们被放出去之后，她就自杀了。”

“这就有点说不通了，她既然告了你们强暴，为什么又要改口？既然改了口，为什么又要自杀？”赵良臣问，“是你们做了什么吗？”

“没做什么啊。”秦疤子说，“当时蒋门神被关在里面，还在想怎么跟外面的兄弟说，可还没和外面通气，我们就被放了。”

“你们三个都没有跟外面通气吗？”赵良臣问。

“没有。”秦疤子说，“你知道的，当时是王永年在办这个案子，盯得特别紧，外面兄弟送衣服来，都不让见面，只是转交，没机会递消息出去。”

“那肯定就是和你们一起比较聪明的兄弟去办的这事，救你们出去的。”赵良臣说。

“也没有。”秦疤子说，“我们三个出去之后，都问了各自最好的兄弟，没有人干过。这种事如果谁干了，肯定会承认。因为谁干了，谁就是大功臣，一下子就能被刮目相看，早被提拔起来荣华富贵了。”

“这倒是。”赵良臣说，“可如果没人去威胁那女的或她家人，她怎么会平白无故地改口说是自愿的呢？”

秦疤子说：“这个我们后面也分析了一下，可能女的家里人担心我们出狱了，会报复，所以放弃追究。”

“如果是这样的话，那个女的后来为什么又要自杀呢？”赵良臣问。

“这个就不知道了，我们被放了以后，少安还想去找那女的玩玩，结果才知道她已经自杀了，我们都挺意外。也许她还是觉得丢人，没脸活着吧。”秦疤子猜测。

“没这么简单。”赵良臣摇头，“如果单是放弃追究或自杀，都可以理解。而这两件事一起发生，就不是那么简单了。她既软弱怕你，放弃追究，就很难有勇气自杀。她若一开始无法接受，想要自杀，就不会放弃追究。这里面肯定有发生什么事，使得那女的心理发生了一个复杂的转变。”

“这个就不得而知了。”秦疤子说，“反正，我们三个都很茫然，从我们被抓进去到放出来，我们什么都没做过。就只是觉得，少安做得很过分。加上那个女的又自杀，他弟弟肯定恨死了我们三个，他有报复我们的动机。

不过，前天少安的追悼会，我看见了他弟周子杰，一看就是个沉默寡言的老实人，觉得又不可能是他，他没那个本事干出这些事来。”

“这可难说。”赵良臣说，“以我办案多年的经验，往往是那些半吊子看起来凶神恶煞，真正凶残的人你是很难看得出来的，他们往往有一副伪善的面孔，人也看着不起眼，做起事来才让人意想不到，防不胜防。从某种意义来说，藏得越深的人越可怕。”

“这倒也是。”秦疤子说，“跟出来混一样，那些刚出道的，因为丁点事都要捅人的，真正到我们这个位置，就不会轻易动怒出手了，真要出手，就要出大事了。”

“而且，你有没有想到一点。”赵良臣说，“周少安死了，周家就只剩那个收养的弟弟了，周家的一切都是他的了。加上他和周少安之间本有嫌隙，他想要周少安死的可能性就更大了吧。”

秦疤子点头道：“嗯，在少安开追悼会的那天周老爷子跟我说了，以后周家的生意由周子杰接管，还让我帮忙关照。”

“有意思，有意思。”赵良臣说，“如果，蒋门神和周少安的案子都是他做的话，那这个人就真的太可怕了。”

“如果真是他做的，我会先下手做了他的！”秦疤子咬牙道。

赵良臣一笑，说：“真是他做的话，你觉得你会是他的对手吗？”

“那可未必。”秦疤子说，“明枪易躲，暗箭难防，只要找准机会，背后偷袭，一击致命，他就算是神仙也难逃吧？”

“你想得太简单了。”赵良臣说，“你不用脑子好好想想，一个杀人如杀鸡的狠角色，作案之后刑警重案组出动，连他的影子都没摸到。这可是在高科技时代，监控系统遍布城市的每一个角落，他却能杀了人不留任何线索，这是一个什么样的人？他的警惕性岂会让一般人在他背后动手？社会上的混混跟职业杀手是有差距的，何况这还是一个职业杀手中的高手。”

“那赵总你说怎么办？”秦疤子一下子束手无策了。

赵良臣说："先看看这个周子杰的实力再说吧，如果他有两下子，而装出一副老实人的样子，那不用说，蒋门神和周少安的案子铁定是他做的。如果确定是他做的，我自有办法收拾他。不管他有多厉害，可惜遇到的是我，他要是猛虎，那我就是猎人！"

"可是，要怎么看他的实力呢？"秦疤子问。

"这个就得你来做了。"赵良臣说，"找几个可靠的人，再找个看起来偶然的机会，和他发生冲突，把他往死里打，但出手得有分寸，别真弄死人了。不然万一他不是凶手，周老爷子那里没法交代。"

"我懂了。"秦疤子说，"这好办，后天我四十岁生日，邀请他过来，到时候我安排人。"

赵良臣点头道："行，就这样吧，我先走了。有什么事直接来西江楼找我，尽量不要打电话，电话里只说买卖茶叶的事情。"

秦疤子点头。

赵良臣随即出门而去。

几分钟后，王瘸子赶来。

秦疤子当即对他如此如此地交代了一番，王瘸子拍着胸脯保证道："疤哥，这事包我身上了，放心吧。"

第九章　鸿门宴

两天后，九月十号教师节，也是秦疤子这位西河老大的四十岁生日，他在他的大本营——大富豪酒店举行了盛大的庆祝仪式。

周子杰也收到了请柬，晚上六点赴宴。

“我应该早点动手，不要让他活过四十岁的。”周子杰呆呆地看着那张请柬，失神地自言自语。

然而，因为李子豪在顺安旅馆发现他的踪迹，他担心被李子豪盯上，所以没有仓促行事。

虽然他有信心干净利落地杀死秦疤子，可一旦他成为嫌疑对象，警方要他案发时的不在场的证据，他会很难做到。做这种罪证掩盖，必须提前计划，并且选一个天时地利人和的时机，才能做到无懈可击。否则会很容易出事的。

还是过了这阵风头再说吧。做这种事，要稳住，不能急。可是不急的话，他还有机会亲手杀死秦疤子吗？

前天和李子豪去东川县给父母祭奠，他假装无意地问那天抓秦疤子什么事。

李子豪说秦疤子手下的强子在大坪山犯下一桩命案，没承想在警方过来抓人之前，有人暗中通知秦疤子，让强子跑了。

"现在的网上追逃这么厉害，他能跑得了吗？"周子杰说。

"没用。"李子豪摇头，"当天晚上，他就被灭口了。"

"当天晚上就被灭口了？"周子杰一愣，马上反应过来，"被谁灭口，秦疤子不是被你们带走了吗？"

"不可能是秦疤子干的。"李子豪说，"他一直在我们的控制之中，电话也不能用。是另有其人，一个很可怕的人。"

"一个很可怕的人？"周子杰很有兴趣，"怎么可怕了？"

李子豪说："当时和强子一起逃亡的有四个人，都是秦疤子手下的得力干将，都被一起干掉了，而且是一刀割喉致命。"

"这么厉害？"周子杰也大感意外，"那么这个人到底是秦疤子的仇人，还是在帮他？"

"帮他？"李子豪皱眉，"杀了他的得力手下，怎么还是帮他？"

周子杰说："灭口了不就是帮他吗？几个知道秦疤子秘密的人死了，秦疤子自然就安全了。"

"好像是这个道理。"李子豪的眼睛一亮，"我怎么没想到，有可能是秦疤子身边一直养了一个铲屎官，一旦他出事，为了让他的秘密不被吐出来，那个铲屎官即便不接受他的指令，也会自觉替他出手？子杰，你太聪明了，竟然帮我解开了这几天来的疑惑。这个人肯定是秦疤子一伙的，不是他的仇人。若是他的仇人，凭这个人的身手，要想杀他，简直易如反掌，他不可能活到现在。"

突然，他把目光定在周子杰脸上，说："咦，子杰，你看事情眼光很独到，一针见血啊。"

"这有什么。"周子杰勉强一笑，"有时候当局者迷而已，而且你什么时候觉得我笨了，我要笨的话能考上研究生吗？在学校里，无论是初中、高中还是大学，几千几万人当中，也没几个人比我成绩好。"

"倒也是。"李子豪说，"从某种角度来说，你们搞科研的脑子比我们搞刑侦的还更有想象力一些。”

这事只是随便一讨论，但在周子杰心里，却生出了一个疑问。

在秦疤子被抓进去的时候，逃亡的强子四人被一个连警察都无法掌握的神秘人悉数灭口？

这个人会不会是他一直苦心寻找的那个神秘面具人？

他觉得可能性太大了。

其一，当年秦疤子和蒋门神之流被抓进去之后，也是一个神秘人出来给他们擦的屁股。这一次又是如此，秦疤子被抓，对他最具威胁的强子几人立马就被灭口。这个人肯定是秦疤子身边的人，知道秦疤子被抓，也知道强子被警察盯上而逃亡，所以才能及时、准确地采取灭口行动。

其二，从这个人的本事看，当年一个人闯进小纯家里，把小纯一家人都控制起来，小纯一家在他手里全无反抗之力。这一次又是以一人之力击杀强子四人，干净利落。其胆大，其心狠手辣，如出一辙。

其三，可以解释蒋门神和周少安当初为什么不知道小纯会改口了，因为这是秦疤子背后的秘密武器。他甚至不需要接受秦疤子的指令，只要秦疤子遇险，他自己就知道怎么做。

如果这么看的话，跟周国昌就没什么关系了，那周国昌所表现出来的异常又如何解释？

路一步步地走，棋一步步地下，还是先从秦疤子身上着手吧。周子杰还是认为，帮秦疤子杀了强子的人是这个神秘人可能性更大。

他对人情世故之道不大懂，在赴秦疤子的生日宴之前，特别地请教了周国昌，该送什么礼。

周国昌从自己的卧室里拿出一卷早准备好的画轴给他。

“送画？”周子杰一愣。

周国昌说：“不要小看这幅画，这是清代诗书画三绝大家郑板桥的真迹，我淘到手都花了上百万，要是市场价的话会更高。”

“送这么贵重的东西给他？”周子杰问。

“贵重？”周国昌说，“你得看秦疤子是什么身份，他是西河江湖的大哥大，几万的东西入不了他的眼，几十万的东西他会勉强看一看。咱们身份不一样，送太差的东西掉价。以后有很多事你还得仰仗他，这个礼不能送轻了。”

周子杰没再多说。

他想起了自己那些年，同在一个屋檐下，周少安穿名牌开豪车大肆挥霍，而自己却身无分文，炎热的夏天连一根冰棍都买不起，只能眼巴巴地看着别人吃。

朱门酒肉臭，路有冻死骨，人的命运总是如此天差地别。

他开了一辆周国昌的奔驰前往大富豪酒店赴宴。

在路上，他打开了那幅画，是郑板桥的名作——《兰竹芳馨图》。郑板桥一生只画兰、竹、石，自称“四时不谢之兰，百节长青之竹，万古不败之石，千秋不变之人”，其人其作品都被后人所称颂。

这么好的东西送给秦疤子那种人渣，简直就是暴殄天物，周子杰暗暗叹息。但转念一想，如果能借这画杀了秦疤子，还是值的。

此时，秦疤子的生日主场大富豪酒店可谓张灯结彩，非常热闹。

经历了前两天被抓的事，秦疤子觉得特别晦气，所以就想借着这次生日宴冲冲喜。而蒋门神陷入游艇凶杀案还蹲在监狱里，西河的江湖只有秦疤子一家独大，巴结他的人就更多了。

大富豪酒店的门口，停满了各式各样的豪车，身着盛装的名流人士在迎宾招待下陆陆续续地进入酒店。

周子杰混在庆贺的人群里，沉默而不起眼。

他心里充满愤懑暗自不平，看着这富丽堂皇、名流云集的场面，感叹着这世道的不公。

秦疤子就在大厅里迎接到来的贵客，当然，主要是迎接一些他熟悉且有身份的人物，王瘸子跟在他身边一起招呼。在这个特别的日子里，身为秦疤子最好的兄弟，他肯定得在身边帮衬。好不容易有闲下来的一个空当，王瘸子看了坐得密密麻麻一片的宾客，在秦疤子耳边小声地问道："那个周少安的兄弟呢，还没来吗？"

秦疤子也把目光往场中扫了一圈，摇了摇头说："没看见。"

"他不会不来吧？"王瘸子问。

"不来？"秦疤子说，"那也没关系，到时候你直接去他家外面认人就行，跑得了和尚还跑得了庙吗？不过，我觉得他应该会来，周家这种身家地位，他不懂事，周国昌不可能不懂。"

"倒也是。"王瘸子应了声，"周国昌知道这西河江湖的深浅，他不会不识趣的。"

"来了。"秦疤子看着入口的地方突然眼睛一亮，"那个手里拿着长条形东西的瘦高个就是他了。"

"穿米黄色外套浅蓝色牛仔裤的那个吧？"王瘸子确认了一下。

"是。"秦疤子答道。

王瘸子说："那我先去安排了，疤哥。"

秦疤子点了点头，王瘸子迅速离去。

周子杰拿着《兰竹芳馨图》向秦疤子走了过来，秦疤子早看见了他，却故意把目光看向了别处。不管周子杰是不是杀害周少安的凶手，秦疤子都得端着架子。这大厅里坐的都是有身份的人，他不可能纡尊降贵地去迎接一个看起来其貌不扬的年轻后辈。

"疤哥。"周子杰过去喊了声，脸上挤出一丝笑容。

秦疤子闻声回头，也堆起一脸笑道："周老弟啊，欢迎欢迎。"

周子杰把手里的画卷递过去，说："这是老爸收藏的一幅古画，也不知道疤哥喜不喜欢，一点心意，祝疤哥福如东海，寿比南山。"

"哈哈哈，客气了，客气了。"秦疤子笑着将礼物接过，递给旁边的手下，“来，到我这边来坐。”

说着便拉着周子杰的手往靠近主席前排的一张桌子走了过去。

桌子上已经坐了好几个年纪五六十的老头。

一看那些老头都是极有身份的，秦疤子给周子杰一一做了介绍，果然要么是某局局长，要么就是某集团老总。

当介绍到其中一个戴着鸭舌帽老头的时候，没有什么大头衔，一句“西江楼赵总”就过了，让周子杰感到有些奇怪。因为从这张桌子的位置和桌子上其他人的身份来看，这些都是秦疤子很看重的人。

可这个西江楼赵总为什么介绍如此简单？不应该像介绍其他人一样着重说一下他的头衔吗？他都没有听说过西江楼。

更重要的是周子杰发现，这个赵总看他的时候，眼神里有着异于常人的犀利，那种犀利竟让周子杰有一种莫名的不安，直觉告诉他这个人不简单。

还有，周子杰颇感不解的是，秦疤子为何给予他特殊照顾让他坐到这一桌。

要知道即便是周少安活着的时候，他也只是秦疤子的小弟，不会在如此重要的时刻和秦疤子同桌。周子杰的未来也只是充当一个接替周少安位置的角色，秦疤子在周国昌面前可以适当客气几句，但犯不着如此重视他，让他坐到和众多大人物在一起的一桌。

接下来，更印证了周子杰的猜测。

西江楼的赵总果然对他特别有兴趣，秦疤子已经简单介绍过他，可赵总却比桌子上任何人都更关注地问了他很多问题，尤其问到他和周少安之间的感情怎么样。

周子杰不想说更多，也就敷衍着说还可以。

没承想赵总却硬生生地把这层窗户纸捅破，说：“不会吧，我怎么听少安说起过你，说你是周家领养的，跟他打小就合不来，关系一直很僵。”

周子杰把目光落在赵总脸上，他那张脸始终皮笑肉不笑，看起来深不可测，周子杰嗅到了某种危险的气息，也顿时明白了秦疤子把他安排在这一桌的目的，看来来者不善。

他们只怕是怀疑到了他可能跟周少安的死有关，在做某种试探。

“谈不上僵不僵，因为他在西河，我在省城读书，一年难得回来几次，没什么交集。”周子杰强按住心中一股怒火，没有反击，只是平淡地回答。

这时候他不能有任何强势的表现，他要保持好他在人前的这张面孔。

“但你心里其实是很恨他的吧？”赵总问。

“你这人很莫名其妙啊，我为什么要恨他？”周子杰假装有些生气地说。

面对对方如此刻意为之地咄咄逼人，他若一点都没有不适，那也太假了。

“因为……”赵总说，“据说当初是周少安丢了，周家才领养你，那时候周家把你当亲儿子一样，对你特别好。可后来周少安被找回来，你就备受冷落，周少安还经常欺负你，难道你不恨他吗？”

周子杰说：“我说了，那都是小时候的事，无论是我还是他，都不会把那些事放在心上，不然我们不会长大了还在一个屋檐下。我只记得，在我父母双亡走投无路的时候，是周家收养我，将我养大，还供我读大学，才有了今天的我，我很感恩，很知足。”

“不错不错，知恩图报，足见周公子心性纯良，是个值得结交的朋友，以后有机会多来往啊。”赵总哈哈一笑。

一桌人当什么也没发生似的说笑着。

看看宴会席位坐满，秦疤子上台讲话，感谢大家捧场，让大家今天要玩尽兴，不醉不归。

然后，便开席了。

周子杰的心里一直在猜测这个赵总的来头，觉得他肯定非善良之辈，而且这极有可能是秦疤子和他联手布的一个局，不然彼此并不熟悉，还是这样的场合，他不会故意问起这种让人难堪的事情。

没有那么不识趣的人，没事去撕别人的伤疤。有的话那肯定是个情商不够的人，一个情商不够的人是混不到这么成功的。所以赵总的这种行为只有一种解释，他是故意的，有目的的。

看来，他后面的行动得更加小心一些。

而此时在另外的一个角落，王瘸子已经安排了人，只等宴席结束，就会采取行动。

席间桌上的几位大佬都互相认识，推杯换盏的，很是融洽，周子杰和他们并不熟悉，而且从心底里厌恶这些人。这些人也并不把他放在眼里，他只是周国昌的一个养子而已，小辈，他们不会向他敬酒。而他压根就不喝酒，只喝茶，所以也不敬他们。倒是秦疤子，怎么说周子杰也是来参加他生日，还是和他喝了一杯酒表示感谢。还有那个赵总，倒是特别照顾他的感受，真想要结交一样，还和他聊天，说他开了个茶楼，就在西河边，叫西江楼，欢迎他常去坐坐。

周子杰嘴里也是应付地答应着，心里还真想着要去看看那西江楼是个什么样的龙潭虎穴。一个开茶楼的能和一帮局长、企业家同桌，而且这些人，包括秦疤子这位江湖大哥，对他也挺恭敬，肯定有着更了不起的来头。

一个又一个的人过来跟秦疤子告辞，秦疤子也是假意挽留一下，宴席渐渐散了，留下一片杯盘狼藉。

周子杰也最后以茶代酒敬秦疤子一杯后，提出告辞。他和这些人实在是玩不到一块儿，感觉自己就像是待在垃圾堆中一样，深感不适。

他莫名地讨厌这些人的嘴脸。

表面人模人样，风光无限，可谁知道他们干过多少肮脏的事情。

他们就是文明社会中的垃圾。

秦疤子还使劲地挽留他，说今晚他特意从外地找了一批美女来，要是错过了就真是人生遗憾了。

秦疤子说："俗话还说人不风流枉少年，这我看应该说是人不风流枉活着了。风流不只是少年的权利，是男人都应该有的。所以，子杰……"

"哦，不好意思，我还在学校，对这些没有什么兴趣，我还是先走一步吧。"周子杰越发觉得这些人恶心。

视女人为玩物，真是人渣。

他又想起了小纯，想起了那件埋葬在他心中荒草丛生的往事，如果让他继续和这些人渣待在一起，他肯定会控制不住自己的。他现在的心里就已经有那种杀人的冲动了，只是用仅剩的理智在控制自己的情绪，避免将自己暴露。

"读书人，真是……"秦疤子说，"你说你对女人都没兴趣，那还能对什么有兴趣啊。"

"这个，我也没想过，疤哥，赵总，各位大佬，那我就先告辞了。"周子杰转身，在心里想：我说对杀你有兴趣，你会信吗？

时间在不知不觉中过得很快，周子杰走出大富豪酒店时看了下时间，已经是晚上九点半。

外面已经亮起了万家灯火，看起来一派繁华，却仍能看得见繁华背后有许多黑暗而未知的角落。

世界永远存在截然不同的人性或命运。

深秋的晚上已经有了渗透肌肤的寒意。似乎从那天晚上的一场大雨之后，西河的气温就骤降了。好像每年都如此，总是在一场大雨之后就改变了季节。秋天的某一场雨后，太阳不知道去了哪里，天气就开始一天比一天冷。

周子杰习惯性地看了一眼周围，一切如常，他上了车子，开车回家。

然而，在他才将车子驶离大富豪酒店不到五十米，他就从车子的后视镜里看见了路边的一辆现代轿车启动了。他本也没多想，觉得只是那里停着车子的人也是刚好离开，跟他并没什么关系。

不过某些异于常人的警惕，让他还是多留意了下，那辆车子一直就跟在他的后面。

城市道路不可逆行，不可转向，只能往同一个方向到下一个路口，或者到下一个路口仍然同路也稀松平常，可让周子杰觉得不正常的是，那辆现代车始终和他保持着一百米左右的距离。

这是一个极容易隐藏自己不被对方发现，而又可以盯着对方的距离。

九点半的道路上车流并不拥挤，而周子杰的车速较慢，一路上很多车子都超了他，可那辆现代车始终在他后面不紧不慢地跟着。为了验证一下对方是不是有意跟踪他，他加快车速。

果然，后面那辆车也提速了。

他们想干什么？

周子杰的脑子里冒出一个问号，立马想起了秦疤子将他安排同桌和那个西江楼赵总的试探。如果不出所料，这辆跟着的车肯定跟秦疤子或那个赵总有关。毕竟他自己清楚，他在西河没有与任何人结过怨，甚至，除了哥哥李子豪之外，这个城市都没有人在乎过他的存在。

或许，如今的周家父母还指望他来撑起周家门楣，但在他看来，那不过是对他的一种利用罢了。

这辆跟着的车子，肯定跟秦疤子脱不了关系。

秦疤子为什么会认为是他杀了周少安？

周少安的死法极为残忍，而且还有蒋门神出来背锅，而他不过是一个在读研究生，他周围的人他都知道他特别老实，甚至有些怯弱。秦疤子不应该怀疑是他杀了周少安的。

可从席间的试探和这辆现代车的跟踪，说明在秦疤子心里对他的怀疑很深，有什么原因吗？

难道……

周子杰突然想起，是不是秦疤子想起了小纯的死？认为他是在替小纯报仇？

很有可能是这样的。

他记得那次和周国昌去刑警队时哥哥曾说过，蒋门神并非杀死周少安的真凶，而是真凶布了一个局，嫁祸给蒋门神的。哥哥既然看透了这一点，加上蒋门神妻儿之死，必然会想到这个凶手跟蒋门神和周少安都有仇，所以玩了一出一箭双雕之计，由此警方会调查蒋门神和周少安还没有决裂时共同的仇人。

刚好前两天秦疤子也被抓了进去，在那个时候，秦疤子、蒋门神和周少安都是一条船上的人，警方肯定有问过秦疤子当年之事。但在去东川拜祭父母的路上，哥哥没有表现出对他的异常，说明秦疤子并没有对警方说出这件事，想起来他也不可能说的，因为那是埋藏在他心底的罪恶，只要说出当年的真相，他们就会面临审判。

然而，这会在无意之间给秦疤子一个提醒，让秦疤子对他产生怀疑，若不然，秦疤子不会对他这样一个小角色有这些异常反应。

周子杰还想起了哥哥提到的强子四人被一个狠人干净利落地干掉的事，而这个人干掉强子四人，显然是在帮秦疤子擦屁股。一个不经过秦疤子授意就能主动帮他干这种事的人，那绝对是秦疤子养的死士。

当年，应该就是这个人在秦疤子等人被抓后，没经过秦疤子授意就去了小纯家，做了那罪恶的一切，让秦疤子几人被无罪释放！

但在释放之后，秦疤子肯定知道了这件事，只是他并没有说出去。而现在他想起了这件事，想起了这件事里一个不可忽视的关键人物，他，周子杰！

当初周少安明知道小纯是他女友，却还强行绑走她，使小纯被强暴而自杀，这对任何一个男人来说，都足以激起杀人的心。所以，秦疤子深度怀疑他就是那个杀了周少安嫁祸蒋门神的复仇者。

那么问题来了，现在跟在后面的这辆车子到底想对他做什么？

是想先干掉他吗？

他不可能被对方干掉的！

想杀他的人只能被他杀死！

他再也不是当初那个任人宰割的怯懦者了，如今，他的强大连他自己都感到害怕。

然而，就在他心里杀机陡起之时，他又突然想到，他要杀掉对方其实很容易，问题是万一对方选择动手的地点不利于动手，在有监控或者容易暴露的地方，他将对方杀死后，将无法善后。

就算他不杀人，将对方制服，暴露出他强悍的一面，他以后也会很被动。以哥哥李子豪的聪明，知道他隐藏了自己的实力，必然会怀疑到他和周少安的死有关。

再高明的作案手法，也禁不住别人盯着的。

周子杰还在想着如何解决这个难题的时候，后面的现代车突然加速了，很快就追上了周子杰的车，差不多和周子杰的车并排行驶之时，突然一转方向盘，撞向周子杰的车。

“砰”的一声响。

周子杰踩下了刹车。

他愣了一下，没有搞明白状况。

因为他感觉到了，对方撞过来的那一下其实没有用力，车身的震动很小，都不像是有意撞击，而更像是剐蹭了一下。

对方想干什么？

现代车的车门打开，从车上下来了一个二十几岁的年轻人，身子有些摇晃，像喝醉酒的样子，站到了周子杰的奔驰车前，指着车里的周子杰就骂：“你眼瞎了啊，怎么开车的，给我下来！”

周子杰慢悠悠地打开车门，下车。

现代车上立马又下来了三个男的，一个满脸胡子看起来三十好几了，手里提着一根棒球棒；另外两个比较年轻，手里提着扁长型的西瓜刀，把周子杰围了起来。

周子杰抬眼看了一眼周围。

前面不过二三十米就是一个红绿灯，装有好多监控探头，道路两边也是人来人往，很多人看见撞车了，都停下脚步观看。

对方敢在众目睽睽之下要他的命吗？

周子杰的脑子里冒出了一个问号，他觉得不大可能。

虽然他知道秦疤子这种垃圾没少干过这种事，但那多是针对没有身份来头的，弄死了，找人顶罪，花点钱就能摆平。对于他，玩阴的秦疤子还能赌一把，明目张胆他应该不敢。怎么说他背后也是周国昌，周家现在唯一的儿子了，他出了事，周国昌会全力追究，秦疤子想找人顶罪都顶不过去。

“你怎么开车的，吓死老子了。”手里提着西瓜刀的一个混混抬腿就给了周子杰一脚。

“什么我怎么开车，是你们撞的我好不好。”周子杰一脸无辜地辩解。

这么多人看着，还有监控探头，他必须伪装自己。

这时候他突然明白了过来，对方的真正目的可能不是想要他的命，而只是想试探他！

如果他表现得很强悍，那么秦疤子就会认为他肯定就是杀了周少安嫁祸蒋国富的复仇者！相反，他如果只是一副弱不禁风的怯弱样，或许会更安全。

这也是为什么对方只是用车子剐蹭，而没有使力撞击的原因了。对方的目的不是要他的命，只是试探！

“什么，你还敢乱说，我们撞的你，你是活得不耐烦了吧！”那个中年人骂着，手中的棒球棒当即往周子杰的肩部挥出。

周子杰本来是可以抢先攻击或者躲开的，但他只是本能地用一只手去挡。

球棒便击打在他的手臂上，痛得他叫唤了一声。

另一个年轻混混将手中的西瓜刀往周子杰腿上挥出，周子杰仍然没有闪躲，他知道西瓜刀的伤害性很小，隔着一条裤子，顶多只能把裤子砍破，在腿上留点小口子，伤不了筋骨。

于是，他借着那砍往腿上的一刀摔倒在地，口里喊着："你们干什么，我哥是警察，他不会放过你们的……"

"我爸还是总统呢，你吓谁啊，老子从出来混的那天开始，就不怕把牢底坐穿，吓唬老子啊。"一混混骂着又往周子杰腿上劈了一刀。

"算了，一只弱鸡，犯不着和他斗狠，我们走吧。"中年人拉住了他，几人回到了车上，冲着周子杰丢下几句譬如"不要再让老子看见你，见你一次打你一次"的狠话，扬长而去。

周子杰装着费力地爬起来，看了看腿上，被西瓜刀劈开了两道口子，出了些血来，但不严重，他能感觉到疼痛，但对行动影响不是很大。

他拿出电话，拨打了李子豪的号码。

电话很快就接通，李子豪喊了声"子杰"，静待下文。

"哥，我这里出了点事。"周子杰说。

"出了点事？"李子豪心中一紧，忙问，"怎么了？"

周子杰说："刚才有一辆车莫名其妙地撞了我，还把我打了一顿。"

"什么，有车子把你撞了，还打你？"李子豪的嗓子顿时提高，"谁这么大狗胆，找死啊，你在什么地方？"

周子杰看了下路标："百信路的红绿灯路口，国贸大厦对面。"

"行，我马上过来。"李子豪又突然想起，"伤得怎么样，要先上医院吗？"

周子杰说："腿上挨了两刀，出了点血，也不是很重。"

"什么，还挨了刀？被刀砍了？"李子豪更紧张了，"那你赶紧打个

120，或者拦个车去医院处理伤口，我马上到事发地点来。对了，报警了吗？”

“还没，我先给你打的电话。”周子杰说。

“哦，没事，我给他们打电话吧，你先去处理伤口。”李子豪说。

挂断电话，周子杰瘸着腿到一边拦车去医院。

其他的都不是他所在乎的了。

秦疤子对他的试探，应该已经过关，秦疤子不会相信一个连小混混都摆不平的人能杀周少安并向蒋门神和他复仇。

他之所以第一时间打电话给哥哥李子豪，就是想让哥哥知道，他还是那个需要哥哥保护的弟弟，他永远都是弱者。

如此，才能让哥哥不可能怀疑到他和那些案件有关。

一个如此弱小的人，如何能干出那些丧心病狂而触目惊心的惨案？

在去往医院的车上，他仍给周国昌打了电话。

周国昌在听说他被撞车还被砍伤之后，当即暴跳如雷，说让他放心，他一定把那几个肇事者找出来，替他出气。

本来周子杰就不大情愿留下来接替周少安的事业，如今又发生了这样的事，周国昌就更担心了，他当即给秦疤子打了电话。秦疤子听说后假惺惺地说马上安排手下，全西河找人，一定得把那几个混蛋找出来给废了。

和周国昌刚通完电话，王瘸子就来找他了，把他叫到了一边，说：“黑皮打了电话来，说那就是个废物，根本没有一点还手之力，他们随便砍了两刀就走了。”

“嗯，知道了。”秦疤子说，“周国昌刚打了电话给我，意思是要追究到底，人都安排走了吗？”

“嗯，在办事之前我就跟他们说了，完事立马出去。”王瘸子说。

“行，那就没事了。”秦疤子说，感觉心里的那一块石头也落了地。

这么看来，那个复仇者不是周子杰了，也就是说周少安之死跟当年的白小纯事件没什么关系，他没什么危险。

李子豪想着周子杰已经去医院了，他去现场也就没多大意义，便直接去辖区派出所调看了路段监控。

监控里很清楚地还原了事发的一切。

一辆车牌尾号为3936的现代车从后面加速，看着像要超车的样子，却在和周子杰的奔驰车并行之时突然打了方向盘，撞在奔驰的副驾车门处。

显然是故意为之。

随即，车上下来人挡在奔驰车前，防止奔驰车开走，将周子杰逼下车来，对周子杰动手。

一看就知道是蓄意报复了。

李子豪又看了沿途路口监控，发现那辆现代车是在金源路和白城路之间出现的，他找了路段之间的监控，在大富豪酒店位置的监控看见了那辆一直停放在那里的现代车。

周子杰的车从大富豪酒店门口开走后，那辆现代车随即跟上。

说明现代车里的人知道周子杰在大富豪酒店，一直在那里等着。那么这辆现代车从哪里来的，为何知道周子杰在大富豪酒店呢？

他把监控时间往后移，发现在事发大约一个小时前，现代车开到了现在位置，随后，从车上下来了三个人，进入了大富豪酒店。在周子杰出来之前的五分钟左右，三个人从大富豪酒店出来，上了现代车，然后等到周子杰出酒店，跟在后面。

这就是说，他们不是跟着周子杰到大富豪酒店的，而是得到某种消息赶过来的，他们是受人指使的。

李子豪看到监控里的大富豪酒店门口张灯结彩，写着秦万勇四十华诞敬迎宾朋。周子杰是去参加秦疤子生日宴会，周少安是大富豪酒店的大股东，和秦疤子是合伙人，以后周子杰要接替这一切，他去参加秦疤子的生日没什么问题。

但奇怪的是，那三个报复周子杰的人，他们像是得到某种消息，赶到了大富豪酒店，在酒店待了一个小时的时间，直到周子杰离开的前三分钟才从里面出来，说明他们是在里面监视着周子杰的动静，看见周子杰准备离开的迹象，他们才先一步离开，在外面等着。

敢在秦疤子的地盘，又是秦疤子生日的时候干这种事，除了秦疤子的意思，谁有这个胆子？可问题是秦疤子为什么要指使人对周子杰动手？难道周子杰在酒席上得罪了他？

李子豪给周子杰打了电话，问他在哪家医院。

周子杰说："博康医院。"

"博康医院？"李子豪说，"这好像是一家民办医院，你怎么去那里？"

周子杰说："大医院程序麻烦，还得排队等，一点轻伤，大医院小医院都一样。"

"伤怎么样？"李子豪关心地问。

周子杰说："缝了几针，没什么大碍，但也得住几天医院。"

李子豪说："行，我这里已经为你找当地派出所报案了，我过来看看你。"

周子杰便说了病房号。

病房里除了他，还有一个病人，是跟人打架受伤的，纱布包头，不过有段时间了，人看起来已经没事了。他主动找周子杰说话，周子杰爱理不理的样子，他也就不多问了，自己在一边玩手机。

周子杰在想着另外的事情。

这个晚上，他要出去杀人，去杀了秦疤子以及其妻女！

本来，因为被李子豪发现了住旅馆的事，周子杰怕被盯着，想缓几天再动手的，可晚上秦疤子安排人试探他让他受伤给了他一个很好的机会。

周子杰受伤后，住在医院里，秦疤子被杀，周子杰就不会有嫌疑。

这也是周子杰为什么没有去大医院，而选择了博康医院这个民办小医院的原因。他比较熟悉这里，医院前面有监控探头，医院走廊也有监控探头，但后面是一排烂尾楼，监控漏洞很大。

晚上，周子杰可以避开监控，从病房窗子出去，神不知鬼不觉地完成这一切。而他腿上的两处刀伤，都只能算得上皮肉伤，一处缝合了四针，一处缝合了六针，伤口也比较浅。

虽然行动多少会受一点影响，不过他觉得不会影响到他复仇，就算带着这点伤，他也能把事情做得干净利落！

李子豪赶了过来，先关心了一下他的伤势，然后问他晚上给秦疤子庆生的时候是不是发生了什么事。

周子杰摇头道："没发生什么事啊，哥你怎么这么问？"

李子豪说："我了解了一下那几个对你动手的人，他们是从大富豪酒店跟过来的，而且也进过大富豪酒店，在里面待了一段时间，在你出来的前几分钟提前上车等你，所以我觉得应该跟秦疤子有关。不然，没人敢在那个时候那个地方去惹事。"

"那就有些怪了。"周子杰说，"秦疤子为什么要找人打我呢，晚上吃饭的时候他还特地让我跟他坐了一桌，和我说话一直很客气，我们没有任何不愉快啊。"

"那和其他人发生什么不愉快了吗？"李子豪问。

周子杰摇头道："没有，那是他的生日，谁都要给他几分面子，都不可能在那里找事吧？"

"倒也是。"李子豪说，"那就有点怪了，可从监控记录显示，那三个家伙显然是得到了消息直接赶到酒店，在酒店里对你进行了监视，在你即将离开的时候，他们先一步出酒店等你，这完全是有预谋的。在西河你还得罪过什么人吗？他们今晚是否也出席了秦疤子的生日宴会？"

周子杰还是摇头道："没有，我一年都难得回来一次，就算回来我除了和哥联系，也没有其他朋友，从没与人有过什么矛盾。”

“倒也是。”李子豪说，“以你的性格，就算与人发生摩擦，也只能是别人欺负你，不存在你惹了别人，别人事后来报复你的，看来这事还真是有点奇怪。”

“这只能说明你们西河的治安不好，我在省城就从没有发生过这样的事。”周子杰说。

“这个……”李子豪说，“倒也不能说是西河的治安不好，不管是大城市还是小城市，总有些以身试法的人，就算再怎么严厉打击，总是有些人心存侥幸，做违法乱纪的事。”

正说着，周国昌夫妇赶了来，和李子豪打了个招呼，关心地问周子杰的伤情，周夫人更是心疼他住到这么个条件差的小医院。

周国昌说已经跟秦疤子打过电话，一定会把那三个混蛋找出来，弄清楚到底是怎么回事，为他出这口气。

李子豪说警方也在着手调查，他们肯定跑不了。

“少安的案子呢，你们找到真凶了吗？”周国昌突然想起问。

“嗯，有些眉目了。”李子豪敷衍着。

“是吗？有什么眉目了？”周国昌急问。

李子豪说：“这个属于警方机密，半个字都不能对外透露。不过，要想真正地确定真凶，还得周叔叔你配合。”

“配合，肯定配合。”周国昌说，“只要能抓到杀害少安的凶手，要我做什么都可以，哪怕倾家荡产，我都没有二话！”

“也没这么严重。”李子豪说，“这个后面领导会专门找你沟通的，希望能够有个好的结果。”

“你们是真的有谱了吗？”周国昌还是不放心地问。

“嗯，真的，这个没必要骗周叔叔。”李子豪说。

“那还等什么啊。”周国昌说，“我直接找你们领导，有什么需要我配合的，就赶紧行动起来，一天不抓住杀害少安的凶手，我这一天就睡不着！”

“这个也不能急。”李子豪说，“因为某些事情，领导也需要开会讨论，甚至向上级请示，才能做决定，到时候他们会联系周叔叔的。”

“我这心里急啊。”周国昌问，“你就不能向我透个底吗？”

李子豪摇头道：“纪律所在，这个我是真不能说。好了，叔叔阿姨你们在这里陪一下子杰，我还要去调查一下子杰今天晚上的事，就先走一步了。子杰你好好养伤，不要想多了，伤害你的人，就算跑到天涯海角，我都会给你抓回来的。”

在李子豪走后，无论周国昌夫妇如何关心，周子杰都莫名反感，应付了几句，就说自己想好好休息，让他们先走。

周母说找个人晚上照顾他，也被他拒绝了，周国昌夫妇又好言安慰了几句便离开了。

出医院后，周国昌说他还有点事，让周夫人打了个车回去。

待周夫人走后，他拿出了电话，拨了一个号码出去。

大约过了一分钟时间，电话才接通，那边传来一个比较低沉的声音，喊了声：“老板。”

“杀害少安的凶手有什么眉目了吗？”周国昌问。

“我了解了下，应该不是秦疤子干的。”那边的人说。

“不是秦疤子，也不是蒋门神，那会是谁？”周国昌问。

“这个，凶手是个反侦查高手，警方掌握的线索都很有限，我正在加大力度查。”

“你不也是这方面的高手吗？给我抓紧点。”周国昌说，“对了，你先去帮我查另外一件事，应该会简单些。”

“什么事？老板你说。”

周国昌说：“今天晚上，我的小儿子在百信路的红绿灯路口被几个混混故意撞车，还被砍了两刀，你去给我查一下那几个混蛋什么来历，是受谁指使，给我找出来处理了！”

“这个不用查，我知道是谁。”那人说。

“你知道？”周国昌意外了下，“是谁？”

那人说：“是秦疤子派人干的。”

“秦疤子派人干的？”周国昌不解地道，“他为什么要派人对子杰出手？”

那人说：“因为他和赵良臣都怀疑是周子杰杀的少安，他们要试探一下周子杰的本事，所以……”

“他们怀疑是子杰杀了少安？”周国昌当即怒不可遏，“别瞎说，子杰和少安是兄弟，他怎么会杀少安，简直胡扯！”

那人说：“也不是没可能，他们虽是兄弟，但据说他们的感情不和，从小到大少安都在欺负他。而且少安死了，他是最大的受益人，他就能成为周家唯一的继承人，他有足够的作案动机。”

“那也不可能。”周国昌的语气很肯定，“我了解他们之间的事，少安确实和子杰感情不和，而且有欺负子杰，不过子杰性格老实，从没有与少安针锋相对过。后来他选择去省城读书，一年都很少回来，两个人基本上没什么交集。而且关于周家财产的事，子杰根本就不在意，我几次让他留下来接手少安的生意，他都明确拒绝，说他根本就不是做生意的那块料，他就是一个性格比较木讷的读书人，跟杀人这种事根本就沾不上边，更不可能对少安动手！”

“是的，发生了今天晚上的事，我也觉得是他的可能性很小。”那人说。

“你怎么知道今晚的事是秦疤子他们对子杰的试探？”周国昌问。

那人说：“赵良臣说的，秦疤子要派人试探周子杰，但他对秦疤子的人不放心，就让我在暗中观察，我当时在暗处看到了全过程。既然秦疤子怀疑是周子杰杀了少安，并用这种办法进行试探，也从侧面说明了秦疤子不可能为了独吞酒店生意而杀少安。”

“秦疤子真对杀害少安的凶手这么上心？”周国昌颇感疑惑。

那人说："前几天秦疤子有几个手下被杀了，加上之前蒋门神家里出事，接着少安被害，又发生了秦疤子手下被杀这事，他大概认为有一个他、少安及蒋门神没有翻脸时共同的仇人找来了，我也仔细想了想，觉得这个逻辑还是能站得住脚的。"

"能站得住什么脚？"周国昌问，"他们就算没翻脸时有共同的仇人，跟子杰又有什么关系？子杰和少安感情不和我知道，可他和蒋门神、秦疤子有什么关系吗？"

"有一件事老板大概还不知道。"那人说。

周国昌问："什么事？"

那人说："当年少安和蒋门神、秦疤子强暴的那个女的，其实是周子杰的女朋友。"

"什么，那个女的是子杰的女朋友？"周国昌一愣，半晌才反应过来，"你听谁说的？"

那人说："赵良臣跟我说的，他说是秦疤子告诉他的。当时，就是少安看中了那个女的，让周子杰让给他，周子杰不答应，少安才找了秦疤子派人把那女的绑走的。据说事后少安还用此事羞辱了周子杰，说睡了他的女人，他也不能怎样。所以，我当时听说之后也觉得，这对任何一个男人来说，都会激起杀人的动机。"

"没想到背后还隐藏着这样的内情。"周国昌说，"如果真如你所说，子杰和少安之间就不只是感情不和或单纯的欺负问题，而是有不共戴天的深仇大恨了，那你有什么发现吗？"

那人说："本来，是周子杰的话一切都会变得很合理，当年那件事，他仇恨少安，包括蒋门神和秦疤子，他们玷辱了他的女人，还无罪释放，导致他的女人自杀，这颗仇恨的种子足够他埋藏在心里许久，准备多年再回来复仇。然而，我暗中观察发现他似乎还是跟当年一样怯懦，面对三个混混，他露出了本能的慌张，击打过去的木棒，他只会本能地去挡，却不知道闪躲；砍过去的刀，他也能没躲开。稍微有些历练的人都知道躲开，更不用说一个杀伐老练的高手，分分钟就可以将那三个家伙废掉，所以……不过，也很难说了。"

"有什么难说的？"周国昌问。

"万一，我是说万一。"那人说，"他和我一样，擅长伪装，藏在人群里完全不起眼呢？平常很普通，人前装老实和怯弱，让人看着都觉得没有出息，跟废物一样，只有在黑暗中杀人的时候，眼睛才会放光。如果真是这样，他的心计和演技都称得上登峰造极了，那就真的太可怕了。"

"嗯，你说的也有道理。"周国昌说，"凡事不能只看表面，也不可一事定论，隐藏越深，越是可怕，看来，我以后得多注意下他。"

那人说："我也会多留意他的。"

周国昌说："可以，那就先这样吧，有什么情况随时跟我联系。"

挂断电话，周国昌就陷入了沉思。

他想起了周子杰极为排斥留在河西接手周少安生意的事，他原以为周子杰可能对周少安得到偏爱而心里不平衡，对家里不满，所以有抵触情绪，没想背后还隐藏着这么大的秘密。

当年周少安强暴的女生竟然是周子杰的女朋友！

两人之间的仇恨早已是不共戴天！

那么，周子杰真的只是把那深刻的屈辱与恨憋在心里，还是付诸过行动？

他今晚所表现出来的怯弱与无能是看穿了秦疤子的试探而刻意隐藏了自己可怕的一面？他是那个导致蒋门神妻儿失踪，杀害了周少安，数年后归来的复仇者吗？

周国昌的心底升起一股寒意。

第十章　大哥的女人之死

夜渐深，城市的喧嚣如幕布般落下，医院里渐渐地安静了下来。

周子杰看了看时间，已经是晚上十一点半。

旁边病床上那个人还在玩手机。

“把灯关了，开着灯我睡不着。”周子杰说。

他希望那个人能早点睡了，他才方便行动。

那个人倒也没说什么，关灯后，开始睡觉。

然后，周子杰就静静地等着他睡着。

可他辗转反侧，很久都没睡，搞得周子杰很着急。

让周子杰更着急的是，他打开了手机上对秦疤子座驾的定位系统，那是他前天偷偷装到秦疤子车上的，秦疤子的车子的行踪他都能掌握。然而，今天晚上他手机上的定位显示秦疤子的车子一直就停在大富豪酒店，这说明秦疤子一直在酒店那里。如果是这样的话，周子杰行动的难度大大增加。

秦疤子若是回家，他就可以很准确地找到秦疤子的卧室，然后下手。秦疤子若是在酒店的话，酒店那么多房间，他很难知道秦疤子睡哪间房，而且大富豪酒店四处都有监控，还有很多保安巡逻，他要想杀掉秦疤子而不留痕迹，会很有难度。

周子杰想，今天是秦疤子四十岁生日，肯定会玩到很晚，那他晚点动手也没关系。

然而，直到两点，隔壁床上的病人已经起了鼾声，周子杰看手机上的定位显示，秦疤子的车子还是在大富豪酒店一动没动，他觉得他没法再等下去了，即便等，也得去秦疤子家里等。

把他的家人先解决了，再等着他回来送死。

不然时间太晚，他的时间很可能不够用，他必须在同病房的病人醒来之前赶回来，这个时间最好是天亮之前。

打定主意后，他悄悄地起身。

窗外，那片烂尾楼一片漆黑。

他先在手上和脚上绑上了塑料袋，避免留下脚印和指纹，然后放轻动作走到窗边，手掌在窗沿一撑便借力上去了。

他的病房就在二楼，二楼的窗子外有一个遮雨板，其实久经训练的他完全可以站到遮雨板上从二楼窗子跳下去，但那样就会在遮雨板上留下一个比较明显的痕迹，也会弄出一些动静，他还是更费力些地借着窗子旁边的一根下水管慢慢地滑了下去。然后他绕过烂尾楼，往前走了一段后，在一处没有监控探头的街边拦了一辆出租车，到了顺安旅馆附近他停放长安车的地方。

换了他自己的破长安车后，他又看了眼手机上对秦疤子的车辆定位，仍然没有任何变动，他便当即驱车前往秦疤子家住的地方。

西河北岸半岛别墅小区。

周子杰将车停在小区附近的一处监控盲区，从车上拿出了橡胶手套戴上，并换了一双鞋子，穿上带有帽子的雨衣，戴上面具，拿上作案工具，避开大路监控到了别墅小区的南侧。

南侧临近西河，在西河和小区之间建有一个不大的花园。

深夜的花园亮着几处清冷的路灯，街道空无一人。

这深秋入冬的天气，除了主城区的那些地方，这种僻静的小园子是不会有人的。

周子杰到这地方观察过无数次，一共有多少监控探头，大概监控到什么位置，他都摸得一清二楚。

这里唯一的监控死角是河里。

他潜入河水，绕到西南交接的一个角落，很顺利地避开岗亭和监控，从西河里面爬了上来。而就在他准备翻上围墙的时候，他本能地抬眼看向秦疤子家所在的十六号别墅，竟看见在秦疤子的楼上出现一个黑影。

那个黑影竟如鬼魅，从楼顶之上“刷刷”几下就到了地上，往另一个方向缓步离去。

周子杰愣住了，还特别努力地眨了几下眼睛，确认那是一个人，一个身材瘦高的人！

可是，秦疤子家的别墅一共有三层，那人竟从楼顶如同猫一般几个纵跳就下了楼，身子之轻盈，让周子杰都自愧不如。

小偷吗？

一眨眼，那人就过了房屋转角，消失在黑暗之中。

管他呢，他偷他的东西，我杀我的人，互不相干。或许，我还可以用他的脚印伪造出他杀人的现场。周子杰这么想着，翻身进了围墙，直奔秦疤子家的十六号别墅而来。

别墅的灯都关着，远处的路灯被挡在了侧面之外，里面一片漆黑，周子杰走到别墅门口，抬眼看了看门口的一处摄像头，他并不在意。因为他知道，这是秦疤子自己家里装的摄像头，只要他进去杀了人，再把电脑中的监控记录删除就可以了。何况他穿着一身宽大的雨衣，还戴着一张面具，也没法从监控里认出他来。

周子杰利用熟练的开锁技术，轻松地打开了门锁。

本来，他也可以从阳台攀爬上去，但这样还是费力些，而且他腿部还有伤，就选最简单的方式了。

别墅里面一片漆黑。

周子杰侧着耳朵，没有听到任何声音。大概，人在楼上睡觉吧，若是在楼下，如此安静的环境，哪怕熟睡中轻微的呼吸声他都能听得见的。

他从客厅楼梯到了二楼，还是没有听到任何声音。为了小心起见，他还是从身上拿出了微型手电，照看了一下卧室。

卧室收拾得很整齐，没人。

不会秦疤子老婆女儿也没在家吧，他知道秦疤子庆生的时候他老婆和女儿都在那里，只不过跟另外的一桌女人在一起，难道他们吃饭后也去KTV了？他女儿还在读书，不至于玩这么晚吧？

整个别墅真的太安静了。

在这么安静的情况下，就算人在三楼睡觉的微鼾声，周子杰也能听得见，然而他却什么都没有听见。

他还是上了三楼，万一有人呢。

然而，当他往三楼的楼梯拾级而上时，他慢慢地皱起了眉头，他稳稳嗅到了一种熟悉的味道，那味道让他身体中的兽性蠢蠢欲动起来。

血腥味！

扑鼻而来的血腥味！

他进入三楼的房间，手中的微型手电往屋里照了过去，这一照，吓得他身子都打一个激灵，手电都差点没拿稳。

场面太令他震惊了！

在目光所及的地方，两个赤裸的女人被反绑着双手躺在地上，而在她们的身子下，鲜红的血液如同蜿蜒的河流往门口这边流来。

周子杰战栗而又愤怒，那一瞬间，眼前的场景和小纯的遭遇重叠，他的心里发出了猛兽般的嘶吼，他一折身就想去追那道黑影，将那个黑影碎尸万段。

他在那一瞬间又想起，不可能追得上了，而且这样贸然追出去，在不了解监控的地方，很容易暴露自己。

眼前的场景让他不忍看，但还是决定仔细看看。凶手的作案手法，或者有没有留下什么证据。他或许能将这个凶手找出来。

他打开了墙壁上的开关。

屋里的灯一下子全部亮了，将屋子里触目惊心的惨象照得更加清楚。

两个女人正是秦疤子的老婆和女儿，都被撕开的布条反绑着手平放在地上，嘴都被堵上了，脸部大概是因为憋气而呈乌紫色，眼睛睁得很大，隐私部位有着明显被侵犯的痕迹，还残留着液体。

周子杰再走近看，她们靠近背部的侧面又有明显擦伤的痕迹，大概是在遭受侵犯时用力挣扎而与地板产生摩擦，致使皮肤擦伤。

周子杰又看了看周围的情况。

屋里的东西都完好无损，地上有一片烟灰，但没有烟头。周子杰似乎能想象得出那个混蛋坐在那里优哉游哉地抽着烟，看着两个被反绑着手赤身裸体的女人。

卧室的被子倒有一些轻微的凌乱，应该是秦疤子的老婆喊了女儿过来跟她一起睡，而凶手把两人从卧室里挟持出来时，两人的挣扎，使得床上略有凌乱。

周子杰的第一感觉是这个凶手很强悍。

秦疤子老婆三十多岁，一个身体状况不错的中年妇女，女儿十六岁，也算长大了。凶手一个人要控制两个女人，如果不是训练有素，也会顾此失彼，控制一个，跑了另一个，而且会把卧室这个第一现场搞得很乱。

两个女人身上没有被打伤的痕迹，尤其是头部看起来完好无损，说明凶手不是将两人打晕后控制，而是在两人都清醒还能反抗的情况下将两人捆绑起来，由此更可见凶手的本事。

周子杰看见了放在床头柜旁边的一个女包，他上前打开，看见里面放有一些首饰，带有宝石的项链，手镯和钻戒，还有一个钱夹，里面装有一些百元现金。现在的人都很少带现金在身上，但有时候打牌却必须有现金，秦疤子的老婆大概是个喜欢打牌的人。

粗看一眼，钱夹里的现金也有几千块吧。

加上首饰这些，包里面的财物怎么也值个几十万了，但并没有被动过，可见凶手不是为财而来。

直截了当就是为了女人？

屋里没有更多的线索，即便有，也需要一些专业工具才能发现。周子杰突然想起一样很关键的东西来。

监控！

秦疤子家的监控电脑就放在他的卧室里面，周子杰去看了，监控设备很简单，只有大门口有一个监控摄像头。

周子杰把监控往回倒，看见了他自己从围墙那边往别墅走来，有七八秒的时间，他将那一段记录删除了。再往回倒过去，就看见了那个离开的黑影，因为他从楼上跳跃下来，是背对监控探头的，看不见他的脸，只能看见那是一个身材瘦高的男子。

既然离去的时候只能看见背影，那么他来的时候肯定能看见正面的。

周子杰继续把监控视频往回倒。

监控里一直都是灰色的空白地带，但周子杰仍目不转睛地盯着。

突然，他的心里像被什么狠狠地戳了一下。

在那灰白的监控视频里，他看见了从别墅左侧缓缓地走来一个人，那人脸上竟然戴着一个女性面具！

那个女性面具看起来极为诡异，是一张盲人脸，两眼灰白一片，眼角到脸庞有两道泪痕，嘴唇鲜红如血。

周子杰特别地把监控画面放大看，果然还在那张面具的右嘴角看见了一颗小黑痣！

除了某些色调深浅和面具大小有些区别，和他的面具可谓一模一样，毕竟是自制面具，不可能完全一样。

但在特征方面，可谓完全吻合！

面具人！

这就是他要找的面具人！

周子杰非常激动，身体都不由自主地颤抖起来，双手骨节都握出了脆响，他紧紧地咬着牙齿，整张脸都变得扭曲，他有一种透过屏幕把那个面具男子给撕碎的冲动。

面具男子不紧不慢地走到别墅门口，抬起头看向监控探头，大约过了两秒，他将右手的中指对着监控探头竖起，做了一个不雅的手势。然后身子一纵，便从监控画面中消失了。

说明他不是从正门进的屋，也是用攀爬的方式上的楼，然后进屋。

这个禽兽！

周子杰转动着脖子，发出嗜血的声响。

然而，周子杰突然感到很奇怪，当年面具人威胁小纯及家人，帮秦疤子一伙脱罪，他不是秦疤子的人吗？他怎么会杀秦疤子妻女？

从他在监控探头前的停留并做出那个手势来看，他是知道监控存在的，可他在杀人之后，并没有毁掉监控设备，他是有意要留下这样一个具有挑衅的动作给秦疤子看。

他为什么要这么做？

难道有什么事导致了他和秦疤子反目成仇？或者这个人根本就不是秦疤子的人，而是蒋门神的人？因为蒋门神及其妻儿出事，他怀疑是秦疤子所为，所以即便蒋门神被关在里面，他也要替蒋门神出这口气？

然而周子杰觉得这种可能性很小。

若这个面具人真是蒋门神的人，那么，在蒋门神妻儿出事的第一时间，蒋门神就会让这个面具人神不知鬼不觉地对秦疤子妻女动手。然而，事实上蒋门神却是找了疯狗在三道湾伏击秦疤子。

既然那个时候蒋门神都没有祭出这张王牌，就更不可能在他被抓数天之后，这张王牌自己来做这样一件事。

那么，这个面具人是周国昌的人？

当初周少安被抓，周国昌很着急，所以派了面具人出面威胁小纯及其家人，使周少安及秦疤子都被无罪释放。而就在今天晚上，秦疤子为了试探他，而派了三个手下在路上砍了他两刀。周国昌大概知道了是秦疤子干的，所以又派了面具人来报复秦疤子，杀了他的妻女？

然而，让周子杰有些费解的是，如果当初是周国昌安排的面具人秘密出手，秦疤子肯定不知道面具人的存在，那么面具人又故意在监控探头前停留，做出那么一个挑衅的手势是为何呢？

要知道，他留下的这个画面不但会被秦疤子看到，也很可能会被警方看到。

周子杰作案已经足够狂妄了，都尽可能在作案现场毁灭证据。对方也是一个手法老练的惯犯了，他不会无缘无故地留下这种很可能被看破的证据，既然留了，就一定有他的目的！

他想告诉秦疤子什么？

周子杰知道，他不可能在一时半会儿想出个所以然来，这是个危险的地方，这里是命案现象，他得赶紧离开这里才是。他又盯着监控画面上那个戴着盲女面具的高瘦男子，把他深深地烙印在心里，希望在茫茫人海里擦肩而过，他一眼就能把这个混蛋认出来。

随后，他避开门口的监控，离开了十六号别墅秦疤子的家。

他仍旧从原路返回到那辆破长安车上，他取下面具收了起来，并将鞋子脱了，换上病房中穿的那双鞋子，把身上的雨衣也脱下在车上收好，然后开车到一个地方将穿到案发现场的鞋子丢进了垃圾桶。他在现场和现场周围可能留下了脚印，他必须丢掉鞋子。

随后，他把长安车开到一家二十四小时营业的药店，买了些药水，纱布和胶布，找了处没有摄像头的地方将车停了，把裤子脱下来。果然，因为行走攀爬用力，伤口处流了很多血出来，将原有的纱布都染红了。这种情况，有经验的人只要看到他的伤口，就知道他肯定剧烈运动过，才会造成伤口的再次崩裂流血。所以，为了保险起见，他把那染红的纱布扯掉了，用新买的药水将伤口及周围进行了清洗，重新用纱布包了一层。

搞定这些，他才把破长安车开到顺安旅馆附近原来的位置停好，这时觉得有些尿意，就找个角落撒了泡尿，然后到路上拦了辆出租车回医院附近，仍旧在手上和脚上都套了塑料袋，才从病房后面的窗子那里爬了进去，再将塑料袋取下揉成团丢进了烂尾楼。

屋里的病人还在熟睡当中，全不知道在这几个小时之内，周子杰出去走了这么一遭。

此时，屋外传来几声鸡鸣，躺到床上的周子杰再看了眼窗外。已经有了些光亮。躺下来的他，感觉到有一丝疲倦袭上眼皮，而他却睡不着。

他的脑子里不断地回放在十六号别墅里被杀的母女，并把那个场景置换到当年小纯的家里，他不敢想象，当年小纯一家在遭遇这个暴徒入侵时的痛苦和绝望。

周子杰的牙齿都忍不住咬出了声响。然而，那张面具后的脸到底长什么样，那个戴着面具的人到底是谁，在什么地方，怎么样才能找到他，仍然没有答案。不过，唯一值得欣慰的是，至少他知道这个人还活着，还活在这座城市，还在这座城市里继续着他的罪恶。

就算大海捞针，掘地三尺，他也一定要把这个混蛋给找出来，将其碎尸万段！

李子豪是在上午十一点半接到报警电话的。

电话是秦疤子亲自打过来的。

和李子豪当初去华庭国际时蒋国富的歇斯底里一样，秦疤子嘶吼着说，有人把他老婆女儿杀了，他要灭了凶手全家！

“你说什么，你老婆女儿被杀了？”李子豪一愣。

那一瞬间他的脑子一片空白。

又是命案？

这还有完没完了?

已经接手的几起命案都还没有侦破，这又来，这是在闹哪出?

“是的，你过来看看吧，我，我都看不下去，看不下去，是谁干的，我要把他找出来，杀他全家……”说着说着，秦疤子说不下去了。

李子豪听到了秦疤子的哭声。

一个西河道上让人谈之色变闻风丧胆的大哥竟然哭了，而且哭声里全是绝望。

“说地址，我马上过来。”李子豪说。

秦疤子把地址告诉给了李子豪，李子豪叮嘱他不要动现场的任何东西，等他赶到。

挂掉电话，李子豪马上打电话给技术科人员，带上科室助手，火速驱车前往西河北岸半岛别墅小区十六号别墅。

当李子豪看到那个命案现场的时候，他得承认，超出了他想象的残忍，难怪连秦疤子这种在刀口上舔血的人物都哭了。

“你帮我查，谁杀的他们，我要杀了他全家!”见到李子豪，秦疤子拉着他，血红着眼嘶吼道。

李子豪没理会他，环视了一眼屋子，看见那边的窗子半敞开着。

他回头对技术员梁梅说：“先勘查下现场，其他人都先出来。”

秦疤子也跟着到了外面。

“说说大概情况吧，你和她们相见的最后时间，也就是她们还被确定安全的时间，然后到什么时候你发现现场的。”李子豪看着秦疤子说。

秦疤子擦了下眼睛：“昨天我四十岁生日，在大富豪庆祝，她们也都去了，吃完饭后和几个朋友玩了一会儿，因为芸雅要读书，我老婆十点多就带她回来了，我当时和朋友在唱歌，一直喝到晚上两点多，喝得有点高，就在酒店睡下了。今天大概上午十点芸雅的一个同学给我打电话，问芸雅怎么没去上课，说打她电话也不接，我给芸雅打电话，也没接，我接着又给我老婆打，还是没接，这时我才赶紧起床往家里赶，结果……”

“从大富豪到你家大概需要多长时间？”李子豪问。

“不堵车的话，半个小时左右吧。”秦疤子想了想说。

李子豪说：“也就是说你老婆女儿遇害的时间是在晚上十一点到天亮之前，应该是天亮之前，血已经有些凝固了。而且天亮之后小区里有人走动，凶手不敢如此妄为，所以晚上发生的可能性比较大。”

“李警官，你一定要帮我把凶手找出来，敢动我老婆女儿，老子一定要杀了他全家！”秦疤子又血红着眼嘶吼，那吼声中更多的是无法排泄的痛苦。

“谁跟你有这种杀妻杀女的仇恨，你心里应该比我清楚吧？”李子豪问。

“周子杰，会不会是周子杰？”秦疤子受了刺激般突然反应过来，“他先杀蒋门神的老婆儿子，又杀了少安嫁祸蒋门神，然后又来对付我了，肯定是他！”

“子杰？”李子豪的心里跳动了下，想起了昨天晚上周子杰遇袭的事情，“怎么，他跟你有什么深仇大恨吗？”

秦疤子愣了一下，才想起当年那件强暴的事是没法说的，当年白小纯说了是自愿的，一切都过去了，难道他现在能说当年他们就是强暴了她，还导致了白小纯自杀？这不是把自己往牢里送吗？

“他，他不是周家的养子和少安一直不和吗？少安死了，他就可以继承周家的一切，所以我觉得肯定是他杀了少安！”秦疤子最终还是没说那件事。

“你怀疑是他杀了周少安？”李子豪问，“那跟你又有什么关系？他为什么又要杀你的妻女？”

“因为……因为……”秦疤子脑子里使劲编造着，“不是有警察昨天来找我说晚上他在为我庆生回家的路上被人打了吗？他肯定怀疑是我干的，所以就来报复我了。”

“就是你指使人干的，所以你心虚了，是吧？”李子豪问。

“怎么可能。”秦疤子当即否认，“我跟他无冤无仇，我为什么要找人打他，饭可以乱吃，话不能乱说啊。”

李子豪说：“你不用担心，那三个人跑不掉的，我敢打包票，要不了一个星期就能把他们缉拿归案，到时候就知道是不是你指使的了。”

“可以，我等你们拿证据说话。”秦疤子说。

“对了，你刚才为什么说是子杰杀害了蒋门神的老婆儿子，他跟蒋门神又有什么关系？”李子豪突然想起问。

“他……他……他不是跟少安有矛盾吗？都知道少安跟蒋门神有矛盾，蒋门神家人出事，第一时间就会怀疑少安，然后报复少安，这样就可以借蒋门神的刀来杀少安，又不会让人怀疑，不是很合理吗？”秦疤子总算憋出了一个自以为说得过去的理由。

“扯淡。”李子豪说，“他有杀周少安的本事，还用得着动蒋门神家人，借蒋门神的刀吗？而且西河人都知道跟蒋门神仇恨最大的是你，而不是周少安吧！”

“那不一样。”秦疤子说，“我跟蒋门神只是利益之争，地盘之争，这个算不得什么事，少安是睡了蒋门神的老婆，这是任何男人都没法容忍的，真正不共戴天要人命的仇。”

李子豪说：“我不管你对子杰有什么样的误会，你怎么看他，我可以很明确地告诉你，他不可能跟你老婆女儿的事有关系。我昨天去博康医院看过他，他腿部挨了两刀，缝合了一共十针，那算不上重伤，但还是会影响行动。只要下地走路用一点力都能让伤口崩裂，你觉得他在这样的情况下还能到你别墅以一己之力杀你老婆女儿两个人而没有任何动静？而且我粗看了一下现场，客厅和卧室都没有过多挣扎和打斗的痕迹，说明凶手很容易就控制了你的老婆和女儿，你觉得一个腿部才刚受伤的人能做到吗？”

“我又没说肯定是他，只是说他有嫌疑而已。”秦疤子冷静了些，似乎也觉得李子豪分析得有道理。

“对了，我刚才来的时候看见你门口装了监控探头，是你家装的吗？”李子豪突然想起问。

“是的，我家装了监控的，我怎么忘记了，我去看监控，看是哪个畜生杀了我老婆女儿！”秦疤子经李子豪这一说，顿时如梦初醒。

李子豪当即也跟着秦疤子一起到他的卧室去看监控记录。

从十点半往后面看，看见了十一点十分，秦疤子老婆和女儿回家，此后监控很长一段时间都是灰白画面。直到凌晨一点的样子，监控的远处出现了一个人，一个戴着诡异女人面具的男子，缓步走到监控前站住，出人意料地对着监控竖起中指，做了个不雅的手势。

“有什么熟悉的地方吗？”李子豪问。

“没有。”秦疤子摇头，骂了句，“这是谁？丑陋得没法见人吗？还戴着面具！”

李子豪说：“看来，这不是一个变态狂的流窜作案，随机选的你家，而是有针对性的，并且事先在你家踩过点，对你家很熟悉，知道你家门口有监控。而且他似乎在有意地挑衅你，说明他确实跟你有仇。”

秦疤子又激动起来：“到底是谁，有种挑衅我，就打电话约我啊，不管是单挑还是火拼，老子都陪他玩到底，这样藏头露尾地来暗算我家人算什么男人，就是孬种一个！”

“你别急，他肯定会找你的。”李子豪说。

“什么？”秦疤子的心里颤了一下。

李子豪盯着他，又认认真真地说了一遍：“我说，你别急，他会找你的。”

“他会找我？为什么会找我？你知道什么吗？”秦疤子问。

李子豪说：“他恐怕不是怕你，才对你老婆女儿下手。他大概是想先给你制造一些痛苦，然后再对你动手吧，就像猫玩老鼠一样，把老鼠玩够了，才吃掉它。所以他选了一个很特别的日子，就是你四十岁生日的时候，让你乐极生悲，掉进噩运的窟窿。这应该是一出精心的谋划，而昨晚的事也许只是一个开始……”

“你什么意思，吓我吗？”秦疤子问。

李子豪说：“我是警察，不会吓人，我只会根据事实或逻辑说话。”

“什么事实，什么逻辑？”秦疤子问。

李子豪说：“事实和逻辑就是，我想起了华庭国际蒋门神老婆儿子的案子，凶手也是先对他老婆儿子动手，然后制造了游艇凶杀案，杀了周少安，嫁祸蒋门神，做了一个连警方都没法替蒋门神脱罪的局，让他至今还戴着脚镣手铐被关着，如果我们真的找不出其他证据证明有另一个凶手的存在，他铁定就是替死鬼了。所以，再想想你，明白什么了吗？”

“行，他来，老子等着他，老子就怕他不来！”秦疤子咬牙切齿地说，“他敢来找我，看老子怎么弄死他！”

“不要逞强了。”李子豪说，“你们这些混混跟职业罪犯是有区别的，说直接点你们也就吓唬吓唬老实人，而别人是专业的，把警察当成假想敌，时刻都在研究怎么样不留痕迹地杀人。你们常把杀人挂在嘴边，大多只是吓人，事到临头大不了砍两刀。他们从不跟别人提杀人这两个字，有那个念头的时候，不吭声不吭气地就做了。他们不靠人多势众撑场面，他们靠技术靠高智商出手，周少安和蒋门神的下场你还没看到吗？”

“喂，我说警官，你非要帮着凶手来吓我是什么意思？”对于李子豪的贬低，秦疤子莫名地有一种抵触情绪。

“我什么意思你还不明白吗？”李子豪说，“记得我问过你的那个问题吗？当初你和蒋门神还没有翻脸的时候，还有周少安，你们三个人有没有干过那种特别过分的事情。也许当时受害人还很弱小，你们也没有将对方放在眼里，但在近十年的隐忍和磨砺之后，他回来了，要让你们偿还了。而且，我完全有理由相信，一个屈辱着咬牙切齿了近十年的人，他压在心底的那种恨，会让他做任何足够疯狂的事情。”

秦疤子又沉默着不说话了。

他马上就想起了白小纯那件事，觉得周子杰非常符合李子豪说的这种情况。然而，正如李子豪所说，周子杰昨天晚上腿部受伤了，而他从监控里看见的凶手，走路是正常的，没有任何一点受伤的迹象。所以，不可能是周子杰。

既然不是周子杰，秦疤子自然也不可能把当年那件事说出来，平白无故地让自己获罪。他在江湖混了这么些年，知道在道上混的最不齿的就是强奸罪。对于道上的人来说，唯独强奸，欺负女人，是最没出息的表现，会被人瞧不起。

“事情到了这种地步，蒋门神一家出事了，周少安被杀了，你的老婆女儿又被害，其中到底牵扯了怎样的内情？哪怕没有证据，只是可疑，有那么一丝可能的事件，我都希望你能实话实说，不要再跟我吞吞吐吐、遮遮掩掩的。”李子豪仍极力地说服秦疤子。

“真想不起来了。”秦疤子说，“当年我们三个人在一起，非常狂，看谁不顺眼就揍谁，从东街砍到西街，结了多少仇，积了多少怨，我们自己也没数，也没往心里去，尤其是这几年名气大了，整天都只顾着吃喝玩乐，那些事都早化为云烟了。”

“看来，你真是死猪不怕开水烫，非要死到临头才说实话？”李子豪问。

“我是真不记得啊，这种要命的事，我要记得我还不说吗？要不你问问蒋门神，看他记不记得？”秦疤子知道，李子豪肯定早问过蒋门神了，然而蒋门神和他一样，不可能平白无故地给自己弄一个强奸罪背着。

“好吧，那我只能祝你好运了。”李子豪说。

“哦，对了，我倒是想起了一个人，你们可以查查。”秦疤子说。

“谁？”李子豪问。

秦疤子说：“吴扒皮，听说过吗？”

“什么人？跟你有什么过节吗？”李子豪问。

秦疤子说：“就是当年跟蒋门神和少安一起结过仇的人啊，那是个很能咬人的疯子。”

“你们怎么了？”李子豪问。

秦疤子说：“当时我还在跟蒋门神混，吴扒皮在西街也混得小有名气，我们都想要一个溜冰场的控制权，就决定找个地方谈判一下。当时我带了几个兄弟去赴约，少安也跟着去的，结果到地方中了吴扒皮的埋伏。少安跑掉了，去帮忙打电话喊人。留下来的一个兄弟和我都差点被吴扒皮一帮人砍死，我脸上这道疤就是那时留的。后来警察赶来，吴扒皮被抓了，蒋门神找了些关系，我被保释，而他被判了刑。几年后坐牢出来，他又带了几十人，拿着一把猎枪，在KTV门口拦住我，找我报仇。我兄弟抢了猎枪，把他那一帮人驱散了，又把他暴打了一顿，让他滚了，从此他就销声匿迹了。不过，他是个五短三粗的身材，监控里的人肯定不是他。”

“行，我会去调查这个人的。”李子豪说。

而这时梁梅和几名技术人员也做好了现场勘查，说两个受害人都有被性侵，但凶手做了措施，没有留下精液。

还有一点比较奇怪，就是现场除了受害人和秦疤子之外，有两个陌生脚印，其中一双脚印从门口进来，一双脚印从窗子处进来，窗子处有留指印，但戴了手套，没有指纹。现场留有一片烟灰，但没有发现烟头，应该是被凶手处理了。

“什么，你说有两双陌生脚印？”李子豪问。

“是的。”梁梅说，“都是成年人脚印，而且都是四十三码鞋，其中一双为登山鞋印，一双为平底休闲鞋。”

“你这楼上最近几天有来过别的男人吗？”李子豪看着秦疤子问。

“没有没有。”秦疤子说，“家里来客，都是在一楼客厅招待，不会到楼上来的。”

“从鞋印的完整度和清晰度看，应该是昨天晚上留下的。”梁梅在一边补充。

“这就怪了。”李子豪说，“监控里明明只看到一名犯罪嫌疑人，怎么会是两个？而且，一人从窗子进来，一人从门口进来，两人不是一路人啊，那到底谁才是凶手？”

“这还用说吗，肯定戴面具那家伙是凶手了，戴那个面具一看就是个超级变态，精神有病！”秦疤子说。

李子豪看了他一眼：“如果凶手这么好分辨就没有破不了的案子了。”

“我也觉得，那个戴面具的人是凶手。”旁边的袁雨佳也说。

“依据呢？”李子豪问。

袁雨佳说：“你看，戴面具的那个人穿着一双登山鞋，登山鞋印出现在窗口，说明他是从窗口进来的，那就说明他本事大啊。”

“你不觉得别墅的门锁着，门锁不坏而人却从正门大摇大摆地进来了本事更大吗？”李子豪反问。

“这……”袁雨佳顿时被问得无言以对。

“走，再去看看监控，看看这个从大门进来的人什么时候出现的。”李子豪说着，重新去查看了监控记录。

然而，让他尤为不解的是，从七点天黑到六点天亮，他都没有在监控里发现那个穿平底鞋进入别墅的人。

“难道那人是更早进入的？”袁雨佳疑问。

李子豪摇头道：“不可能。”

“为什么不可能？”袁雨佳不解。

李子豪说：“你想啊，谁会在大白天地跑到别人家里躲起来呢，小区到处都是监控和人，没必要啊。”

“道理是这样，可关键是晚上的监控里没有看见他啊。”袁雨佳说。

李子豪说：“也许跟华庭国际案一样，他恰好懂监控，对监控做了手脚，只要把他出现在监控的几秒删除就行，而咱们刚才只是大致浏览，并没有看到监控每一秒的细节。”

“嗯，也是，得把监控拷贝回去慢慢看才行。”袁雨佳说。

“重点是，现在屋里出现了两个人，如果一个人是凶手，那另外一个人是来干什么的呢？”

李子豪看着秦疤子，问：“你家里有什么财物失窃吗？”

“我，我去看看。”秦疤子说着立马往楼下去。

李子豪则往三楼卧室里看了眼，看见了放在床头柜上的女包，当即走过去，打开包，发现了里面的现金和首饰，这个发现再次让他深感意外。

本来，按照他的推测，如果这屋里进来了两个人，而且不是同路的话，一人为杀人凶手，另一人则应该是小偷。一个名牌包就放在这么显眼的位置，里面放着价值不菲的财物，如果其中一人是小偷，必然会把东西都拿走。

东西既然完好无损，就说明进来的不是小偷，如果不是小偷，又是干什么的呢？

很快秦疤子就跑了上来，说保险箱完好，家里没有任何财物被盗。屋里的东西也都摆放整齐，没有翻动过的痕迹。

“这就怪了。”袁雨佳说，“那另外一个人是干什么来了，梦游吗？”

“他应该就是个小偷。”李子豪说。

“小偷会不偷东西的吗？”袁雨佳说，“要说保险柜撬不开就算了，可这个包里不是有随手就能拿走的财物吗？”

“如果……”李子豪说，“那个小偷是在凶案之后来的呢？他兴致勃勃地赶到这里，却看见了地上的两具尸体，他还有偷窃的心思吗？”

“嗯，倒也是这个道理。”袁雨佳说，“好像也只有这种解释比较合理了。那么，到底谁是小偷，谁又是凶手呢？”

李子豪说：“我个人还是倾向于你说的，那个穿登山鞋戴面具的人才是凶手。”

“你不是不同意的吗？怎么又这么认为了？”袁雨佳问。

李子豪说：“我不是因为他能够从窗子进来，本事大，所以觉得就是他。而是他特别地在监控前停留，做出那个挑衅的手势。而且戴着那种诡异的面具，从某种意义上可以认为他性格有些变态，或者说他目的性很强。”

“是的，我也是这么觉得。”袁雨佳说。

李子豪让秦疤子到楼下去等，他则重新回到了凶杀现场。

绑着死者的布条打着死结，而且留出来的绳子很短，看起来也就恰好能把双手绑住。

技术勘查报告上说了，现场没有留下任何受害人和秦疤子之外的指纹，说明凶手是戴着手套绑的受害人。而通常情况下，戴着手套的手不如正常情况下灵活，动作会笨拙得多，如果是很长的布条，就算戴着手套绑一个人也没什么难度，可布条很短，在刚好能绑住双手的情况下，能戴着手套打这个死结，还是需要足够熟练的技术的。

这跟穿针引线是一个道理，看起来很简单，实际操作的难度却很大。

李子豪又看了死者的致命伤。

颈动脉处，一刀。

刀口像张开的嘴巴一样，看起来有些瘆人。

“是不是大安四条人命的那个杀人狂干的，我觉得很像啊，都是一刀致命，伤在颈部，而且都是瘦高身材。”袁雨佳说。

李子豪说：“有相似之处，也有不一样。”

“哪里不一样了？”袁雨佳问。

李子豪指着伤口说：“伤口不一样，凶器不一样。大安镇凶手用的是很薄的那种刀片，出手轻而快。而这个凶手用的应该是某种刀子，出手时用力较猛，致使刀口比较大，因而裂开了许多。”

“凶器是可以换的吧。”袁雨佳说。

李子豪摇头道：“那是对一般罪犯来说，他们随时都可能找件临时凶器。但真正的职业罪犯会练习并习惯用一种凶器，练到出神入化的地步。”

“说得豪哥你好像就是那样一般。”袁雨佳颇有不服。

李子豪说：“我虽然不是，但我还真研究过，这跟你习惯了用筷子吃饭就不会突然要换刀叉一样，用习惯和顺手了的东西，你不会轻易去换掉的。尤其是职业罪犯，他们很多时候比较享受那种过程，行云流水的杀人手法让他们很有成就感，并自我陶醉。”

“可怕。”袁雨佳缩了缩脖子。

“走吧，我们去看看小区监控，看看那个面具人去了哪里。”李子豪说，然后和一干刑警来到了别墅区的保安监控室，调看那个面具人出现时的监控画面。

时间从十二点半开始。

因为秦疤子家里的监控显示，面具人是夜里一点出现的，李子豪把小区监控提前了半个小时看。

在十二点五十三分，别墅东面的监控里出现了那个面具男子，他骑着一辆 150 型的无牌摩托车在别墅外面停下。此时，他还戴着摩托头盔。他把摩托车停好之后，走向一个比较黑暗的角落，弯下腰，用手做了个什么动作，等他再走回来时，就已经换掉了摩托头盔，戴上了那副盲女面具了。

他直挺着身子站在围墙前，突然往后倒退两步，后腿一蹬，一脚踩往别墅围墙，手在围墙之上一扒，整个人直接跃入了别墅里面。

动作非常迅速麻利。

监控画面切换到两点四十分，面具人从秦疤子家离开的时间，大约四分钟后他出现在别墅的同一个监控画面里，还是跟原来一样，一个冲刺就轻松地翻出了围墙，在暗角处将面具换成摩托车头盔，骑着摩托车疾驰而去。

“这人是真厉害啊，这围墙得有两米多高吧，一扒就翻过去了。”袁雨佳说。

李子豪说：“开玩笑，他能徒手翻上几层楼，一堵围墙算什么。”

“看来，凶手真可能是这人了。”袁雨佳说。

李子豪点头：“是的，虽然并不能肯定，但可能性极大。他来这里轻车熟路，说明早有踩点。甚至知道监控的朝向，能轻松避开监控换下面具。而且，从时间来看，他一点进入秦疤子家里，到两点多才离开，作案时间也吻合。若是先有一个人于他之前杀人，他进入秦疤子家看见凶杀现场会迅速离开，耽搁不了这么久。”

“可我还有一个问题想不明白。”袁雨佳说。

“什么问题？”李子豪问。

袁雨佳说：“如果这个面具人是凶手的话，那另外一个穿着平底鞋的人应该就像豪哥你推测的，他只是个小偷。一个小偷，还是从正门进的，在秦疤子家的监控里竟然没有看见他。社会进步这么快了吗？一个小偷都懂黑客技术，删除监控视频？”

李子豪说：“在秦疤子家里的电脑上删除记录，不需要什么黑客技术的，懂监控就可以。”

“那我们是不是该看看小区监控，看看他到底什么时候来的，又什么时候走的？”袁雨佳问。

李子豪点头：“是得看一下，重点看凌晨一点之后的监控吧，鉴于屋里没有翻动过的迹象也没有财物丢失，他肯定是在面具人之后赶到的。而且小偷通常都是活跃在后半夜，在住户都熟睡之后。”

当下，一干人等都开始翻看昨晚一点后的小区监控，重点留意身高在一米七六以上穿着四十三码平底鞋的男子。

然而，没有任何发现。

因为天气已经开始变冷，晚上更冷，很多人都睡得比较早了。在一点后的监控里，除了有两辆住户的车回来，没有看见其他任何男女进入，就更不用说穿着平底鞋的男子了。

“他总不会把小区监控有他的记录也删除了吧。”袁雨佳说。

“不可能。”李子豪说，“小区监控总控制在保安室，这种没有联外网的监控，必须在主机上手动删除，而保安室里一直有人，他不可能删除得了。除非……”

“除非什么？”袁雨佳问。

李子豪说：“除非本身就是值勤的保安，或是保安离开监控室，被钻了空子。当然，也有第三种第四种可能。”

“还有什么可能？”袁雨佳问。

李子豪说：“还有一种可能就是他在更早的时候潜入，我们得再往前面的时间看监控，但我还是认为这种可能性太小。再有种可能就是他和那个面具人一样，对小区监控有足够的了解，并知道监控死角，利用监控死角进入小区。”

“一个小偷而已，能有这么厉害吗？”袁雨佳问。

李子豪也觉得，一个小偷基本上不大可能具备如此强大的业务能力，这种能力肯定是顶级的职业罪犯或特工才具备的。

他让袁雨佳等人继续往前翻找监控记录，又叫保安把昨晚值班的同事喊来，两个监控室值班的保安都四十多了，身材一米七左右，看起来有些肥胖，穿的鞋子都是皮鞋，四十一码。

李子豪问他们情况，两人说会换着到外面抽烟，但始终会留一个人在里面看着监控，虽然有打盹的时候，但被人混进来删除记录却是不可能。

而袁雨佳等人把监控记录翻查到傍晚六点，也没有发现一个穿着四十三码平底鞋的可疑男子。正常进出里面的多是住户，外来访客都得在保安室登记，并电话联系户主才能进入的。

“那就只有一种可能，他是摸准了监控死角进来的。”李子豪说，“这就很厉害了，监控死角是需要懂监控的人经过细致的观察和精密的算计才可能知道的，除了守着监控的人外，就必须是专业的监控人员了。一个小偷不可能有这样的本事，如果有，那他就不是小偷，而是国际大盗了。”

“豪哥你是在开玩笑吧，国际大盗来偷这个秦疤子，不嫌有点高射炮打麻雀，大材小用了吗？”袁雨佳说。

“所以，那就只有另一种可能。”李子豪说，“他不是来偷东西的。”

“不是来偷东西？”袁雨佳问，“那他来干什么？”

“和那个面具人一样。”李子豪说。

“和那个面具人一样？杀人？”袁雨佳问。

李子豪缓缓地点头，同意道：“这是最合理的解释了。避开监控死角，熟练开锁进房，删除秦疤子家的监控记录，这些手法熟练而干净利落，不是一个小偷所能具备的。我又想起了华庭国际的案子，手法几乎一样，开锁进屋，删除监控。也许，这个没有出现在监控里的人，才是我们真正要找的那个凶手……”

“不会吧。”袁雨佳说，“我觉得和华庭国际的案子根本不一样啊。”

李子豪问：“有什么不一样？”

袁雨佳说：“豪哥你忘了，华庭国际的凶手故意穿了一双和蒋国富一模一样的鞋子，掩饰了他的存在。而这个人却在现场清晰地留下了他自己的脚印。”

李子豪说：“华庭国际是他本身杀了人，并且想转移警方视线，才冒用了蒋国富的鞋瞒天过海。这里他不是凶手，他只需要删除他出现的监控，至于留下的脚印，无所谓，他本来可以把他留下的鞋印处理掉，但他大概觉得费事，不如离开之后把鞋子处理掉，照样神不知鬼不觉。”

“好像是这个道理哦。”袁雨佳说，“看来我还是比豪哥你要略逊一筹。”

“有什么用呢？”李子豪说，“接二连三的血案，凶手就在我们的眼皮底下，我们却始终看不见那张脸。”

“天网恢恢，疏而不漏，时间问题，豪哥你是带头的，可别泄气了。”袁雨佳安慰道。

“不是我泄气，而是最近发生的这些案子真是太诡异了。”李子豪说，“如果，我是说如果，昨天后半夜出现的人就是华庭国际案的那个凶手，那么，后果是不可想象的。”

“有这么严重吗？”袁雨佳问。

“你以为呢？”李子豪说，“如果真是同一个人的话，他为什么一而再再而三地杀人？如果是的话，说明这个人的反侦查技术非常专业，只要出手，都是滴水不漏。而从其高明的作案手法及其表现出来的自信，几乎可以肯定，他们就是同一个人！”

“那，那我们现在怎么办？”袁雨佳顿时也有些束手无策了。

“你去辖区派出所，查看面具人离开那条街道的监控，看他从哪里来，又到了哪里。或者直接去交警队，整个城市的监控都能看见，这个面具人十有八九跑出了辖区。”李子豪说。

“下午去吧，现在都已经十二点多了，该吃午饭了。”袁雨佳说。

李子豪看了看手机上的时间，已经快到一点，便说：“行，我请大家吃午饭吧。在这里处理现场尸体的同志就辛苦下，叫外卖好了。”

临离开前，李子豪特地看着秦疤子，提醒他要注意点，如果想起来什么线索，第一时间联系。

随即他带着袁雨佳和另外两名刑警去吃饭。

在路上，李子豪给韩松打了个电话，让他先别盯顺安旅馆那边了，盯一下秦疤子。

李子豪叮嘱韩松，喊上白一龙，两个人必须乔装打扮，二十小时轮班盯着秦疤子。

“对啊，这是个好机会啊，凶手如果还要对秦疤子下手的话，那我们就可以把秦疤子当成钓饵了。”袁雨佳说。

“是的，这也是一个契机，希望能把鱼钓上钩吧。”李子豪说着，给王永年打了个电话，说假装释放蒋国富的事可以缓一缓了。

“怎么又缓一缓了？”王永年说，“谢局为这事专门召开了会议讨论，也请示上级领导，得到同意了，就准备约周国昌沟通了，你是在跟我闹着玩吧？”

李子豪当即解释了北岸半岛别墅这里发生的事，目前看来可以让秦疤子来做这个钓饵，就省得让蒋国富来冒这个险了。毕竟蒋国富的罪名还没解除，如果他在外面出现丁点意外，都不好交代，放他出去，那是不得已而为之的办法。

“你是说秦疤子的老婆女儿被杀了？跟前面的案子也有关？”王永年问。

李子豪说：“目前还没有证据，但有些细节的迹象显示应该有关，还得进一步调查。”

“你确信盯着秦疤子能钓凶手上钩？”王永年问。

“不能确信，但应该有希望，还有，得寻求一下王队的支持才行。”李子豪说。

王永年问：“什么支持？”

李子豪说：“多起案子累积，凶手手段残忍而老练，我们重案一科这几个人感觉不够用，得王队你再支援点人手才行。”

“这没问题，你要什么样的人？”王永年问。

李子豪说：“有刑侦经验和身手的，我需要派人在秦疤子周围布一张网，这张网必须严实，不能被凶手钻了空子。”

“行，我尽全力配合你这边，看谁合适，先调给你用。”王永年答应了。

李子豪挂掉电话，袁雨佳又突发奇想：“会不会我们把什么都布置好了，那个凶手根本就不会直接对秦疤子下手，而是又玩一出类似游艇案的栽赃嫁祸呢？”

“这个应该不大可能。”李子豪说。

“为什么？”袁雨佳问。

李子豪说：“同样的布局手法，他不会用第二次，如果用第二次，反而暴露出他的用心。相反，我更担心的是时间问题。”

“什么时间问题？”袁雨佳问。

李子豪说：“刚发生了秦疤子妻女被杀之事，以凶手的经验，他肯定知道，警方会把秦疤子盯紧，而秦疤子本人也会加大保卫力度，所以，为了稳妥起见，他会暂时停下对秦疤子的动作，等一个相当长的时间之后再动手，这样的话我们就会很被动，毕竟我们不能过长时间地安排过多的警力来围着秦疤子一个人转。”

“嗯，也是这个理。”袁雨佳说，“一个城市有那么多案子，不可能浪费过多的警力来长时间地盯着一个人。”

李子豪说：“所以，我只能希望这个凶手更自信，或者更狂一点，他就是想和警方来赌一把，在警方的眼皮底下杀人，这可能才是我们唯一的机会。哎，不管了，先吃东西吧，吃完东西，继续做该做的事情。”

第十一章　蛛丝马迹

下午三点。

秦疤子在妻女的尸体被法医带走之后也离开了，此时，他的身后已经跟着两辆车和八个保镖。

在李子豪走后，秦疤子就给王瘸子打了电话，挑选一些厉害兄弟二十四小时跟着他。

无论在李子豪面前装得多么无所谓，他内心还是害怕的。

李子豪说得没错，从某种意义来说，职业杀手比他们这种江湖混混要高明得多，人家杀人是专业的。周少安已经死了，蒋门神已经被抓了，他知道他自己已经成为猎物，而他却完全不知道猎人的枪口在哪里。

所以，他必须用足够的人手来保护他的安全，无论怎么说，他还是相信人多势众的道理。对方就算有三头六臂，还能干掉他十个人的团队？

随后，秦疤子就想起了一个人。

赵良臣！

这位高手，在秦疤子心里一直有呼风唤雨的能力，许多让他感到手足无措的事情，在赵良臣那里轻轻动下手指就解决了，应该去找他拿个主意。

鉴于赵良臣的规矩，去西江楼不能带手下，秦疤子就让王瘸子带着两车人远远地在后面跟着，然后在西江楼附近等。

秦疤子看见了赵良臣的车停在那里，进去之后直接上楼，向赵良臣的办公室走去。

赵良臣看见秦疤子的时候愣了一下，颇感意外地道："你怎么来了？"

"我，我家里出了点事，得找赵总帮帮忙才行。"秦疤子说。

赵良臣这时才发现秦疤子的脸色有些悲戚，就问："出什么事了？"

秦疤子当即就把他老婆女儿被杀的事说了。

"什么，你老婆女儿被杀了？昨天晚上？谁干的？"一向老成稳重的赵良臣对这个消息也大为震惊。

"就是不知道谁干的，所以我才来找赵总帮忙分析分析。"秦疤子说。

"不知道谁干的？"赵良臣说，"我记得你家装了监控的吧，监控没拍到人？"

"拍到了，但是，那人戴着一个很奇怪的面具，根本看不见长什么样。"秦疤子说。

"戴着一个奇怪的面具？有什么奇怪的？"赵良臣曾经也是刑警，骨子里对稀奇古怪的案子还是有着特别浓厚的兴趣。

当下，秦疤子就把那张面具形容了下，并说那个面具人尤为猖狂，在监控面前还做了一个竖中指的手势。

"还有这样的事？"赵良臣的眉头也微微皱起，"你报警了吗？"

"报了啊，肯定得报啊。"秦疤子说，"两条人命就在我家里，不能不报警。"

"谁出的警？"赵良臣问。

"我直接给那个刑警李子豪打的电话，就是他负责。"秦疤子说。

"那他怎么说？"赵良臣问。

秦疤子说："他一直在追问当年我和蒋门神没有闹翻之前有没有结下什么仇，白小纯那事我不敢说，说了怎么也得进去三五年。"

"废话，那肯定不能说。说了，进去三五年？你想得也太简单了吧。"

赵良臣说，“其一，白小纯那事不叫强奸，而叫轮奸，两个人以上的强奸叫轮奸。如果只是一般强奸，量刑在三年以上十年以下。如果是轮奸，则是十年以上有期徒刑，无期徒刑甚至死刑。其二，你们的轮奸对象是学生，会罪加一等。其三，你们在轮奸被抓之后，涉及胁迫对方做伪证，得再罪加一等。其四，最终导致受害人精神崩溃自杀，还得罪加一等。所以，别想着是坐几年牢的事了，承认了就一个结果，等着吃枪子儿吧。”

“这么严重？”秦疤子吓得打了一个哆嗦。

“你以为我在吓你？”赵良臣问，“是你懂法律，还是我懂法律？”

“那幸好我没说。”秦疤子说，“当时那个李子豪说蒋门神老婆儿子被害，少安被杀，蒋门神又被对方设局，如今我老婆女儿又出事，下一个就轮到我，我差那么一点就说了，话到嘴边又咽了回去。”

“我跟你们说过不止一次了，遇事要学会镇定，一慌就会自乱阵脚，不长记性是要付出代价的。”赵良臣说。

“是，我都记着赵总的话，只是现在这个混蛋真有可能会冲着我来，我在明处，他在暗处，明枪易躲暗箭难防，我必须把他找出来，先下手为强，赵总有什么好的法子吗？”秦疤子问。

“这个得问你了。”赵良臣说，“对于这个人的来历，我和李子豪的想法一致，他不可能是你就近或者这两年结的仇。因为按照常理来讲，两三年时间还不够一个人完成翻天覆地的蜕变，尤其是杀人这种事。你三年前欺辱了他，他若有本事，早就可以报复你。如果没本事，两三年，他也没法变得如此厉害。所以，这个仇肯定是很早之前结下的。有可能是五年，甚至十年。鉴于之前是蒋门神及其家人出事，接着是周少安，然后又是你。凶手所表现出来的残忍和莫测，虽然找不到明显的相关证据，但这些还是有某些相似的痕迹。可以认为凶手是你们三人的共同仇人。你想想，你们三个人一起到底都做过哪些确实过分的事，我帮你分析分析……”

“约架不算什么过分的事吧？”秦疤子问。

“约架肯定不算。”赵良臣说，“那是江湖规矩，胜者为王败者寇，就算复仇那也是明着来，才算真正地扬眉吐气，也有背后放暗箭的，但不可能祸及妻女，这是会被江湖人看不起的。所以，这件事肯定跟江湖恩怨没关系。”

“如果跟江湖事没关系，又是我们三个人一起做的确实过分的，就只有白小纯那件事了。”秦疤子说，“本来，我从来都不干那种事的，那天确实是觉得那个妞好看，加上蒋门神先开了口，我也就跟着顺水推舟了，纯粹是个偶然。”

“这么说的话，那这个复仇者十有八九跟白小纯的事有关了。”赵良臣说。

“可是，我找人试探了周子杰，他根本就是废物一个啊。”秦疤子说。

“那可难说。”赵良臣说，“大隐隐于市，深藏不露。如果，我是说如果，周子杰看穿了那只是一种试探，他用了苦肉计呢？”

“这，他怎么可能看穿？”秦疤子说，“退一万步说，他就算能看穿，那刀都挥到身上了，他宁愿刀砍到身上都不还手？”

赵良臣说：“你说得在情在理，可这也只是普通人的逻辑。而我们不要把他想成一个普通人。你想他如果是一个职业杀手，他对人物的观察，对环境的判断，都是可以做到细致入微的。你仔细想想，你的手下是从大富豪酒店开始跟着他，你觉得他会不会发现？而且，在那么平整的路上，车流也并不拥挤，却突然发生那种碰撞，而且是侧面碰撞，不是剐蹭。剐蹭往往显得很偶然，属于某种判断失误。而侧面碰撞更显得是有意为之，再想想之前，酒桌上我故意提起他和周少安的不和，他如果不傻的话，那个时候应该就收到某些信号了……”

“听赵总这么一说，我还觉得真可能是……”

赵良臣说：“本来昨天我也觉得他可能就那点斤两了，但接着你家里就出了这样的事，我才发现我犯了一个致命的错误，我们不能把某些人用常理来推断，因为他们根本就不是普通人。”

“不过，也不对啊。”秦疤子想起了什么，“不管怎么说，周子杰腿上也挨了两刀，还缝了针，多多少少都会影响行动的，而监控里的那个人虽然在身高上和周子杰有些相似，都是瘦高身材，可那人走路完全正常啊，而且是爬窗上的楼，动作麻利得很。”

秦疤子说：“我刚才跟你说的你忘了吗？某些经过特殊训练的人，你是不能以常理判断的。”

“赵总还是认为有可能是周子杰干的？”秦疤子问。

“是不是他干的，我们可以去看看。”赵良臣说。

“去看看？”秦疤子问，“去哪看？”

赵良臣说：“他在哪里就去哪里看啊。”

秦疤子说：“昨天李子豪说他住在博康医院。”

赵良臣说：“那我们就去那里看看，我对这个人也越来越有兴趣了。”

当下，秦疤子和赵良臣各开了自己的车子，一同前往博康医院。才走了几分钟，赵良臣就给秦疤子打电话，问：“后面有两辆车在保持距离跟着，是你的人吧？”

“是的，我让瘸子他们暗中保护我，这都被赵总发觉了？”秦疤子说。

赵良臣说：“雕虫小技而已。”

于是，他挂了电话。

两人赶到博康医院，秦疤子正要去前台问周子杰住哪个病房，赵良臣拉住了他，说：“直接喊院长来。”

“啊？喊院长？”秦疤子一愣。

赵良臣说：“我要看医院的监控。”

“哦，明白了。”当下，秦疤子去前台要院长电话，前台的服务员不说，说有什么事可以找值班领导，院长电话不能随便给。

秦疤子说：“那你给院长打电话，说有个叫秦疤子的想跟他说几句话，你让他自己决定吧！”

或许是听过秦疤子的名头，前台那姑娘赶紧就给院长打了电话。挂断电话后，她就把电话号码给了秦疤子。

秦疤子随即拨打了电话，报了名字。

“喂，秦……秦老板，有什么吩咐吗？”院长诚惶诚恐地问。

秦疤子说：“我要看下你这里的监控，没问题吧？”

“啊，看监控？”院长颇感意外，也极为难，“这个……监控涉及病人隐私，要警方才能看的啊。”

“不要给我讲法律，你知道我做事从不讲法律的，我只讲一样东西，就是手段。”秦疤子说，“你就直截了当，说给不给我看就行了。”

“那行，我，我给保卫部打个电话。”院长立马妥协。

“谢谢了啊。”秦疤子说，“算我欠你个人情，以后这西河之上有谁为难你的，提我名字，大小事，我帮你摆平。”

挂断电话，秦疤子就和赵良臣去了保安室。

保安室的人很热情地接待了两人。赵良臣很熟练地在监控上面操作，调看了昨天晚上周子杰的入院监控，对保安说：“你去前台问问，他住的哪间病房？”

“其实我可以直接打电话给周子杰问他。”秦疤子说。

“不用了，你打电话问他他就有心理准备了。”赵良臣说，“我要看他最原始的反应。”

“嗯，还是赵总考虑周全。”秦疤子说。

当即有保安跑去前台问了周子杰的病房号，回来说住在209。

赵良臣当即调看了二楼的监控，一直注意着209房的人员出入，看见了李子豪和警察进出209病房，以及另外的病人家属进出，但始终没有看见周子杰从里面出来。

从凌晨到天亮，都没有。

“看来，真不是他。”秦疤子说。

“那可未必。”赵良臣说。

“他都没有从病房出来过，怎么可能是他呢？”秦疤子说。

“没从病房出来，难道就不能从后面的窗子离开？这里可没有病房后面的监控。”赵良臣说。

“从后面的窗子？”秦疤子说，“腿上还带着伤，难度也太大了点吧？”

赵良臣说：“跟你说多少遍了，永远不要以一个普通人的标准去衡量一个天才。”

“嗯，是，赵总说得是。”在赵良臣面前，一代大哥秦疤子就像小孩子一样言听计从。

赵良臣带着秦疤子来到了二楼周子杰的病房。

周子杰正在那里看着病房的天花板发呆，房门突然一暗，他回过头来，就看见了赵良臣和秦疤子，不禁大大地意外了一下，但还是勉强地挤出一丝笑容来，跟两人打了招呼。

“哎，我昨天晚上听你爸说了你的事，本该早点来看你的，但昨天实在是宾客太多，然后今天家里又发生了点事没来得及过来，周老弟你莫怪啊。”毕竟是江湖上打滚的老油条，场面话秦疤子还是说得很麻溜的。

“没事没事。”周子杰说，“我知道秦总忙，我这一点小伤，不碍事，休息两天就好了。”

“怎么，你这里没人照顾你吗？”秦疤子问。

“哦，我爸妈来过，才走几分钟，你们就来了。”周子杰说。

秦疤子说：“应该留个人二十四小时陪护嘛，你这有什么需要没人听使唤怎么办？你的家庭条件，又不缺钱，别搞这么节约。”

“用不着的。”周子杰说，“床头有铃，按一下护士就来了。”

“对，有护士，我倒忘了。”秦疤子说。

“有一点我倒是挺好奇啊，周老弟。”赵良臣在屋子里扫视一番之后终于开口了。

“什么事，赵总？”周子杰问。

他感觉得出这家伙比秦疤子要难缠，秦疤子进来就找他说话，说的都是一些没用的，可这家伙从进屋起一双眼睛就在屋子里滴溜溜地乱转，跟做贼一样，浑身上下都透着一种险恶。

赵良臣问："以周老弟的家庭条件，为什么不住到人民医院或者市中心医院这种好医院去，要住这种乡下人住的民办小医院来呢？"

"医院还分城里人和乡下人吗？"周子杰问。

赵良臣说："虽然没有这样分，但从经济承受能力来说，有钱人肯定都是喜欢找好医院好医生，穷人就想着节约钱，不会挑环境的。"

周子杰说："那我倒没想这么多，我只是听说大医院好医院都人满为患，身患大病可能去那些地方更有保障，我这一点皮肉伤，伤口能尽快处理就好，犯不着去和他们排队挤来挤去的。再不济的医院，缝合点小伤口应该还是没问题的。"

"原来如此，也有道理。"赵良臣问，"周老弟的伤口今天换药了吗？"

"换了啊，一早护士上班就来换了。"周子杰说。

"哦，那不错，能看看伤在什么部位吗？严不严重？"赵良臣问。

听起来这字字句句都是关心，但周子杰知道，这姓赵的肯定别有用心，如果他猜得不错的话，就是因为昨晚秦疤子妻女被杀一事，虽然经过了昨晚的试探，可他们还是在怀疑他。

这个姓赵的不是个善茬，是个不会轻易被表象蒙蔽的家伙。

他把身上的被子掀开了些，把受伤的腿露了出来。

一刀在大腿，一刀在小腿。

"缝了多少针啊？"赵良臣边问着边在病床旁的凳子上坐下。

"大腿上六针，小腿上四针。"周子杰说。

"哦，那还好，伤口不算太大。"赵良臣说。

周子杰说："也不是什么深仇大恨，就开车碰撞了下，对方也就是撒点气而已，所以没有下狠手。"

“几个狗崽子，老子把他们找出来非废了他们不可，敢动我兄弟。”秦疤子在一边装腔作势。

“唉，这病房，真是委屈周老弟了。你要是给老秦打个电话，他在各大医院有熟人，妥妥地给你安排个单人房。”赵良臣说。

“秦总在各大医院都有熟人啊，这么厉害？”周子杰附和道，他发现赵良臣的一双眼睛老往床底下瞟，不禁暗想：这个家伙到底想看什么？

“那是自然。”赵良臣说，“你也不想想，他手下的兄弟这些年进过多少次医院，跟医院里没点关系哪里行。这种小医院的话，他都看不上的。”

这时候，周子杰注意到，赵良臣的脚往床底下不经意地勾了一下，他听到了垃圾篓与地面摩擦的声音，顿时明白了过来。

赵良臣的目光一直往床底下扫，就是在看垃圾篓，想看从他伤口上换下来的纱布。

如果他昨晚出去了的话，脚上用力伤口崩裂，纱布肯定会大面积染红。

往往只有专业的人才能想到这种细致的破绽，周子杰昨晚在外面换纱布就是为了应对警方尤其是他那位天才刑警哥哥的怀疑，没想到赵良臣也在求证这些细节，看来他的确是个高手！

垃圾篓上面丢了一些水果皮和纸张之类的东西遮住了，看不见包扎伤口的纱布，赵良臣不经意地把垃圾篓勾出来后，他人就站了起来，假装伸了伸懒腰，把目光看向窗外：“这后面是什么地方，好像在建房子啊。”

准备往窗子那边去的时候，装着不小心，脚下一勾，就把垃圾篓给踢摔出去了，垃圾篓里面的东西顿时全都倒了出来，搞得一地狼藉。

那两张从周子杰腿上换下来的纱布自然也暴露在外面了。

“哎呀，不好意思，垃圾篓踢翻了，老秦，你喊护士来收拾下。”赵良臣的目光落在两块纱布上面，纱布有被药水浸透的淡黄色，只有纱布中心有一点血迹。

这不是伤口受力崩裂后的样子。

伤口崩裂必会把大片甚至整片纱布都染红。

赵良臣的内心发出了一个问号，难道这个周子杰真的只是个没有本事的普通人？

护士进来收拾房间，赵良臣趁机走到窗子那里，假装看后面那片烂尾楼，其实他的目光却在仔细地观察窗棂和外面的遮雨板，看上面有没有留下什么痕迹。

窗棂大概经常有清洁工人打扫，很干净，看不出什么。

而外面的遮雨板堆积着一些纸屑果皮，甚至长了许多青苔，如果有人踩踏在上面，肯定会留有脚印，或有东西呈扁状。

然而，赵良臣什么迹象都没发现。

周子杰早想到了这一点，在手上套了塑料袋，从旁边的塑料管滑下去的，就算用警方的专业勘查仪器都不可能发现痕迹。

赵良臣回过头来，周子杰正在和秦疤子聊些有的没的，并没有在意他的这些细节，看来，他是不可能有什么发现了，当即就跟秦疤子说："老秦，我们走吧，就不要长时间地打扰周老弟休息了，出院后可以再好好庆祝一下。"

"嗯，好的。"秦疤子答应着，就向周子杰告辞，说过来看一下放心，空着手来，连水果都没买，出院后再好好地为他接风。

然后，两人就离开了病房。

"赵总，有什么发现吗？"远离病房后，秦疤子赶紧就问。

赵良臣摇头道："没有，都很正常。"

"这么说来，真不是他了。"秦疤子说。

赵良臣说："目前看来，有百分之九十九不是他，但还是不能肯定。"

"为什么还不能肯定？"秦疤子不解地问。

赵良臣说："因为……我不能确定这些看起来的正常是本来正常，还是他在行动之前有过思量和处理，如果是的话，这个人就太可怕了。"

"在行动之前有过思量和处理是什么意思？"秦疤子问。

赵良臣说："就是一些职业罪犯具有侦查和反侦查经验，知道警方破案从何处着手，知道哪些东西会成为证据或破绽，在作案的时候就先一步将这些问题避开或者处理掉，让警察在破案的时候找不出痕迹，从而避免暴露自己。这种人才还是有的，不过很少。而周子杰又是个案，他本来受伤在医院，腿伤，行动不便，在这种情况下，若是他做的话，不但没在现场留下痕迹，而且连他在医院里的这些细节都处理得如此滴水不漏，那他肯定是高手中的高手，连我也不得不佩服他了！"

"那赵总觉得到底是他，还是不是他呢？"秦疤子问。

赵良臣说："我觉得应该不是。毕竟，即便是职业的警察，或是我这种刑警高手，做案子也未必能做到如此滴水不漏。他一个普通人，所接触到的和学习到的东西都是有限的，且天生怯弱，不可能做得这么完美！"

"那到底是谁杀了我的老婆和女儿！"秦疤子的愤恨中透出一丝茫然。

"看来，我们得另外寻找一个突破口了。"赵良臣说。

秦疤子问："赵总有什么高见？"

赵良臣说："除了白小纯的父母外，她还有其他家人，或者关系特别亲密的人吗？"

"这个，不大清楚。"秦疤子说。

赵良臣说："按理来说，她父母那个年代，计划生育还没普遍，家里通常都是两个甚至三个孩子，她应该还有兄弟姐妹的。算了，我来帮你查吧。"

"多谢赵总，赵总有什么需要，只管吩咐一声，只要帮忙把这个人找出来，我一定把这人碎尸万段！"秦疤子狠狠地咬着牙。

两人在走出医院大门的时候，碰到李子豪刚停好警车，往这边走过来，狭路相逢，彼此都愣了一下。

秦疤子主动地打招呼道："李警官，案子的事就麻烦你了，一定要帮忙把凶手找出来啊，谢谢你了。"

李子豪说："职责所在，我一定会尽全力去找出凶手的，希望你也不要藏着掖着，把你肚子里的那点事都说出来。”

“这李警官你可冤枉我了，这都关系到我老婆女儿两条命，我怎么还会对你隐瞒，知道的我都说了。”秦疤子信誓旦旦地说。

“有没有全说，我心里清楚得很，你旁边这位最清楚不过了，一般人哪有那么容易骗得到刑警的，何况我这种刑警中的刑警！”李子豪说这话的时候，目光一直落在赵良臣脸上。

“李老弟还真是不谦虚啊，敢自称刑警中的刑警，既然这么厉害，最近发生了那么多的命案，破两个出来看看啊。”赵良臣阴阳怪气地说。

“你恐怕在暗中求神保佑让我别把案子破了吧，不过，我肯定会破给你的，你好好等着吧。”说完，李子豪也没理会他，径直往医院里进去了。

此时，李子豪心里的那种不安越发强烈。

他担心周子杰万一……

上午的时候秦疤子无缘无故地提到周子杰是蒋门神和周少安连环案的凶手，最后欲言又止，编造了一个理由出来，但李子豪还是觉得可疑。

要说别人他不知道，对周子杰他自认为没有人比他更熟悉。周子杰从小善良，见了杀猪时的惨烈场面，所以不吃猪肉，也不吃其他肉。在被周国昌家领养的日子里，他性格越发沉默老实，只知道埋头读书，李子豪也一直鼓励他，靠读书改变命运。周子杰很争气，小学、初中、高中、大学，都成绩优异名列前茅，多次获得学校奖学金。

所以，这样的周子杰怎么可能跟蒋门神和秦疤子之流产生仇怨呢?

若是有这种仇怨，周子杰一定会告诉他这个哥哥。这些年，他就是周子杰心中唯一的依靠了。但凡有什么烦恼或想法，周子杰都只与他一人说。

不过，李子豪想到了一个细节。

就是前不久周子杰回来，他请子杰吃火锅，子杰竟然吃了肉。他当时问子杰，子杰说医生说他长期不吃肉，身体缺乏营养，抵抗力差，对身体很不好。他当时也没大在意，现在想来，一个人养成二十多年的性格习惯，岂是医生说两句就可以改变的，何况又不是非吃不可的治病药。

这至少说明了一个问题，子杰不再是当初那个心怀悲悯的人，他曾觉得吃肉需要杀生，是一件极其残忍的事情。可现在，他无所谓了。他真的变了吗？为什么变了？又到底是什么时候开始变的？

现在的子杰，又有多少是真实的，多少是表象？就好比在外住旅馆的事，子杰一开始就没有告诉他。很显然，这个把他当成了唯一依靠的弟弟并没有把所有喜怒哀乐都向他这个哥哥倾诉。

看来，秦疤子怀疑子杰并非无中生有，一定有着某种不为人知的理由。

而刚才李子豪又在门口遇见了来这里的秦疤子和赵良臣，就更说明了问题。秦疤子来这里，必然是来找子杰的。如果只是秦疤子一人来，倒还说得过去，毕竟子杰以后会是大富豪的股东，子杰受伤，秦疤子来探望无可厚非。

可这事发生在秦疤子老婆女儿刚出事之后，他自己都还需要人安抚的时候，他竟为了子杰这点小伤前来探望！而且，更可疑的是，秦疤子带了赵良臣一起来，这才是真正的问题所在。

赵良臣是刑警出身，有一身本事，秦疤子私自带他来子杰这里，显然是心里还在怀疑子杰。

看来，事情越来越复杂了。

不过，李子豪还是得求证一下。

他来到了周子杰的病房，开门见山地问："我刚才在门口遇见秦疤子了，他是来这里看望你的吧？"

"嗯，是的。"周子杰回道。

"他有说什么吗？"李子豪问。

"说什么？"周子杰一愣，"没说什么啊，就是一些客套话而已。"

"他跟你说他家里的事了吗？"李子豪问。

眼睛尤其注意着周子杰的神情变化。

“他家的事？”周子杰愣了一下，“他提了一下，说是今天家里发生了点事，简单处理后就来看我了，但我没问什么事，心想着就是一些家庭琐事吧。怎么，他家发生什么事了？”

“他老婆和女儿都被杀了。”李子豪说。

“什么，他老婆女儿都被杀了？”周子杰睁大眼睛，一脸震惊。

其实，他的脑子里已经开始思考一个问题，这位天才刑警哥哥为什么要对他提这件事。

而且，他发现李子豪在说这件事的时候，眼睛一直看着他。不，那不是看，而是盯。李子豪在观察他说话时神情变化的细节。

这说明，他已经成了李子豪心中的怀疑对象。

“是啊，什么人干的呢？我也在想。”李子豪说。

“唉，他们这种混的，到处结仇不计后果，连累家人遭殃，真是……”周子杰发着感慨。

“不，这不可能是一般的江湖寻仇。”李子豪说。

“不是江湖寻仇？”周子杰问，“那是什么？”

李子豪说：“但凡道上混的，他们有不成文的规矩，江湖恩怨，不累家人。跟谁有仇，直截了当；报复家人，会被看成没有种。所以，这不是江湖寻仇，而是某些私仇，这个凶手肯定不是道上的人。”

“那也不奇怪嘛。”周子杰说，“像秦疤子这种人，到处张牙舞爪地欺负弱小，得罪的人肯定遍布各行各业。”

“是的，不说他了，你伤口怎么样，换药了吗？”李子豪问。

“换了，护士上班的第一件事就是换药。”周子杰说。

李子豪的目光落向垃圾篓，空的。

“但是垃圾篓里怎么没有换掉的纱布？”李子豪问。

周子杰说：“被跟着秦疤子来的一个人踢翻了，就喊护士来扫出去了。”

“哦。”李子豪心想果然猜得没错，秦疤子带赵良臣来，是因为怀疑子杰，想从他身上找出一些破绽，从而判断他是否是凶手。

赵良臣踢翻垃圾篓，肯定是纱布压在其他垃圾下面，他故意踢翻，看换掉的纱布是个什么状况。

“对了，你现在穿多少码的鞋啊？”李子豪问。

“四十二码啊，怎么突然问我的鞋了，哥？”周子杰明知故问。

“哦，我一直想买双鞋送给你，结果事太多，总是转眼就忘了，这又突然想起了，你看你这双鞋都这么旧了，还穿着……”边说着，李子豪把地上周子杰的鞋子拿了起来。

表面上是在说这双鞋子旧了，其实他是想看鞋底的图案。

他把案发现场那个面具人和另外一个神秘人的鞋印都记得很清楚，所以他想对一下是不是周子杰的鞋子。

让他很欣慰的是，不是。

子杰的鞋底磨损太大，几乎都看不出什么图案了，尤其是鞋掌位置，都磨平了。而现场的登山鞋和另外一双平底鞋，图案都相当完整，是新鞋，或者才穿不久的鞋。

而且现场的两双鞋都是四十三码，而周子杰说他穿的是四十二码。所以，子杰绝不是昨天晚上出现的两个人之一。

可李子豪又感到纳闷的是，子杰和秦疤子他们之间到底又有着怎样的恩怨，使得秦疤子一再把他当成重大凶杀案的怀疑对象，并请赵良臣来甄别他。

李子豪想问问子杰，可最终还是忍住了。

一是他觉得子杰不会说，二是一旦问了，也会让子杰产生警惕。无论子杰跟这一系列案子是否有关系，他都不能打草惊蛇。

他必须用更隐秘的方法来做验证。

离开后的秦疤子和赵良臣都回了各自的地方。

秦疤子一再拜托赵良臣，要帮他把这个凶手给找出来。

转身，赵良臣就打了个电话出去。

电话那边传来一个很爽朗的女人声音，喊了声：“赵哥。”

赵良臣问：“能帮我查个人的资料吗？”

“查谁的资料啊，赵哥？”女人问。

赵良臣说：“姓白，名小纯，住百源区，原来在西河一中读的高中。”

“赵哥要查她什么？”女人问。

赵良臣说：“查她家有哪些人就行了。”

“嗯，这好办，赵哥你稍等会。”接着就传来噼噼啪啪手指敲打键盘的声音。

很快，那女人就回话了：“我看了一下，住在百源区的白小纯家里一共四口人，她，她爸妈和一个弟弟。”

“他弟弟多大？”赵良臣问。

女人答：“十八岁。”

“叫什么名字？”

“白小虎。”

“把他家的具体地址给我。”

“百源区乐峰街道 89 号。”

“行，我知道了，谢谢。”说罢，赵良臣挂掉了电话，思索片刻之后，又换了张电话卡，拨打了一个号码出去。

过了半晌，才有个低沉的男声接了电话，喊了声：“老板。”

赵良臣说：“你去帮我查一个人，看是什么情况。”

“查谁？”那人问。

赵良臣说：“白小虎，家住百源区乐峰街道 89 号。”

“什么，乐峰街道，白小虎？”对方听后似乎略感意外。

“怎么，你认识吗？”赵良臣问。

“没，不认识，我好像在哪里听过这个名字。”那人问，“老板要查他什么？”

赵良臣说：“查他现在在干什么，本事怎么样，包括这些年他都干了些什么。但你要记住，一切秘密进行，千万不能让他有所察觉。”

“嗯，可以的。”那人问，“我能问问老板，这个白小虎什么来历，查他有什么缘由吗？我知道一点信息，也好掌握分寸。”

赵良臣说：“也没什么可隐瞒的，昨天晚上，秦疤子的老婆女儿在家里被杀了，这个白小虎就是秦疤子他们轮奸过的那个白小纯的弟弟，所以，我怀疑他就是那个一直藏在幕后的复仇者。”

“什么，秦疤子的老婆女儿被杀了？”那人也大感意外。

“是的。”赵良臣说，“不仅如此，据说凶手还特别嚣张，戴了一个特别诡异的盲女面具，故意在监控面前停留，做了一个竖中指的手势。身手也很了得，直接爬楼翻窗进的屋，戴了手套作案，没留任何指纹。”

“什么，凶手戴了个特别诡异的盲女面具？”那人声音陡然提高了几分。

“是的，怎么，你知道什么吗？”赵良臣问。

“没有，我是觉得奇怪。”那人说，“一个男人为什么要戴一个盲女的面具呢？”

“这个，说明凶手应该遭遇过某些刺激，有变态心理吧。”赵良臣说。

“所以，老板怀疑这个戴着诡异盲女面具的凶手是白小虎？”那人问。

赵良臣说：“不能肯定，但可疑性很大。换个位置想想，如果有人那样对你姐姐，还导致她自杀，你也会想杀人的，对不对？”

“是的，老板说得有理，那我就去会会他吧。”那人说。

“但你得记住了，要把他当成一个深不可测的人，一个劲敌，不要大意了。”赵良臣叮嘱道。

“嗯，我知道。”

电话挂断。

赵良臣缓缓地皱起眉头，他转身从茶几上拿起一支雪茄点上，深深地吸了一口，走到窗边，看着西江楼外缓缓流淌的河水，突然觉得有些什么不对。

他仔细回想和吴瞎子的对话，至少有两个细节是可疑的。

第一个细节是当他说到要找的人是乐峰街道的白小虎时，吴瞎子的语气里有那么一丝意外，吴瞎子说听过这个名字，吴瞎子能在哪里听到过这样一个平凡的名字呢？还有第二个细节，就是他提到那个杀害秦疤子妻女的凶手戴着一张盲女面具时，吴瞎子的反应又有意外。

尽管吴瞎子解释是纯属好奇，可身为一名刑警高手，赵良臣的直觉告诉他，那反应并非只是好奇，而是吴瞎子似乎知道些什么。

吴瞎子知道些什么呢？

十年了，赵良臣以为吴瞎子对他已如死士般忠诚，在他面前是不会有秘密的，现在看来，似乎并非如此。十年前，他还是刑警的时候，吴瞎子就是他的线人。后来，他意外发现吴瞎子身负命案，却没有揭穿，吴瞎子对他更是感恩戴德，发誓愿为他做一切，哪怕以命相报。十年以来，他对吴瞎子简直深信不疑。

而且，吴瞎子为他办的每一件事，都可谓干净利落，让他深感放心。

两个人心里，都有着对方许多要命的秘密，说他们是一根绳子上的蚂蚱一点也不为过。既然是这种关系，吴瞎子对他还有什么藏着掖着的呢？

赵良臣觉得，他得小心点了。

他得找机会好好摸一摸吴瞎子的底才行。

人心不可测，在每个人的人生际遇中，就像风和云，谁也不知道下一秒钟会变成什么样子。

眼睛看见的，和心里以为的，都有可能是错觉。

第十二章　恐怖地下室

袁雨佳向李子豪汇报了监控的调查情况，那个面具人离开北岸半岛别墅区之后，骑着摩托车从国宝路经惠允路，再到滨河路，从滨河路一直出了西郊，上了国道，离开了监控范围，不知所踪。

来时，也是从西郊国道进来。

“乡镇路口的监控查了吗？”李子豪问。

“查了，不见踪影。”袁雨佳说。

李子豪没有说话。

“下一步该做什么，豪哥？”袁雨佳问。

李子豪说：“把那辆摩托车多角度拍下来，传给各乡镇派出所，让他们帮忙查找同特征的摩托车，包括这两天经过改装的车。”

“是。”袁雨佳领命而去。

李子豪突然想起了什么，又来到了蒋国富的关押室。

“哐啷”一声，铁门打开。

正仰靠着墙壁发呆的蒋国富回过头来，一见是李子豪，就像看见了救星一样，立马拖着脚镣手铐往这边扑过来：“李警官，怎么样，查出真凶了吗？”

“查出来了。”李子豪说。

“真的？”蒋国富一脸激动，欣喜若狂，“李警官你说的是真的吗？是哪个混蛋陷害的我？”

“在你的记忆中，谁戴过一个眼角流泪嘴角有痣的诡异盲女面具吗？”李子豪问。

“诡异的盲女面具？”蒋国富一脸茫然，“没印象啊，怎么了？”

李子豪说：“我找到了一个戴着诡异盲女面具的凶手，有可能是杀害周少安嫁祸给你的人，但也不能确定。”

“这个戴着诡异盲女面具的人干什么了？又作案了吗？”蒋国富问。

李子豪说：“干了让你无法想象的事情。”

“什么事？”蒋国富问。

李子豪说：“昨天晚上秦疤子四十岁生日，他的老婆女儿被人杀了。”

“什么？秦疤子的老婆女儿，被……杀？”蒋国富的两眼瞬间瞪大。

这消息确实足够令他震惊。

因为他突然就想起了自己的老婆儿子，虽然在案发现场发现了许多鲜血写成的死字，他老婆儿子很可能已经遇害，可没有见到尸体，他始终都抱着一线希望，许多个午夜梦回，他都梦到老婆儿子还活着。

如今听到秦疤子老婆女儿的噩耗，他心里突然感到了某种恐惧。

“所以，现在你记得起和秦疤子没有翻脸之前，你、秦疤子和周少安一起对谁做过过分的事了吗？”李子豪问。

“过……过分的事？”蒋国富愣了一下，他想起了白小纯的事，可他还是不敢说出来，他知道若说出来，就真的从这里出不去了。

他摇着头说：“不，不记得了，那些打打杀杀的事太多了，这么多年，哪里还记得起。”

“江湖事江湖了，不会找家人，你知道这规矩。所以，你知道我说的不是江湖上的事。”李子豪说。

“不是江湖上的事？”蒋国富说，“那我就不知道了，我和周少安还有秦疤子，只有江湖上的恩怨，没有一起干过别的事。”

“你还想要隐瞒吗？”李子豪说，“那个凶手杀了你的家人，你就不希望他被抓到吗？”

蒋国富说："当然希望了，可我真的不知道他是谁啊，要是知道的话，在我老婆儿子出事时就弄死他了，也不会等到他后来来陷害我。"

李子豪说："那个时候你不知道他是谁，只是你被他误导了，以为是秦疤子，其实这只是凶手用的计，他想引起你和秦疤子自相残杀，所以才有你在三弯路找人伏击秦疤子之事。但后来我给你分析了，凶手很可能是你、周少安和秦疤子共同的仇人，你们三个人一起干过一件很过分的事情，你很清楚地记得这件事情，但你觉得说出来可能对你有些不利，所以你选择隐瞒，是吧？"

"李警官你可不能冤枉我，我是真不知道啊。"蒋国富说，"还有，三弯路的事跟我没关系啊，你们警察办案讲证据，话不能随便说啊，很吓人的。"

"看来，你真是应了那句俗话，叫死猪不怕开水烫！"李子豪说，"这个人先对你的家人下手，再杀周少安陷害你。如今秦疤子的家人出事，下一个也许就轮到他了。至于你，要么是无法找出真凶，你成为替死鬼。要么是始终无法判你，凶手等得不耐烦，他混进来亲自做了你。这可不是危言耸听，凶手精通侦查和反侦查技术，以及掌握某些高科技手段，他混进来杀你，真不是多难的事！所以，帮我们找出那个凶手，是你唯一的希望。"

蒋国富说："我也希望帮你们把凶手找出来，这样就可以还我清白啊，可……可问题是，我不知道啊，我总不能瞎编个故事吧，李警官你说呢？"

"看来，你真是不见棺材不掉泪。"李子豪问，"你认识周子杰吧？"

"周子杰？"蒋国富一愣，"周子杰是谁？"

"周国昌家的养子，周少安的弟弟。"李子豪说。

"哦，他？知道啊，周少安常说那是他家养的一条狗，怎么了？"蒋国富并不知道周子杰就是李子豪的弟弟。

"你们对他做过什么？"李子豪问。

"对他做过什么？"蒋国富一脸愕然，"我能对他做过什么，我都没见过他，我能对他做什么啊？"

"你都没见过他？"李子豪问。

“是啊。”蒋国富说，“周少安很讨厌他，我只是从周少安口中听说过而已。”

“那为什么秦疤子说他怀疑杀你老婆儿子和杀周少安嫁祸你的事都是周子杰干的？”李子豪问。

“是吗？秦疤子有这么说？”蒋国富问。

李子豪说：“他没这么说，难道是我给你编故事吗？”

“那我就不知道了，我跟那个周子杰根本没有瓜葛。”蒋国富说，“既然秦疤子这么说，那你就问他啊，干吗问我？”

“他？”李子豪说，“他还暂时安全，还在抱着侥幸，怕说了被抓进来，所以宁愿冒着被杀的风险也要隐瞒。可你不一样，现在如果没有真凶，你基本上就是一个死刑犯，你说出来，不但可以戴罪立功，还可以为自己洗脱杀人嫌疑，这不是很划算吗？”

蒋国富不说话了。

李子豪知道他心里在权衡，又说：“你要知道，周少安一案，你有杀人动机，而且在现场，杀人凶器也是你的。如果案子稍微办得马虎一点，有些小证据不需要，也能以故意杀人罪判你死刑了。是我尽全力地去找出那些细微的疑点，猜测你可能是被人陷害，才能让你的材料暂时留着，等待补充，要不然按照周国昌的意思，早把你的材料送检察院去了，这个时候你都已经被宣判了，你知道死的是周国昌的儿子，你自然也知道周国昌的分量。你也在西河有那么一点关系，但跟他比起来，还只是小儿科，我在拼了命地救你，你不要自己一味地作死！”

蒋国富说：“我知道李警官是个好警察，我真的很感激你，看你这么劳心费力地办案，我是打心底佩服你。但我真不记得和周少安还有秦疤子一起做过什么过分的事，也不知道凶手是谁啊。我刚才又想了想，还是想不起来。既然秦疤子怀疑那个周子杰，他又不愿说怎么回事的话，你可以去查查周子杰啊。”

“你……”李子豪用手指着他，恨不得给他一耳光。

他知道蒋国富经过权衡，还是选择了隐瞒。

“既然给你机会不要，那你就慢慢地等死吧。”李子豪说完，怒起离开。

回到办公室，点燃一根烟的时候，他又想起了蒋国富说的那句话——

蒋国富说，既然秦疤子怀疑那个周子杰，他又不愿说怎么回事的话，你可以去查查周子杰啊。

这是某种暗指吗？

然而，他已经暗中查探过子杰，证明了他昨天没在现场啊。

难道……

李子豪突然想起了大安杀人事件，那个瘦高个的变态狂在还算热的天气穿了一双大头皮鞋，一个人无法穿比自己脚小的鞋，但若为故意掩藏证据，穿比脚大的鞋是完全可以的。

子杰的脚是四十二码，但他就算穿四十三码或四十四码又怎样了呢？依旧能走路，只不过略微不适而已。

难道凶手真是子杰？

李子豪当即起身，再度赶到医院，首先调看了监控，没发现周子杰从病房里出来。随后，李子豪又让医生找了个理由把周子杰同房的病人带出来做了询问，问昨天晚上他什么时候睡的觉，中途有没有醒过，或者在迷迷糊糊中听到什么动静没有。

结果，那病人说他十二点左右睡的，一觉睡到天亮，没有听到任何动静。

“你醒来是什么时候？”李子豪问。

病人说：“七点多钟吧。”

“你旁边的病人呢，你醒的时候，他是醒了，还是在睡觉？”李子豪问。

“他？”病人想了想，“还在睡吧，好像有点微微的鼾声，护士进来换药才把他喊醒。”

“护士什么时候来换的药？”李子豪问。

“这个，我就记不大清楚了，八点多，还是九点？没看时间。”病人说。

“那他什么时候吃的早餐？”李子豪问。

病人说："就是换药的时候吧，他老妈来了，听说他还没吃，就下楼去给他买早饭。"

"嗯，那你记得昨天晚上你睡的时候，他是睡着了，还是没睡着？"李子豪问。

"那就不知道了，应该睡着了吧。"病人说，"没觉得他的床上有动静。本来我还在玩手机，他说他要睡觉了，开着灯他睡不着，让我关灯。然后我就关灯睡觉，我们都睡了，谁先睡着就不知道了。"

"你觉得他这个人怎么样，对他的印象如何？"李子豪问。

"他这个人？"病人摇头道，"不大了解，好像话很少，跟他聊天都爱理不理的，挺闷的一个人。"

"知道了。"李子豪叮嘱，"问你的话就当没这回事，医院领导就是随便挑几个病人了解下对医院的看法，没别的事，不要跟你同病室的人说。"

"我想起来了，你不是他哥，还来看过他的吗？怎么了？"病人突然变得好奇起来。

李子豪说："不该问的别问，记住我的话就行了！"

病人走后，李子豪又去看了一下监控，看护士到209病房换药的时间，是在九点过十分，而周母是九点十八分来的。

子杰睡到九点多还没醒？护士来才把他喊醒？

按道理说不应该的，他昨天晚上和同室的病人同一时间睡觉，并且睡着了没动静的话，早上七八点也应该醒了啊，怎么睡到九点护士来才喊醒？

他就躺在病房里没有任何事，不会特别劳累，不至于睡那么沉吧？

最大的可能就是他昨天晚上失眠了，或者熬夜了，很晚才睡，所以直到九点还在睡。有微微的鼾声，说明他睡得很沉。

还有，同室病人说，差不多十二点的时候他还在玩手机，周子杰让他关灯，说开着灯睡不着。

这表面看起来也没有问题，很多人开着灯都睡不着，可问题是，以周子杰的性格，就算开着灯睡不着，他也不会去让别人把灯关了的。他是一个性格很内向的人，甚至是比较缺乏勇气的人，很多高兴不高兴的事情，就算委屈，他也会让自己忍着，不会去向别人表达。

更准确地说，他的性格比较孤僻，他怎么会让一个不认识的人把灯关了睡觉呢？同室的病人也说了，他话少，和他聊天都爱理不理。所以，他让同室病人关灯这事显得很可疑。

那么，在同室病人睡觉的时间里，子杰到底有没有从后窗离开过？

他必须弄个清楚，心里才踏实。

当下，李子豪让医院负责人找个理由为周子杰和同室病人换间病房，他则取了指纹勘查工具，对209病房的窗子，以及遮雨板都进行了勘查，结果并没有发现有脚印或指纹的痕迹。

他又发现了旁边的那根下水管，也在上面做了检查，还是毫无所获。

难道真的只是自己多疑？李子豪想。

然而凭着做刑警多年的直觉，他还是隐隐地觉得子杰很可疑。他也知道，即便没有找出子杰从窗户出去的指纹或足迹，也不能完全证明他没有离开。因为指纹和足迹都是可以处理的。

李子豪又去辖区派出所调看了医院附近的路面监控，还是没有任何发现。

李子豪重重地叹息了一声，暗道：找不到跟子杰相关的证据不是好事吗？为什么我这心里越发地不安呢？

其实他很清楚，如此细致都没有找出子杰昨晚离开的证据，只会有两种可能：一种是的确是跟子杰无关，只是他多疑了；而另一种则是子杰确实离开了，但他极缜密地处理了证据，把一切做得不留痕迹。这样的子杰越发可怕，李子豪都不敢想，若真是如此，他该如何面对。

而秦疤子的怀疑，蒋门神的暗示，子杰本身的可疑，都说明子杰已不是李子豪记忆中的那个弟弟了。

李子豪突然觉得有尿意，便往洗手间走去，突然，他想起了一个细节来。那就是子杰从昨天晚上住进去，一直到中午都没有上过洗手间！

这是不大正常的。

因为周子杰昨天晚上进医院的时候，有吊瓶输液，一个正常人在输液之后都会有尿意的，至少不会整晚都不撒尿！

这太不合常理了。

李子豪上完洗手间出来，刚回到刑侦一科办公室，就过来了两个警员，说是王永年调过来的。

李子豪看了档案资料：一个叫秦山，从警三年，擅长伪装，其化妆术之神，堪比易容；一个叫钱良，从警一年，擅长搏击及驾驶特技。

“正好，你们两个人都能派上用场了。”李子豪在了解资料之后，当即就派两人去博康医院那里秘密盯着周子杰的病房，密切注意病房的动静。

李子豪一再叮嘱两人小心，因为对方极可能擅长反侦查，他们可以跟医院联系，冒充保安之类的。

安排好秦山和钱良，李子豪只能在心里祈祷过世的父母能够保佑子杰一切正常，不是他怀疑的凶手。

他实在不希望这个他生命中最重要的人出什么事。

然而，他也没法视而不见。他是警察，大案频发，若是子杰所为，他必须阻止更多的悲剧发生，并及时地拯救他，减轻他的罪恶。

但愿不是他吧。

他也只能这么祈祷了。

天色将晚，在外忙碌一天的人都在匆忙地往家赶，使得这个城市的道路变得拥堵不堪。

红绿灯下，是一张张疲惫而又呆木的面孔，这时候的人们就像是一群奔忙的蝼蚁。他们在这个世界忙碌，也在这个世界迷失，找不到命运的出口，每天都在一条路上来来回回，即便走到了另一条路上，兜兜转转地还会走回来。

如此不断反复，就是他们的一生。

百源区乐峰街道，是十五年前西河开发新城时的第一条街道，那个时候，这条街道可谓是有钱人的新宠，因为这条街道出现了电梯房。

西河老城是没有电梯房的，也就只有八层的楼房，住户都是爬楼梯。所以那个时候的乐峰街道，繁华一时，但随着西河新城的大力开发，一个又一个高档小区的出现，乐峰街道被甩了好几条街，那些有钱人又搬走了。

经年累月，乐峰街道被车水马龙的岁月覆上尘埃，变得破旧而清冷。许多老年人觉得这里适合养老，街道上便开起了好几家养老院，最早种植在街边的绿化树也已遍地成荫。

乐峰街道 89 号，不是电梯房，而是一处独栋别墅，面积不算大，占地大约两百平方米，三层，不过比起电梯房来说，档次显然要高一些。

89 号别墅被一小半截的围墙围着，围墙上安插了许多的铁刺，防止有人随便翻入，因为年代久了，铁刺上已是锈迹斑驳。而在那锈迹斑驳的铁刺上面，爬满了藤状植物，使得这幢房子都特别有年代感。

别墅的远处，缓缓地走来一个身材瘦高背略佝偻肩头斜挎着一个小皮箱的男子，走几步扯着嗓子喊几声："剃头发嘞……"

这个男子的头发已花白，而且有点蓬乱，完全不似理发店那些理发师把自己的头发打理得干净整齐油光发亮。其实这也不奇怪，在各种理发店起来之前，有一批匠人，他们背着理发箱走街串巷，帮人理发，大概只会理平头刮光头，不懂那些花里胡哨的东西。

男子的眼力似乎不好，眼睛看着路面好像都很费劲，眼睛里面充血一样地红，就像得了红眼病一样。

总之，他的整个形象看起来很邋遢，又有一种说不出来的诡异。

他一直走到了 89 号别墅前，像一尊雕塑般地站在了那里，看着里面，好像想起了以前的某些事。那些事都已覆满灰尘了，谁能想得到，多年之后，它们还会被人从厚厚的灰尘里扒出来呢？

就跟人的伤口一样，你以为结疤以后就好了，其实不会，它会变成一道疤痕把你的痛永远地定格在那里。

当回忆袭来，痛便发作。

男子的嘴角露出了一丝痛苦而又怪异的笑，昂着头冲里面又喊了几声——

剃头发嘞……

别墅里面的人大概是听见了门外的喊声，出来了一个六十多岁的老妇人，看了看男子，又转身进屋去了。

男子的眉头微微一皱，上前拍了拍门。

那个老妇人又从屋里出来，语气颇为不善，问道："干什么？"

男子问："这里不是老白家吗？"

"老白？"老妇人问，"哪个老白？"

"白大富。"男子说。

"白大富？"老妇人问，"你找他干什么？"

男子说："哦，我是他老家的亲戚，进城来，想找他叙叙旧。"

"你是他老家的亲戚？那也是没什么来往的亲戚吧。"老妇人说，"他都从这里搬走好几年了，都没告诉你吗？"

"从这里搬走了？"男子一愣，"为什么要搬走？"

"我也不知道为什么搬走，好像是家里出了什么事吧。"老妇人说，"这都是好几年前的事了，我这记性也不行，记不清楚了。"

"那您知道他们搬到哪里去了吗，或者有没有什么联系方式？"男子问。

老妇人摇头道："不知道，我一个买房子的，管人家那么多干什么。"

"那您帮忙想想，当时你们怎么知道他要卖房子，是如何联系上他们的？"男子问。

"你问这么多干什么？"老妇人有些警惕。

男子说："实话说吧，我是他老表弟，他妈是我姑姑，之前因为他和家里闹了点矛盾，这几年都没联系。这不他妈病重了，送城里来治疗，打他电话早已是空号，所以就来这里找他。没想他早把房子卖了，但这人还在医院躺着呢，我得尽量多知道点消息，看能不能找得到他，或者找跟他熟悉的人。"

这么一说之后，老妇人就有些同情了，使劲地想了想，说："我们跟他也不熟，当初是在街边看到贴的一个广告，说是治病急需用钱，所以只能卖房。我们来看房，一看感觉挺满意的，价格也比市场价低了好多，就买下了。”

“那您知道他是得什么病这么急需用钱吗？他家里本来挺有钱的，小病不至于走到卖房这一步。”男子说。

老妇人说：“好像是家里有人出了车祸，送重症监护室了。”

“人救活了吗？”男子问。

“这就不知道了，付钱交房之后，我们就没有联系了。”老妇人说。

“嗯，好吧，谢谢了，我再去找别人打听打听。”男子说完便转身离开，走远之后拨打了一个电话出去。

很快那边的电话接通。

男子说：“我来乐峰街道 89 号查看了，那姓白的人家早搬走了，房子已经卖给别人，现在是另外的人住这里。”

“搬了？”那边问，“知道搬哪去了吗？”

男子说：“不知道，我问了买房子的，说是当初他们家里有人出了车祸，进重症监护室需要钱才卖的房子。不知道出车祸的人是死是活，也不知道他们后来是去了哪里。”

“这样吧，你去他老家一趟，找他老家的人问问。”那边说，“一个人无论是飞黄腾达，还是出了什么事，老家的人怎么都会知道一些消息的。”

男子问：“他老家在哪？”

那边说：“我马上查一下地址发给你。”

男子应声，挂掉电话，从衣袋里摸出一个烟盒来，抽出一支烟，将烟点燃，之后大口地吸起来。

吸了几口就将一支烟燃烧殆尽，男子将烟屁股丢在地上，用力地踩熄。

电话正好响起来，他接通了电话。

电话那边的人说了一个地址。

竹马镇大坪村七组。

男子说了声收到，挂掉电话，接着又拨了一个电话出去。

电话很快接通，一个比较低沉的男人声音，问："什么情况？"

男子说："跟老板说一声，我这两天可能要下乡去一趟。"

"下乡？"电话那端问，"干什么？"

男子说："赵良臣让我去找人。"

"找谁？"电话那端问。

男子说："姓白的那一家。"

"姓白的那一家？"电话那端有些意外，也有些紧张，"找他们干什么？"

男子说："昨天晚上秦疤子的老婆和女儿在家里被杀，他们怀疑是白家的那个小男孩回来复仇，所以让我去查查。"

"秦疤子老婆女儿的事我听说了，我还想问你的，但想着这两天风声紧，等两天再问，到底什么情况，他们不是怀疑子杰吗？怎么又怀疑是白家那个小男孩了？"电话那端问。

显然，电话那端的人不是别人，正是周国昌。

男子说："秦疤子带赵良臣去医院摸了周子杰的底，没发现可疑的东西。所以，他们认为可能是跟那个女孩比较亲密的其他人。"

"你的看法呢？"周国昌问。

男子说："我也认为，这次对于秦疤子的复仇跟姓白的家里那事应该是有关系的。"

"是吗？有什么依据吗？"周国昌问。

男子说："没有依据，我的直觉而已。"

"好吧，如果真是的话最好，我也想把这个人找出来，将他碎尸万段！"周国昌恨得咬牙切齿。

男子也没再说什么，挂掉电话后，又从身上拿出烟盒，抽了一支烟。

踩灭烟头，又开始扯着嗓子喊起来——

剃头发嘞……

一个小时后，男子出现在老城老街的一条巷子里，穿过那条青石板的巷子，后面是一处楼房高低不一的小院。

男子进了一幢只有两层的水泥板房里面。

水泥板房已经十分破旧，墙根长满了青苔和一些绿色植物，旁边的自来水管已经生锈，水龙头往外滴着水。

在旁边较高楼房的遮挡下，这两层的水泥板房显得更有一种阴森之感。

门是那种普通的防盗门，上面贴满了五颜六色的小广告，门的边边角角也生了许多锈。

男子打开门后，没有先进屋，而是把目光看着地下，地上有一层细灰，不仔细看还看不出来。

似乎没发现什么问题，他才大步跨过那些细灰进了屋。

进屋以后，他反手将门关上，把身上斜挎的理发箱放在桌上，从桌上拿起茶杯，将满杯茶一饮而尽。随即，男子抖了抖肩膀，将身子直了起来，顿时像变了个人，那本有些佝偻的身子一下子变得笔挺起来。

他似乎伪装得有些累了，晃了晃脖子，脖子的关节间发出一串有力的咯咯声响。他将目光抬了些起来，看着一个地方，似乎想起了什么事，血红的眼里突然爆射出一种凌厉的光芒。

整张脸都在一瞬间狰狞起来。

然后，他缓缓地将一只手举起，五指并拢，放到自己的脖子处，做了一个抹脖子的动作，脸上露出一丝诡异的笑后，折身进了里面的一间屋子。

里屋因为窗子关得严严实实，所以特别黑暗，

他似乎习惯了这种黑暗，不开灯，仍熟悉里面的一切。

这是一间卧室，放着一张很古老的木床，床四角有木条撑起，木条上有横梁，可以挂上蚊帐的那种。

旁边有一扇小门。

男子从床头柜的抽屉里拿出一根铁丝做成的钩子和一支微型手电筒，走向那扇小门。

打开小门，能看见里面的便槽，旁边是隔断的洗浴间，洗浴间里铺满了防滑垫。男子直接进了洗浴间，将防滑垫揭开，露出了下面带有瓷砖花纹的地板。粗看并无异常，细看时边缘会有一条细缝。男子将微型手电打开，用嘴咬住，然后弯下腰，将手中的铁钩伸进缝隙里，将地板的下方勾住，再往上轻轻一拉，一块一平方米左右的板子就被拉了起来，露出了一个黑森森的洞口。

洞口边缘，有一架铝合金的梯子。

男子将手电光束照着梯子，踩着梯子就往下面去了。

到下面之后，男子划燃了一根火柴，点燃了旁边台子上的一根蜡烛，下面的世界顿时一目了然了！

这是一间大约有四十平方米的地下室。

里面放着一张“床”。

那其实都算不上床，因为太过简单，就是四堆砖头，上面放一块大的木板，再在上面放了一床被子。

除了那张醒目的“床”外，还摆放了许多健身用的物件，譬如杠铃、哑铃、拳击袋、速度球，以及竖立的木桩等。尤其诡异的是里面还供着一个灵位，灵位上张贴着一张相片。那是一个笑容甜美的女孩，齐耳刘海短发，更显得朝气蓬勃，细看时嘴角有一粒小黑痣，更使得那张漂亮的面容增添了几分味道。

相片之下，灵位之上，放着一个小木箱。

男子走上前，在灵位前与那照片对视了半晌后，打开了面前被摸得有些发光的小木箱。

小木箱里赫然装着许多长短形状不一的白骨！

从那些白骨的大致形状看，属于人体不同的部位。

男子从里面拿起一根手掌似的白骨。

大概因为腐坏的缘故，手指关节和手腕之间本来是断掉的，却被男子粘了起来。

男子将手骨握在手里，充满了爱怜而且陶醉地轻抚着那白骨之手，好像又回到了往日的某一个情景，他的脸上露出了笑，很幸福的笑。此时的他像个孩子，往日如同父母的怀抱，让他充满了依恋。

他看着手中的白骨，口中轻轻地哼起了一首歌来……

我们只是打了个照面
这颗心就稀巴烂
这个世界就整个崩溃
今生今世要死
就一定要死在你手里

慢慢地，他嘿嘿地笑了起来，笑得莫名地怪异，而又暗藏心痛。

他将手中的白骨轻轻地放入木箱中，将木箱轻轻地盖上，犹如放下一段过往。转过身来，走到那根竖立的木桩前。木桩是柏树木，一种质地异常坚硬的树木。但木桩的表层却到处都是暗红的痕迹，细看会发现那都是风干了的血迹，在那密密麻麻如雨点般的血迹之中，有些凹下去的拳印，也有裂开的缝隙，但木桩还是特别牢固而坚实地立在那里。

男子陡然一声怪叫，一拳就往木桩上暴击而出。

“砰砰砰……”

拳脚如雨点一般往粗大的木桩上击打而去，在并不宽的地下室里响起阵阵如同闷雷般的声音。过了好一阵儿，那木桩上又新添了许多鲜红的血迹，男子似乎也打累了，看了看自己的双手，指背上好几处破了皮，鲜血正在渗出。

男子没有理会，又转身看见了旁边地上堆着的一堆砖头，走过去对着那堆砖头一顿狂打，砖头似乎比木桩要脆一些，一些砖头被打得碎屑飞溅。狂打之后，他拿了一块砖头在手里，再对着那砖头一拳下去，“咔”的一声响，砖头断为两截。

一截捏在手上，一截掉到了地上。

男子的脸上已经冒出了密密麻麻的汗珠，拳头上的鲜血和砖的灰尘混杂在一起，看起来惨不忍睹。

他走到一边，从一个板凳上拿起一块染红的布，将出血的手擦拭了一遍，打开旁边的一个瓶子，一股浓烈的酒味冒出，他用那酒直接冲洗手上的伤口。

酒碰到了伤口，肯定很痛，他的脸部肌肉微微地抽动，却并没有停下来，直到将那一瓶酒都冲洗完，他才长长地出了一口气。

随后，他又去做了一组杠铃，并把两只哑铃拿在手中打了一组拳，全身的衣服都湿透了，他脱下衣服，露出了身上的结实肌肉。他站在一块贴在墙上的玻璃面前，看着那个镜中的自己，做了两个特别怪异的表情，还怪笑了两声。

然后，又走到了一边的灵位那里，抱起木箱，放到了“床”上，他在木箱边躺下，抱着木箱就睡了。

九月二十日。

一个很平常的日子，却又有些不平常。

至少，对于竹马镇大坪村七组来说是这样，因为这天上午，村里来了一个斜挎理发箱的人，开始在村子里吆喝——

剃头发嘞！

这对村子里的人来说，真是一件很稀奇的事情。

因为至少有十年，他们没有见过这种背着理发箱的理发师傅了。

背着理发箱走街串巷还是二十世纪八九十年代的时候，那个时候人们的收入低，交通也不方便，农村人似乎都是与世隔绝地生活着，很多匠人都走街串巷地做生意，有钱的给钱，没钱的给点粮食做酬劳。

后来改革开放，无数的人涌向城市，公路也修到了村里，村里人去镇上赶集再也不用跋山涉水走上几个小时，坐个摩的或者面包车，方便了很多，那些走街串巷的匠人也就逐渐地消失了。

很多时候，在逐渐老去的年华里，人们对过去的东西总会有一种莫名的怀念，当他们怀念的某种东西出现时，他们就会有一种莫名的亲切感。他们怀念自己逝去的岁月，怀念过去的生活，怀念那些人和事。

当这个背有些佝偻，眼也有些问题的理发师傅出现在村子里喊着“剃头发”的时候，立马就有老人从家里搬出板凳椅子要理发。

村子里的老人和城里的那些年轻人不一样，他们不要求理什么发型，头发长了剪短，方便打理就行。

这个有些残疾的理发师傅理起发来很认真，人也很老实，他边理发边和老人聊天。老人好奇地问现在遍地理发店，他怎么还在吃这一碗饭。理发师傅感慨，从小都只学得这门手艺，又不会干别的，还能干什么呢!

理发的老人说：“也是，跟我们一样，打生下来就在这黄土地上长大，只会种庄稼，跑去城市里，没文化没技术的，给人扫大街，那来来往往的车子看着都吓人，还不如在家里种点地，自己过习惯了的生活虽然苦点，但自在、安全。世界是年轻人的了！”

理发师傅和理发老人随意聊着天，村子里的人一个一个地赶了过来。

大多都是老人，还有些孩子。

孩子永远对新鲜事物充满好奇心，喜欢看热闹。

理发师傅眯着眼看了看围着的一堆村民，认真地为老人理完发，刮完胡子，马上又有好几个老人要理发。

“这样吧，我们来玩个游戏。”理发师傅说。

“玩游戏？”一位老人问，“什么游戏？”

理发师傅说：“我出个谜语你们猜，你们谁猜对了，我就先给谁剪，而且免费。如果谁猜错了，中午我就在他家吃饭。”

“你这师傅很好玩啊。”一个老人问，“猜什么呢？”

理发师傅问：“猜一个人的姓，跟颜色有关，又不在七彩之内，这个姓是什么？”

一个老人说："七彩是哪七种颜色，我都不记得了。"

"好像有红、黄、绿、蓝、青、黑……"一个老人努力地想着。

"乱说，七种颜色里哪有黑。"一个老太婆看不过去了，"七色明明就是红黄绿蓝青橙紫，老张头你读过书没有？"

"书肯定读过，怎么也是小学毕业，这么多年，都还给老师了。"老张头说，"哟，谢寡妇你厉害啊，老谢走了以后，晚上不用折腾了，记性变好了嘛。"

"你们扯哪里去了，让你们猜谜，尽说些下流话，老不正经说的就是你们这样的。"一个老头也在旁边打趣。

"是的，猜谜，猜谜，别把人家师傅晾一边了。"老张头也说。

"我知道答案了，理发师傅，我可以猜吗？"谢寡妇喊。

"你又不剪头发，你猜个什么名堂。"一个老头说。

理发师傅说："她猜后，可以把名额送人。"

"就是，谁吃中午饭喊我一起，我就告诉谁正确答案。"谢寡妇说。

"来，告诉我，我请，我请。"老张头赶紧说。

"那我也请，谁家里还请不起一顿饭，我还保证大鱼大肉，饭管饱，酒管够。"一老头也争着说。

"我看老张老刘你们石头剪刀布决定吧。"另一老头建议道。

这个建议得到大家的赞同。

当下，老张和老王就石头剪刀布，三局两胜。

结果老张头赢了。

谢寡妇还卖着关子，说："给你点提示吧，我们村里就有这个姓。"

"我们村里就有这个姓？"老张头说，"我们村里几十户人家，一二十个姓，我知道是哪个，难道都猜一遍？"

"你是猪吗？"谢寡妇说，"二十几个姓，都跟颜色有关吗？"

"哦，跟颜色有关的，我忘记了。"老张头开始想。

那里老刘已经激动地喊了起来："我知道了，白对不对，师傅，姓白！"

"没错，恭喜你猜对了，就是白。"理发师傅好奇地问，"怎么，你们村里有姓白的吗？这姓的人好像不多哦。”

“有有有。”老刘说，“我们村里的白大富就是姓白。”

理发师傅的眼神瞬间变亮，白大富，应该就是他要找的人了。他表面上还是一脸的风平浪静，问：“竟然有姓白的，等会儿你们谁能带我去他家吗？”

“去他家？”老刘问，“干什么啊？”

理发师傅说：“很多年以前，我走街串巷替人理发时得罪了人，被打了个半死，一个姓白的路人开着拖拉机把我送到医院抢救，算是救了我一命，后来我就决定只要是姓白的人，我都愿意免费为他们理发。”

“还有这样的事啊，师傅你真是个知恩图报的好人。”老张头说，“还真是，老白头那头发，都跟鸟窝一样乱了，估计都长虱子了，他肯定要剪。”

“那他为什么没来，是去地里干活了吗？”理发师傅问。

“他哪里还能去地里干活。”老张头说，“路都没法走了，整天待家里呢，他婆娘干完活了，才推着他出来走走。”

“他是怎么了吗？”理发师傅问。

“瘫了。”老张头说，“手也不好使，所以平地上自己还能转着轮椅走几步，稍微有点坡坎就不行了，他一般都只能坐着轮椅在自己门前活动几下。”

“这么惨？”理发师傅问，“是生什么病了吗？”

“不是生病，好像说是被人打的。”老张头说。

“被人打的？”理发师傅眉头皱了一皱，“被什么人打的，打这么狠？”

“这个就不知道了。”老张头说，“他不喜欢人问起这事，反正，他以前在城里，城里多乱啊，听说那些年轻人拉帮结派地提着刀在大街上砍人，就跟砍西瓜一样，很吓人的。”

“哎哟，莫光聊天，剪头发啊，师傅，一会儿就该吃中午饭了。”老刘提醒。

“来来来，刚才猜姓白的老人家过来，我先给您剪。”理发师傅说。

“你看吧，谢寡妇，你非要卖关子，结果被老刘占了便宜。”老张头埋怨道。

理发师傅开始替老刘剪头发，老刘喊了个人给他家里老婆子带话，说中午有客人到家里，多弄两个菜。

在老刘家里喊吃午饭的时候，差不多已是下午一点，还剩两个老头的头发没剪，理发师傅说下午再剪，先吃饭。

吃饭以后理发师傅就让老刘带他去白家，帮白大富剪头发。

“对了，这白老头家里几个人啊？”在路上的时候，理发师傅随意一问。

“几个人？”老刘说，“三个人吧，有个儿子在外面打工。”

“就只一个儿子吗？”理发师傅说，“八九十年代的农民家里，独生子女的好像很少见。”

“也不是独生子女。”老刘说，“他家里本来是有两个孩子的，还有一个大女儿，但已经不在了，所以他家里就只有三个人了。”

“不在了？”理发师傅颇感意外的样子，“出什么事了吗？”

老刘说：“好像是跳河自杀。”

“跳河自杀？”理发师傅明知故问，“为什么要跳河自杀？”

老刘摇头道：“这个就不知道了，他们把女儿送回来埋的时候村里人才知道这个事，我们问过老白两口子，他们也说不知道为什么。”

理发师傅“哦”了声，说：“那真是可惜了。”

其实，他知道为什么。

“唉，是真可惜啊。”老刘也叹气，“那女孩长得是真好看，嘴也甜，每次老白家从城里回来，那女孩见了长辈都会主动喊叔叔伯伯，还帮人干活，村里人都很喜欢她，什么事就想不开了呢？”

“就埋在村子里了的吗？”理发师傅问。

“不是。”老刘用手指着背后的一座山，“埋在大坪山上的，一个草坪边上，本来觉得地形不错，还特地请了阴阳先生看的，说能兴宗旺族，可没多久，儿子离家出走了，老白也出事了，一个好好的家破败了。然后，家里人都懒得去上坟了。”

“唉，真是不幸。”理发师傅也叹息。

很快，两人说着话就到了几间青瓦土墙屋前。

这在整个村里了都算是落后的了。

村里基本上都已经是那种青砖水泥板屋，没有土墙屋了，而眼前的土墙屋，大概因为时间长了，墙体已经裂开很大的口子，让人觉得整堵墙都有摇摇欲坠的感觉。

门口一个坐在轮椅上的老头子正在打盹。

“老白，莫睡了，家里来客了。”老刘远远地就扯着嗓子喊。

白大富睁开眼，看着过来的老刘和理发师傅，睡眼惺忪地问：“客人？什么客人啊？”

他的目光落在理发师傅身上，觉得很陌生。

老刘指着理发师傅：“你昨天晚上做好梦了吧，这师傅说要免费给你剪头。”

“免费给我剪头？”白大富一脸惊讶地问，“为什么？”

老刘说：“师傅说，以前他遇难的时候，一个姓白的人帮了他，所以他为了报恩，给姓白的人剪头发都不要钱。我这不想着你腿脚不便，不好去镇上，刚好他可以帮这个忙，你看你这头发，乱得都可以做鸟窝了。”

“还有这么好的事啊。”白大富似乎不信。

老刘说：“师傅一看就是厚道人啊，这年头赚钱不容易，知道感恩的人就更少了。”

“来，我帮你推出来点剪吧。”理发师傅说着，就把白大富的轮椅推到了屋前的空地上。

他还能依稀地记得起这个叫白大富的人，那时候的他长得肥肥胖胖，白白净净，看起来特别富态。俗气一点的说法就是，一看就是老板相。其实，他真的是老板，包工程，每天头发都梳得油光发亮，腋下夹着皮包，住的是别墅，出门有座驾，算是一个人生赢家了。

而眼前的他，花白的头发一团糟，身上穿的廉价的衣服沾满了油污，还隐隐地散发出一股酸味，看起来特别邋遢。

“听说白老哥以前是住城里啊？”理发师傅边剪头边随意地聊天。

“以前？”白大富悲哀一笑，“我都不记得什么以前了，那好像已经是上辈子的事了。”

“唉。”理发师傅叹口气，“人生啊，就像有首歌唱的，就像海上的波浪，有时起有时落，运气不好，总会出些幺蛾子，但人一辈子不会永远倒霉，运气好起来，什么都好了。”

“无所谓了。”白大富说，“再倒霉的日子都过了，人这一辈子，怎么活不是活呢，怎么活都是有一死的，我已经把棺材都准备好了，到时候两眼一闭，两脚一蹬，一了百了。”

“也是，人这一辈子，也就这么回事。”理发师傅问，“嫂子呢，没在家吗？”

“去地里干活了。”白大富说，“我废人一个，生活都不能完全自理，养家糊口的事全指望她了。”

“听说老哥还有个儿子啊，他没帮衬一下家里吗？”理发师傅问。

“不要提了，提起来我这心里……”白大富重重地叹一口气，抬起头来望了望天空，“老天爷不长眼啊！都说为富不仁，想我白大富有钱的时候，不管是对亲戚还是朋友都是仁至义尽，从不干缺德亏心之事，我做工程，宁愿自己砸锅卖铁，从不拖欠工人工资，可老天却没让我落个好报，把我一掌打进了地狱，让我一辈子都翻不得身。天瞎眼，人遭难……”

“老白确实是个难得的好人。就算住城里时，有钱的那些年，每次回村来，从不摆架子，还给村里孤寡老人送钱，虽然一百两百的，但都是一份心意。连小虎和小纯都很有教养，比我们农村的娃儿懂事多了……”老刘也跟着在旁边感慨。

“懂事？”理发师傅问，“既然懂事，白哥这情况，他娃儿怎么不在身边照料？”

“这个……”老刘也一时语塞，又看着白大富，“老白，是不是小虎也出了什么事，你瞒着没说啊，要是在外面打工的话怎么这么多年都没回来过？我好多次想问你的，都不好开口，今天话都说这里来了，如果是真出了什么事，以你们两口子的情况，该找村里申请低保和补助什么的。”

理发师傅手里的动作都停了下来，盯着白大富，在等他的回答。

“低保补助什么的就算了吧。”白大富说，“不过老刘你也不算是外人，帮我们家也够多的，这位师傅也只是个路过之人，不会在村里传什么流言蜚语，我就跟你们说实话吧，小虎，他不是在外面打工，也不是出了什么事，他是跑了。”

“跑了？”老刘大感意外，“为什么跑了啊？”

白大富说：“当时小纯不是出事了嘛，我没用，没法去做个妥善的解决，帮她讨回公道。小虎一气之下就跑出去了，然后就再也没有消息。”

“小纯不是跳河自杀吗，要解决什么？要什么公道？”老刘似突然明白了什么，“难道小纯是被人害的？”

“唉，这事真不要再提了。”白大富用手捂着胸口，“这些年，只要想起这件事，我胸口都痛。苍天无眼，为什么不将恶人杀完？”

理发师傅也不再问话，继续替白大富剪起了头发，老刘也不再多问，只是安慰了白大富几句，让理发师傅剪着，他先忙去了。

接下来，理发师傅也只是和白大富随便扯一些闲话，不再说白家那些不幸的事情。剪完头发后，理发师傅就向白大富告辞了。

白大富说怎么也得给钱，理发师傅坚持不要，背着理发箱，佝偻的身影缓缓远去。

直到理发师傅消失在村里那几间房屋的转角，看不见了，白大富才回过神来。

他感觉今天的事有些不对，却又说不上来到底哪里不对。

破败的屋子前，那些尘封已久的东西又穿过遥远的岁月从他的内心中翻滚出来，那些被深葬在心中不愿被触及的痛再一次发作。

他想起了那个雨暴风狂的深夜，那个神秘诡异而又残忍的面具人，闯进他的家里。

一家人的命运，在那一晚后坍塌。

女儿受辱，不得公道，带着屈辱离去。才刚把女儿葬了，儿子就指着他的鼻子，骂他没用，他这个做爸的却不能做什么。儿子拿着刀，要他一起，去把那些欺负姐姐的人都杀了。

儿子说，那个面具人肯定和之前强奸他姐的那些人是一伙的，去找那伙人，把他们统统都杀了，才能替姐姐报仇。

白大富是一个成年人，经历过生活和岁月的洗礼，他知道这个世界的本来面目，他知道这样的冲动是无用的。

凭着他和儿子两个人，杀不了那些在城里拉帮结派的恶棍，反而可能是被杀。就算能杀得了，又能怎样，要受法律的制裁。

只要跨出那一步，怎么走都是绝路。

弱者，在这个世界是要学会忍的，哪怕跪着活下去。

自古以来就给了弱者一种活法，叫委曲求全。

不管怎样他还是想尽力维系着这个家。蝼蚁尚且贪生，何况人呢。

儿子不理解他，说他懦弱，一怒之下走了，再也没有回来。

接着，不测接踵而至。

失去女儿，又不见了儿子，一个本来还算坚强的男人垮塌了。整天心神恍惚，睡不好觉，心情烦闷喝多了酒，结果开车时一不留神，将一辆载客的长安车撞下了河沟，车上六个人，四个重伤，他自己也受了重伤。

因为属于酒驾，他负主要责任，保险公司也不赔钱，他用光了存款，卖了别墅才赔了人家，他自己也是重伤，才免于入刑，但还是落了个半身不遂。

想当年是如何意气风发，一度被村里人当成致富模范，回村时总是前呼后拥，多少人羡慕啊。今日却是活成了连狗不如。

若不是还有悉心照料他的老婆，若不是还想看看那一去不回的儿子，他真是宁愿死了，也不想如此没有人样地在痛苦和煎熬中活着。

“小虎，你到底去哪里了？你还活着吗？”

头发花白的男人，眼里瞬间泛起了泪花。

第十三章　凶手寻找凶手

理发师傅出了村子，在村口的庄稼地边停了下来，从兜里拿出烟盒，点燃一根烟，大口地抽起来。

抽着抽着，他突然想起了什么，回过头看向村子后面的大坪山。

那血红的眼睛，眯得更小了，像一条线。

山巍然而立，雄浑而苍凉。

它和人一样，也应该是有故事的，只是它的故事都被淹没在了岁月的风吹雨打中，爱也好，恨也罢，都不会向人说的。

一支烟很快抽完，理发师傅丢了烟头，习惯性地踩上一脚，将烟头踩灭，转身往大坪山上走去。

在大坪山上，那片叫作大坪的荒地边缘，孤坟比以前更荒凉了。

已经有好些日子，那个人都没有来这里向它诉说心事，没有整理它，坟头上又有些新草冒出了头。

一只鸟无精打采地停歇在坟旁斜伸而出的树枝上。

突然，它被什么动静惊到，睁开眼一看，看见了不远处的荒地边缘上来了一个人，那个人正往这边看过来，吓得它差点从树枝上摔下去，慌忙地抖抖翅膀飞走了。

那个人往这边走了过来。

一边走，他的目光一边在长满荒草的地上搜寻，最后，才看到了这座沉默在荒地边缘的孤坟。他的目光陡然炽热了一些，加快脚步往坟这里走了过来。

走到坟前站定，目光紧盯着立在坟前的石碑，看到了那个熟悉而又陌生的名字。

这个名字，在他的心里被岁月的尘埃淹没了很久，他都快要忘记这个名字了，然而，一个神秘人的出现，接二连三的命案，使那些被淹没的东西又一点一点地浮出了水面来，使那一切又变得渐渐清晰起来。

理发师傅将目光从石碑的名字上移开，看了看草都拔得干干净净的坟，和坟前燃烧殆尽的一些纸屑，眼睛又眯成了一条线。

他突然想起那个村民说的，白大富夫妇将他女儿的坟选在这里，是因为觉得这里地形很好，是个可以兴宗旺族的地方，可后来白家不断倒霉，都认为是这坟地不祥，夫妻俩已经多年没来上坟了。

可干干净净的坟头，坟前的纸屑，都说明了是有人来祭拜过的，而且从坟头冒出来的新草和坟前纸屑的风化程度，都说明了这一切发生得并不久。

而农村习俗，多是在新年和清明这两个时间段上坟祭祖的，寻常时间基本上不会，除非是离家很久的亲人难得回来一次。

那么，这是谁干的呢?

一个年轻女孩被葬在这样的荒山野地，除了她的父母会料理一下她的坟，还有谁会理会呢?

理发师傅想起了一个人。

白小虎!

这个在白家很重要的人物。

白大富说当初白小纯出了事，他没法去做个妥善的解决，讨不回公道，白小虎一气之下就跑出去了，然后就再也没有消息。

既然白小虎是因为姐姐白小纯的事而离家出走，可见他和姐姐之间的感情很好，这件事也是他的一个心结。他无法理解姐姐受辱自杀而父母无能为力，他年少冲动，肯定是想替他姐姐报仇的。

而就在这两三个月的时间里，蒋国富及家人，周少安和秦疤子的家人相继出事，毫无疑问，白小虎的嫌疑最大。

而来这荒山野地上坟的人，最可能的人也只有白小虎了！

理发师傅犀利的目光在坟的周围搜寻着，他努力地想找出点什么样的线索来证明他的猜测。

他看见了坟前几米的位置有一些枯萎的树枝，那些树枝虽然枯萎了，却还透着一丝青色，可见被折断的时间并不是很久。

理发师傅走近了些，看见树枝的末端断口整齐，显然不是折断，而是被锋利的刀刃所砍断。

白小虎偷偷回来替他姐上坟，为什么要砍一堆树枝在这里呢？

理发师傅将那些树枝慢慢地扒开去，看见了一些枯萎的杂草，就像是有人锄地时随意丢在那里的一样。

可这里是荒地，不种庄稼，不需要锄草，那么这些草从何而来，又为何压在树枝下面呢？

理发师傅觉得这里面肯定有什么不对，又把那些草扒了开，于是看见了一片新土，而且，那些新土看起来很结实，像是被什么狠狠地捶打过。

这说明这个地方是被挖开过的。

为什么被挖开，又为什么要埋上，还拍得这么结实？

理发师傅放下了理发箱，从里面拿出了一把几寸长的剃刀，用剃刀将那块新土一点一点地挖开。

大约到两尺的深度时，理发师傅的面部抽动了一下，他嗅到了一丝腐烂的臭味，他努力地吸了吸鼻子，确定了那种腐臭味是从泥土下面传来的。

这里面埋着一个死人？

理发师傅的脑子里马上冒出这么一个信号，他用剃刀加快速度往下面继续挖下去，果然，那腐烂味越浓臭难闻，令人作呕，而他并没有介意，反而加快速度挥动手中的剃刀……

终于，他看见了一张腐烂的脸，无比恶心的味道随着一阵风涌向他的鼻息，他还是把头别向了一边，让自己换了一口气，回过头来沿着脸的周围继续把泥土挖开，脸下面出现了断颈。

这下他看清楚了，下面埋的不是一个人，而是一颗人头！

人头？

理发师傅突然想起了一个人。

周少安！

他知道周少安在游艇上被杀，人头不知去向，警方在游艇方圆几百米打捞了几天都不见人头的影子。

如果不出所料，应该就是这颗人头了。

他也见过周少安几面，还算得上熟悉，可眼前的人头因为高度腐烂的缘故，脸已经变成了柿饼一般，和泥土糅杂在一起，实在是看不出长相了。

理发师傅从身上摸出了手机，对着坑里腐烂的人头拍了张照片。又把那些刨开的泥土盖了上去，并像原来一样，用石头拍结实，再将那些枯萎的草和树枝掩盖在上面。

看起来，就跟没有动过一样。

理发师傅又从身上掏出烟盒，抽了一支烟出来点燃。

边抽着烟，边看向远方，也不知道他在想些什么。

一支烟抽完，他将烟头掐灭，丢到地上，当他准备将烟头踩灭之时，他突然想起什么，又弯腰将烟头捡起来，用手掐灭了，扔到了理发箱里。

一个细小的东西，都可能成为警方的线索和致命的证据。

理发师傅开始在坟的周围四处查看起来，一双眼睛如同猎食的狼一般。

突然，他定格了目光。

他看见了坟的右侧，靠近荒地的边缘，临崖的位置有一块很大的石头，大石头周围凌乱地堆放了一些小石头，粗看起来，就像是一个乱石堆，一般人都会忽略掉，可他却发现了问题。

一般来说，一个这样的乱石堆，若是经过了风吹雨打，石头之上肯定会长出一些苔藓或野草之类的绿色植物，而且会与地面很契合，石头表面也会被风化。

然而，眼前的这块大石头和一堆小石头，看起来并不像一个整体，而是被人堆放在这里。而且很多石头的表面都挺干净，有部分石头的苔藓朝下，带着泥土潮湿的痕迹反而朝上了，一看就是从别的地方移来的。

理发师傅上前，将那些小石头刨开，果然看见了被挖动过的泥土，他用力将那块大石头推开，出现了一米左右的地方，泥土有翻新的颜色。

这一块泥土翻动的面积比较大，也就是说坑挖得比较大。如果只放一颗人头，用不着挖这么大的坑。但又不可能是埋人，埋人的坑起码得有一两米。

略想了想之后，理发师傅用他的剃刀去削了几根较粗的树枝，然后用来挖土。

山林寂静，偶尔有一阵风吹过树林，如幽灵穿行而过，发出令人心悸的沙沙声。不知名的鸟不时地在林间发出几声孤鸣。

理发师傅的动作很快，把几根削尖的树枝当铁锹一样，很快就挖到了坑下，当他看见坑内的东西时，瞳孔突然放大，僵硬的脸部抽动了一下。

坑里面是一张裹着东西的花布床单，床单外面露出了一双干瘦的脚掌！

理发师傅拿出剃刀，将那花布床单划开。

床单里面的情况让他那血红色的眼睛陡然睁大。

里面裹着的竟然是两个人！

脚掌露在外面的尸体长发，应该是个女人，而被重叠在下面的尸体身高比女人要短了将近一尺，那应该是个孩子！

女人的脸褶皱得跟老树皮一样，但并没有腐烂，整个身子像缩水了，像是几千年的木乃伊，却又没有木乃伊那种风化的痕迹。

理发师傅用木棍把压在上面的女人往旁边扒开了些，便看得见压在下面的那个人，确实是个孩子，从身材和骨骼比例一眼就可以看出，缩得也只有几十厘米了。

他的状况和女人一样，脸上起了树皮一样的褶皱，身子如同风干了一样。

女人和小孩的个别的部位已经开始呈现出腐烂迹象了。

理发师傅抹了一把脸上的汗水，站在那里，看着这不正常的一切，觉得有些迷茫。

从这个坑和已经有的腐烂迹象看，这一切都发生不久。

可为什么两具尸体都变成了这种干瘦的情况呢？

突然，理发师傅的目光落在了女尸的颈部位置，发现那里有一道不规则的伤口。

那绝非一般刃口。

那是什么造成的呢？

三菱刀？或螺丝刀之类不规则的刀具？

在小孩的颈部位置也有同样的伤口。

这到底是怎么回事？

理发师傅转动着脑子，突然，他想起了两个人。

蒋门神失踪的老婆和儿子！

恰好，这里是一个中年妇女和一个小男孩。这两人会不会就是蒋门神那失踪了的老婆和儿子呢？

理发师傅觉得很有可能，因为一开始他就怀疑到了蒋门神妻儿出事和周少安被杀应该有所关联，而这里已经找到了周少安的人头，这坑里又恰好是一个中年妇女和一个小男孩，所以是蒋门神老婆儿子的可能性极大。

而由此也证实了他前面的一些猜测，最近的系列凶案的确跟当年的白小纯被轮奸事件有关，应该是那个消失了多年的白小虎回来复仇了！

他要杀掉那几个当初轮奸了他姐姐的人，并让他们家破人亡，还要找出那个深夜潜入 89 号别墅的面具人！

理发师傅的脸上露出了一种诡异的笑，使那张脸都变得更加扭曲，血红的眼又盯着坑里的两具干尸，用手机拍下一张照片，然后将那花布床单盖了上去，重新掩上泥土，把石头也都移了回去。

一切看起来都像是没有动过的样子。

他又走回到那座孤坟前，静静地站在那里，脑子里在不断想着，他该怎么面对这个凶残变态而又深不可测的复仇者呢？

显然，这个复仇者比他以前遇到的任何对手都更强大，更可怕，更加难以应付。

理发师傅血红色的眼睛里突然一亮，脸上又露出了极其诡异的笑，他从理发箱里拿出剃刀，蹲下身子，开始用剃刀在那饱经岁月腐蚀的石碑上刻起字来。

刀锋过处，石粉簌簌而落。

很快，那石碑上便多出了一行字来：想找我，霜降子时，西河庙见。落款：面具人！

理发师傅将剃刀收好，又看着那几个刻字，阴森森地说：“来吧，鹿死谁手，凭本事说话，风里雨里，老子等你！”

说完，他背着理发箱离开。

走了几步，又猛地想起什么，他回过头来，转身看了眼那座坟，转着身子把周围都看了一遍。然后，从身上拿出了电话来，拨了一个号码出去。

电话过了一会儿才接通，理发师傅喊了声：“老板。”

那边的老板问：“怎么，有什么发现吗？”

“我想，我找到了大少爷的人头和杀他的凶手了。”理发师傅不疾不徐地说。

“什么，你找到了少安的人头和杀他的凶手？”老板的声音一下子变得急切起来，“是谁干的？”

理发师傅说：“应该和我们所推断的一样，就是那个白大富的小儿子，白小虎！”

很显然，这个电话是打给周国昌的。

“你找到了什么证据吗？”周国昌急问。

理发师傅说：“我来了白大富的老家，本也是无心地来看一看白家那个女儿的坟，却在坟前找到了大少爷的人头。除了大少爷的人头，还有一个中年妇女和一个小孩的尸体，我不认得面目，但我猜应该是蒋门神失踪的老婆和儿子。”

“这么说来，那的确是跟当初白家的事有关了。”周国昌说，“只是，你怎么就认为是那个白小虎所为呢？有什么有说服力的依据吗？”

理发师傅说：“当年白家女儿自杀之后，白大富心知肚明却无可奈何，白小虎一怒之下离家出走了，随后白大富出了车祸，倾家荡产，回到老家已是一个不能行动的瘫子，也没听说有什么亲戚来往，而那一怒之下离家出走的白小虎也多年未归，我猜测这些年他一定是藏在某个地方谋划复仇，只有那种少年血性的人才有这个决心和冲动。而且，听村民说白家女儿死之后，白大富认为她给白家带来了不幸，夫妻俩再也没有来为她上过坟，但我在坟地看到了有人烧的纸钱，坟上的草也被拔得干干净净，加上埋在这里大少爷的人头和蒋门神的老婆儿子，这一切都很明显了。”

“他在什么地方，给我找出来，我要亲手杀了他，替我儿子报仇！”周国昌歇斯底里地喊。

“不知道他在什么地方，从那年离家出走之后，他就再也没跟家里联系过，连白大富都不知道他在哪里，不过……”理发师傅阴森森地说，“他逃不出我的手心！”

“怎么，你有什么办法吗？”周国昌问。

理发师傅说：“我在这里给他留了些暗示，让他来找我，我会在他来找我的地方给他挖一个陷阱，他什么时候来，我就什么时候埋。另外，我还要在这里放置一个无线摄像头，监控坟地的一切。从目前的情况来看，他杀一个人，都会带到坟这里来，大概是为了祭奠他姐。眼下秦疤子还活着，他肯定还会动手，也会回这里来，我要看清他的长相，接下来，事情就变得很简单了。”

“很好，你果然有本事，我没有看错人。”周国昌说，“但这次我要活的，我要亲手杀了他，方解老子心头之恨！”

“可以。”理发师傅说，“我抓住他，挑了他手筋脚筋，再交给老板。”

“对了，少安的头呢，在你那里吗？”周国昌问。

“没有。”理发师傅说，“我又放回去重新埋上了，没有带走。”

“又放回去重新埋上了？”周国昌问，“为什么不带来给我？”

理发师傅说：“人头已经高度腐烂了，不大好带走。更重要的是，这里有几条人命，虽然经过伪装，难保有一天不被发现，我们还是不要横插一杠子。若被警方盯上了，就不好脱身了。到时候白小虎一死，一切都结束了。何况，现在我把大少爷的头带给老板，老板你也不好处理，万一被警方知道点什么，麻烦就大了。有天警察找到这里，自然会把大少爷的头还给老板。”

“也是，你说得有道理。”周国昌说，“杀了白小虎，让这一切都随他而去吧。一件风过无痕的小事，都这么多年了，没想到又闹出这么大动静，一个毫不起眼的小孩子而已，竟闹得西河江湖人仰马翻，西河警方都束手无策，世事真是难料呀！”

“老板放心吧，既然我已发现了他，他纵有三头六臂，也离死期不远了。”理发师傅说。

“这个我信你。”周国昌说，“这么多年，和各种牛鬼蛇神打交道，我知道这世界只有利益，没有信任，但对你，我从来都没有怀疑过，我相信你会把一切都处理得干净利落。”

“那老板帮忙把无线摄像头准备好，放到老地方，我去拿，马上着手布置。”理发师傅说。

“好，我马上去给你准备。”周国昌说。

“对了，我把埋在坑里的人头和那妇女小孩的尸体都拍了照片，有些让人不适，老板要看看吗？”理发师傅问。

“当然要看，发给我。”周国昌果断地说。

理发师傅当即将两张照片都发给了周国昌，然后转身下山。

那边的周国昌，看着那张高度腐烂的人头照片，一阵愤怒之后，不由得老泪纵横。

如果可以，他愿用一切来挽回。只可惜，一切都回不去。

原来，他纵然呼风唤雨，决断过别人生死，却也还是人，不是神，在不幸面前，也有无能为力的时候。

此时，在老城老街巷子深处的小院，理发师傅的门口，突然来了一个人。

一个穿着黑色风衣戴着圆帽的男子。

男子看似不经意地转动了下脑袋，看了下周遭的动静后，从身上摸出了一把特别的钥匙，插进了锁孔。

扭动了一下，锁没有打开。

显然，钥匙与锁不配。

男子开始慢慢地试探，在找锁里面的某一个点，并将身子贴近门，有意无意地掩饰着这个动作，没两下，就把锁打开了，他回头看了下周围，没有异常状况，便迅速地闪身而入，再将门关了起来。

屋里一片漆黑，男子似乎早就知道，从身上摸出手电，用手电光照着四处寻找，一直从外屋找到里屋。

手电的光似乎不够亮，男子找到了墙上的电灯开关，按亮了灯，目光在卧室里一扫，落在了那张老式的木床上。

床上的被子折叠整齐，枕头摆放端正，看上去收拾得很整洁。

但男子却微微地皱了皱眉，又往床前走近了些。

是的，床单太过平整。

这不像是有人睡过的样子。

若是有人睡过，再怎么收拾，人躺的位置，始终有些凹陷，最起码不会整个床单都一样平，平得毫无起伏之处。

男子将手缓缓地伸向床单，在床单上轻轻地摸了一下。

果然，指肚上立马就沾了些许的灰尘。

那些灰尘太过均匀，再加上不太明亮的灯光，用肉眼一时难以分辨，用手指触摸立马就发现了。

“他没在这里睡？不对啊，锁孔光滑，说明他经常开门，墙壁上的灯开关也是光滑的，说明他经常在使用，那为何这床上……”

“他住在这屋里，只是没有睡这床？另有睡觉的地方？”

男子特地弯下腰看了眼床下，一股浓浓的灰尘气味扑鼻而来，显然下面不会有人睡。

他又在屋子的地板和角落里找了一会，没发现什么玄机，然后，他把目光投向了卫生间。

他过去将门推开，看起来是一个很普通的卫生间，隔断为洗澡和方便两块，然而，他的目光落在洗浴间，觉得空间似乎过于大了一些，因为方便间刚好能蹲下一个人，而洗浴间却可以容得下三到四个人洗浴。

男子又努力地想了想，当初这里似乎就是一个整体的卫生间，没有隔断的。以前的老房子并没有这么讲究。

“他干吗要隔开？他也不是个讲究的人啊？”

男子一脸疑惑，走进了洗浴间，洗浴间里铺满了防滑垫。

“还用防滑垫，真是讲究啊。”男子自言自语道。

突然，他发现洗浴间的一边要低一些，然后低处的角落有一个漏水洞，那不是正常情况的下水管道，而是通到方便间，也就是说洗浴间的水都漏到方便间去了，再通过方便间的便槽流走。

“既然如此，何须弄个隔断呢？老房子，至于这么讲究吗？不对，他不会做无缘无故的事，这里面肯定有原因……”

男子在想着其中的哪点不对，习惯性地抖着一只脚，突然，他感觉脚后跟着力处似乎空空的，他以为那是错觉，特地加大了些力气，果然响起了那种空洞的回声。

门道在下面！

男子当即把那层防滑垫扯了起来，露出了下面带有瓷砖花纹的地板，他一眼就看见了地板边缘那条缝，但缝比较小，没法用手抠起来，他从身上摸出了一把五六寸长的刀子，一按弹簧，从里面弹出薄而窄的刀刃。

他将刀刃插进缝里，利用刀尖撬着下面的地板，慢慢地掌握着力度，便将那块地板给撬了起来，看见了地板下面放着的一架铝合金梯子！

他踩着梯子往下，并将手电照向这隐秘的另一个空间。

里面乱七八糟一团，但有一张床。

“看来，他是藏在这下面睡觉的。”

男子的手电光照到了那处灵位，看见了一张美丽女子的照片，他走近前，仔细地盯着那张照片，眉头慢慢地皱起，似觉很熟悉。他又打开了灵位前的那个小木箱，打开看时，不禁吓得手一抖，里面竟然装着一箱白骨，而且他一眼就能认出那些白骨是人体的不同部位！

“他干吗将一具人的尸骨装在木箱里供着？尸骨应该就是照片上这个女孩吧，她到底是谁？”

男子的眼睛突然睁大，不禁惊讶道：“是她？她果然是遇害了，难道是他杀的？他怎么会杀了她呢？”

男子觉得手电光似乎照亮不够，看见了灵位前的蜡烛，当即从身上摸出打火机，正准备把蜡烛点燃的时候，他突然想起什么，又放弃了。一个有经验的杀手，应该会记得自己的蜡烛燃烧到什么状态，如果点燃蜡烛，是很容易被看出破绽的。

他继续打着手电观察着这间隐秘的地下室，看见了那木桩上到处风干的血迹，看到了碎在地上的砖头，最后，他把目光落在那张木板搭成的床旁边，一个立着的老式衣柜。

他上前去打开衣柜，里面挂着几件衣服，有一件风衣，一件雨衣，两件劳保服，还有叠着的几件衬衣。而最醒目的则是里面堆着的一叠书。

他拿起那些书籍看了看，是一些关于刑侦侦破方面的书籍，还有一些介绍特工技巧、高科技追踪技术等。

“看来，他还挺用心的。”男子阴阳怪气地说了声。

突然，目光在不经意地游动间，他发现衣柜里两件挂着的衣服之间还挂了个什么东西，被衣服遮挡住了只露出一点边角。他将衣服扒开，立马看见那是一个极为诡异狰狞的面具，吓了他一跳！

那是一张女人的面具，双眼泛白，看起来像个盲人，两眼角有两道泪痕，看起来更显诡异。细看时，嘴角还有一粒小黑痣。

这张脸也似有些熟悉的影子？

他将电筒光照向灵位上的那张照片，面具和那个女孩的脸型很像，嘴角都有一粒小黑痣。那么，这张面具就是那个女孩的像吗？可是，为什么这张面具会是个盲女呢？眼角的两道泪痕又是什么意思？

“吴瞎子啊，吴瞎子，你果然有很多事瞒着我，你要知道，不听我的话，我轻轻动下手指，都能将你挫骨扬灰，你是活够了吗？

“然而，他和杀秦疤子妻女的面具人又是什么关系呢？不会就是他干的吧？不可能，当时我告诉他凶手戴着一张盲女面具，他的停顿，明显是感到很意外。如果就是他本人的话，他的反应不会那么明显。这种反应只能说明，这个情况对他来说很突然，因为居然是一个和他戴着同样面具的人杀了秦疤子的妻女。那么，这个凶手和他到底是什么关系呢？

“难道……”

突然，男子的脸猛地颤动了一下，他猛然意识到：

“肯定是了，当年，白小纯改口自愿，秦疤子、蒋门神和周少安三人被无罪释放。他们三人都说没有做过什么，认为只是白家害怕他们，所以选择了改口，免遭报复。然而，白家既然选择报警，就是经过了深思熟虑才做的决定，不可能又无缘无故地改口。白家肯定是遭到了某种报复或威胁，而蒋门神和秦疤子都不知情，周少安那时候还是一个小混混，想做也没能力。唯一能做这件事的人，就只有周国昌了。这个戴着企业家面具的恶棍，背地里什么事都干得出来，他绝不可能让自己的儿子年纪轻轻就背上一个强奸犯的罪名，所以，他神不知鬼不觉地对白家采取了报复和威胁，导致了白小纯的自杀和多年以后针对蒋门神、周少安和秦疤子的这场复仇，而这个复仇的人戴了一个特别诡异的面具，不是无缘无故的，应该就是当年对白家动手的人戴了一个这样的面具，这个复仇者是想用这个面具来找当年的凶手，而这个凶手就是——吴瞎子！

“既然当年对白家出手的人是吴瞎子，那也就是说——他是周国昌的人！

“也就是说，吴瞎子是周国昌安插在我身边的，卧底！”

男子脸上的肌肉抽动了下，眼神之间一股杀气爆发，他看了看这间黑暗的地下室，杀气又慢慢地收敛，变得阴鸷。

“很好，你们喜欢玩，赵爷我就好好地陪你们玩！”

男子转身欲走，又突地想起什么，拿出手机来，对着那墙上的女子画像及灵位，尤其是衣柜里的那个盲女面具，都拍了下来，然后才转身离开，将洗浴间的防滑垫遮掩上去，都恢复原貌，才出了屋子。

此时的理发师傅，正在西河市区的万盛商场里，从储物柜的下边拿出一张周国昌留在那里的纸条，那是存放东西的条形码。

理发师傅扫了扫储物柜的条形码，储物柜的一个暗格便打开了门，里面放着两个无线摄像头。理发师傅把摄像头拿出来，放在理发箱里装好，先回了大坪山，找了一个能够监视到孤坟的隐蔽位置，将无线摄像头装好，然后在手机上进行了调试连接。

办妥之后，他又回到西河，去了西河庙，找了一个能够监视到西河庙的隐蔽位置把无线摄像头装好。

“小子，来吧，爷爷的剃刀欢迎你。”理发师傅的嘴角露出了一个诡异的笑，回到了他那间位于小巷深处的房子。

打开门，他正要抬腿进屋时，那只脚突然停住，然后退了回来。

他的目光落在地上，然后慢慢地弯下腰。

靠近门口的地面上，有一层薄薄的白色粉末，而白色粉末中间，刚好留了一个脚印。

白色粉末是面粉。他特地在进门的一米范围撒上很薄的不易觉察的面粉，只要有任何人趁他不在的时候闯进来，他都会知道。这是他的一种防卫习惯。

他的神情一下子警惕起来，反手轻轻地将门关上，然后从理发箱里拿出了剃刀，蹑手蹑脚地走进里屋。那一双耳朵和眼睛保持着一种箭在弦上的警惕。

本已傍晚，加上窗帘都关着，屋里更是黑得伸手不见五指。

理发师傅没有开灯，也没有用手电，他对屋子有着了如指掌般的熟悉，他摸到了卫生间门口，把耳朵贴在那里，很安静，连掉一根针在地上的声音都能听见。

他还是保持着警惕，轻轻地将门打开，进了里面，再从理发箱里拿出了微型手电，照向洗浴间的位置，那里遮挡完好。

若是有人在下面，那里不可能完好的。

看来，这屋里是没有人了。

理发师傅开了屋里的灯，发现了他的床单上出现了一块色差，那色差是因为有人把上面的灰尘抹掉了。

这床他常年不睡，但会在换季的时候换下被子和毯子，让人看不出异样。所以，一个夏天过去，上面会有一层很薄而且均匀的灰尘，只要有人碰了，灰尘就会变得残缺。

看来，进来的人知道他没有在床上睡觉。

理发师傅拿了铁钩，回到卫生间，从洗浴的隔间下到了地下室，用手电光照了照铝合金梯子的附近。

他同样在那附近撒了一些面粉，以辨别会不会有人进到这里面来。

果然，他又发现了脚印。

图样和门口的鞋印是一致的！

理发师傅点燃了地下室的蜡烛，看了一眼地下室，东西都还是原样摆放着，没有动过的痕迹。

是谁？

理发师傅的脑子里冒出了一个问号。

显然，这个人不可能是小偷。拥有高超的开锁技术，不可能来偷他这种老房子，即便会，在进屋后看到他屋子里的旧东西也会放弃了，不会找到地下室来。

而且地下室伪装得那么隐蔽，也不是寻常小偷能找得到的。

来这里的人，应该本来就有目的的，是冲着他来的。

然而，是谁呢?

知道他住在这里的只有两个人，一个是赵良臣，一个是周国昌。

从开锁进门，发现床单灰尘而猜疑他另有睡处，找到地下室这种本事来看，两人也是难分高下。

周国昌曾干过侦察兵，赵良臣干过刑警，两人都有相当的侦查和反侦查能力。

他本受周国昌之命在赵良臣身边卧底，也一直帮赵良臣做事，且从没出过纰漏，两人都没理由怀疑他而悄悄潜入他的窝里来查他的底。

难道是哪里出现了什么问题吗?

他不断地回想这两天与两人之间通话的某些细节，突然，他的脑子里一个激灵。

他想起了赵良臣告诉他那个杀秦疤子妻女的凶手戴着一副盲女面具时他的反应略有停顿。虽然他当时找了一个理由，赵良臣并没有追问，但并不意味着赵良臣不怀疑。怀疑是警察的天性，赵良臣更是老刑警，肯定会抓住那些细微的东西进行分析。

所以，会是赵良臣吗?他看到了放在衣柜里的盲女面具会怎么想?

理发师傅的面部肌肉抽动了下。地下室是他心中的秘密，那是任何人都不能涉足的，谁涉足此地，就得死!

理发师傅觉得，他还是得先证明一下，闯进这里的人到底是不是赵良臣。

当下，他拿出了电话，打给了赵良臣。

“喂，查到什么消息了吗?”那边传来赵良臣波澜不惊的声音。

“是的，我查到了凶手是谁。”理发师傅说。

“是谁？”赵良臣的声音顿时提高了些。

理发师傅说：“里面盘根错节的东西太多了，三言两语说不清楚，我还找到了一些证据，我觉得我们找个地方见面说可能方便些。”

“可以，你说个地方吧。”赵良臣说。

本来，他想让对方到西江楼的，想想忍住了，看对方会选个什么地方。

理发师傅说：“拐子湾吧，你把车子停那里，我就能看见了。”

“行，我在那里等你。”赵良臣说罢，便挂掉了电话。

他陷入了沉思。

近十年来，他和吴瞎子几乎都是一年见一次面，但从不是有什么事见面，有事都是通过电话交代。见这一面是因为年底了，两个人找地方聚一下，喝几杯，算是增进一下感情，就跟一个公司的领导和员工开年会一样。怎么说干的也是刀口舔血的事，一根绳子上的蚂蚱，一年都不见次面，谁知道对方会变成什么样呢？见个面，可能会增加信任。

然而，这一次，吴瞎子却约他见面，还约在拐子湾！吴瞎子，他想干什么？

拐子湾在西河的最下游，出西河市区约一公里的地方，原来是一条往邻县的国道，后来因为修了一条往邻县的高速隧道，这条路况很差的国道基本上就成了一条废道。

那个地方，除了夏天有些去游泳的，或者冬天的偷猎者，基本上没什么人去。

那里确实是个谈事的好地方，但也是危险之地。

赵良臣下午才潜入吴瞎子的地下室，晚上吴瞎子就打了这个电话来，使得这次见面更不寻常。

“你的侦查和杀人经验都是我教的，我还会怕你吗？”赵良臣喃喃着，弯下腰，打开办公桌下方的屉门，再将手伸到里面去按了一个钮，“咔”地响了声，里面又露出了一个暗格。

他从暗格里拿出了一把仿军用手枪，在身上藏好，又从里面拿出了一把连柄带鞘将近一尺的短刀。他将刀从刀鞘里抽出来，顿时寒光一闪，刀背如剑齿龙之脊，刀锋一片漆黑，黑中透着一丝隐隐的寒光，他将刀插入刀鞘，扣在了右小腿的位置。

裤子放下去，刀就看不见了。

拐子湾前后都是那种并不算高大，类似丘陵的山。在拐弯处能看见西河城，转过弯，满目都是荒山了。

赵良臣把他的路虎车停在了弯背面，周围的林子里不时传来几声动物的鸣叫，或是风吹过树枝荒草的沙沙声。

车灯光照到前面的河水，河水如镜。

赵良臣把车灯熄了，四周立刻变得一片黑暗，他从风衣里抽出了一根雪茄点燃，思绪随着那雪茄的烟雾飘向远方。

那是一条不归路，他在想，要不要先下手为强，把吴瞎子给干掉。

不管吴瞎子此番约他，是不是发现了什么不对劲，对他有什么算计，至少有一点他是已经确定的，吴瞎子并非一直为他所用，而是周国昌放在他身边的一个卧底。

当他以为自己养了一个顶级杀手，掌控着蒋门神和秦疤子，是西河江湖背后真正的大佬时，周国昌却通过一个卧底，把他掌控在了手中。

他有那么多的秘密，竟然都为周国昌所知，如果周国昌出手的话他则必死无疑，毫无挣扎的余地。就好似周国昌的双手已经放在他的咽喉之上，要不要毁了他，全在周国昌的一念之间。

当他对周国昌还有某些价值时，周国昌就会让他活着。某天，因为某种利益冲突，他对周国昌形成威胁，周国昌动动手指，他就得死于非命。可悲的是，他还一直那么自信，以为在西河，他就像阎王一样，手握一把锋利的刀，想要谁三更死，谁就活不过五更，周国昌亦是他手中的一颗棋子，结果，到头来他才是真正的傀儡。

然而，问题是他若杀了吴瞎子，也就在间接地告诉周国昌，他发现了问题，可能会迫使周国昌对他出手！

两个人目前还在一条船上，有一些共同利益，还没有到撕破脸互相残杀的地步。他在周国昌矿业里的股份，目前仍是他的最大收益点。

只是，想到周国昌跟他玩了这招阴的，他心里就特别窝火，有一口恶气咽不下去。而他又不得不佩服，周国昌才真的是老奸巨猾，平日里看起来那么和善的一个人，背后却吃人不吐骨头。

可他还是想不明白。他还在干刑警时，吴瞎子就是他的线人，也没人知道他和吴瞎子之间的关系，甚至没人知道他和吴瞎子认识，那么，周国昌是什么时候将吴瞎子收为已用的呢？

时间肯定很早。

因为白小纯事件，吴瞎子就已经戴上面具替周国昌执行秘密指令了。那个时候，吴瞎子才刚成为他的线人不久。也就是说，吴瞎子在成为他的线人之前，就已经是周国昌的人了。

那么吴瞎子到底是因为偶然成为他的线人，还是周国昌精心安排的呢？

当年，他去一家茶楼和周国昌谈煤矿的股权时，当他的车开到茶楼下面时，就看见吴瞎子把一个男的打得跪在地上，旁边围了一圈的人，出于警察的职业习惯，他当即上前过问，才知跪着的那男子是扒手，偷吴瞎子的钱被吴瞎子抓住了。

他问吴瞎子是怎么抓到扒手的。吴瞎子说，男子朝他迎面走来，他发现男子的目光看向他腿部裤兜的位置，应该在观察他的钱包是放在前面还是后面，擦肩而过的时候，他果然感觉屁股后面的袋子微微地动了下，于是迅速转身，男子正往身上藏扒到手的钱包，就被他抓住了。

赵良臣觉得，吴瞎子是个难得的人才。那时候的吴瞎子还年轻，眼睛视力也还好，身材高大挺拔，看起来一表人才。于是他留了吴瞎子的联系方式，后面约他见面做了了解，才知道吴瞎子本来是一位替身武打演员，在沿海打拼了两年，觉得没什么出路，就回来了，目前待业。

有一身本事，还有演技，简直完美。赵良臣当即便说了可以给吴瞎子一份好的工作，干得好的话，还可以被正式聘用。

吴瞎子问干什么。

他说了两个字：线人。

吴瞎子知道线人是干什么的，就是隐藏在普通的人群里，尤其是要接近那些有可能违法犯罪的人，向警方提供情报。

吴瞎子觉得那很危险，不愿意干。

赵良臣说并没有电视上看到的那些危险，罪犯都是老鼠，是不敢和警察斗的，再大的大哥，都不敢跟警察作对。再说了，这世界做什么没有点危险呢，在工地上干活还可能从楼上摔下来，做演员拍戏也可能被烟火爆破烧到，走在马路上都可能被车撞，生活哪里没点危险呢？

最终，赵良臣用他的三寸不烂之舌说服了吴瞎子，让吴瞎子成了他的线人。再后来，他亲自传授吴瞎子一些关于刑侦的经验，让吴瞎子变得更有能力，成为一个更好的线人。

现在想来，他在赴周国昌之约时遇到吴瞎子，也许根本就是周国昌的故意安排，而吴瞎子也本来就有许多深不可测的本事，只是奉周国昌之命，在他面前扮猪吃虎而已。

千算万算，原来他才是被算计的那个。

“咳咳。”

突然传来两声轻咳。

赵良臣一下子回过神来，打开了车灯。

灯光投射向前面，看见一个佝偻的身影正拐过弯，往这边走来。不用看脸，从肩头斜挎的理发箱就知道来人是谁了。

或是那光太强，吴瞎子用一只手挡了挡眼睛，然后站在那里不动了。

赵良臣按了两下喇叭，意思是让吴瞎子过来。

这样，吴瞎子在明处，他可以仔细地观察吴瞎子，并占据主动。

吴瞎子又向车子这边走了过来。

赵良臣似乎没发现吴瞎子有什么异动，一切都很正常，他将副驾的车门打开。

吴瞎子上了车，在副驾上坐定。

这个过程赵良臣的一只手就放在风衣里，手握枪柄，一根手指搭在扳机上，只要吴瞎子有半点轻举妄动，他能以最快的速度将吴瞎子射杀。

但吴瞎子没有任何举动，双手都垂在外边，没有动手的某种准备。

赵良臣的神经似乎略松了一些。

“你发现什么线索了？”赵良臣问。

“我发现了周少安的人头，还有蒋门神失踪的老婆和儿子。”吴瞎子说这话的时候，他那血红色的眼睛看着赵良臣的脚。

没错，就是他。

赵良臣的脚上穿着一双崭新的尖头皮鞋，那鞋尖特别尖而且硬，跟吴瞎子在地板的面粉上发现的鞋子形状完全吻合。

长短和宽窄，吴瞎子只看一眼就心中有数。因为他天生对尺寸很敏感，小时候他老爸是木工，他喜欢拿着卷尺玩，在十米之内，他的判断和卷尺如出一辙。

而赵良臣以为吴瞎子的刑侦经验都是他教的，所以没太把他放在心上，却不知吴瞎子的本事远超乎他想象。在这十年里，吴瞎子一直都在研究如何完美犯罪，让警察也束手无策。

那一刻，吴瞎子的心里一股杀机暴起，抬起那狠厉的目光，想割断赵良臣的喉管。

不过在与赵良臣的目光对视时，他看到了赵良臣眼里射过来的锋芒，在一瞬间意识到了什么。

赵良臣既已进了他的地下室，判断出他和周国昌的关系，还敢单刀赴会来这里见他，肯定是早有准备的，他想此时杀掉赵良臣，恐怕不是件容易的事情。

而且他是奉周国昌之命在赵良臣身边卧底，杀不杀赵良臣，他应该征求周国昌的意思，不能擅自把人杀了，坏了周国昌的事。

想到这里，吴瞎子的杀机又消退下去，装着什么事也没发生与赵良臣说此次他去大坪村的惊人发现。

但他隐瞒了在石碑上留字引白小虎出洞，并在大坪和西河庙都安装了无线摄像头的事。

吴瞎子说："所以，现在我们要做的就是找到白小虎了。"

"这交给我好了。"赵良臣说，"只要他在西河，就算他藏到老鼠洞里，我也能把他揪出来！"

吴瞎子点头道："那行，老板你这里有消息了通知我，我出马去解决他，那我先走了。"

赵良臣说："行，有消息我再联系你。"

吴瞎子下车。

赵良臣开车一溜烟地离开了。

吴瞎子站在那里，见车已经远去才拿出电话打给周国昌，说赵良臣下午潜入了他的屋子，发现了他的一些秘密，可能已经知道他是周国昌派在赵良臣身边的卧底。

"不会吧，你我之间只有电话联系，而且是单线联系，除此之外，没有任何交集和证据，他怎么会知道？"周国昌问。

吴瞎子说："其实，杀秦疤子老婆女儿的那个凶手之所以戴着面具，就是冲着我来的，因为当年我潜入白家，就是戴了那样一个面具。然后，赵良臣在打电话告诉我那个凶手的特征时，我当时的本能反应有些意外，被赵良臣察觉了，所以他潜入了我的屋子，发现了那个面具，猜测到当年白家的事是我干的。而秦疤子和蒋门神都没有对白家做过什么，那最可能的就是老板你了。赵良臣是只老狐狸，蛛丝马迹都瞒不过他。"

"你怎么知道是他潜入你的屋子，发现你的秘密了？"周国昌问。

吴瞎子说："我在我的屋里发现了脚印，知道我住处的就只有老板你和赵良臣，我怀疑是他，故意说有事要和他面谈，看见了他穿的鞋子和留在我屋里的鞋印一致。所以现在我就问老板你的意思，要不要做了他！”

“做了他？”周国昌说，“赵良臣可不是那么好做的，他曾经在陆军特种侦察部队服役，又干了十年刑警，是当时西河刑警中的翘楚，此人老辣得很。”

吴瞎子说：“不管他是什么厉害的人，只要我想杀他，他就逃不掉。”

“先别急。”周国昌说，“他既已推断出你和我的关系，但没有说穿，也没有采取行动，他大概也明白，目前和我在一条船上，撕破了脸对谁都不好。有时候难得糊涂才是立足之道，先都装着糊涂吧，有必要做掉他的时候，我会告诉你的。”

“行，我等老板电话。”吴瞎子说着，挂了电话，看着远处星星点点的城市，心里那股杀人的冲动暗自汹涌着。

他把牙齿都快咬碎了。

无论如何，他一定要杀死赵良臣，敢私入他的领地者，必死无疑！

第十四章　黄雀在后

赵良臣开车回了西河城。

突然，他在一处路边停下了车，他觉得有些什么不对。

吴瞎子说在大坪发现了周少安的人头和蒋门神妻儿的尸体，那他肯定告诉周国昌了吧，周国昌没想什么办法来对付白小虎吗？

报警？

这是找到白小虎，并将白小虎送上断头台最省力而且有效的办法，警方天网比这世界任何的东西都要更容易找出白小虎。但周国昌不会选择报警，因为一旦报警，吴瞎子就得死，当年他授意吴瞎子对白家犯下的罪行也必会暴露在光天化日之下。

所以周国昌肯定是想私下里找到白小虎，让吴瞎子把白小虎干掉。那么，吴瞎子通过什么办法来找白小虎呢？

通过他赵良臣把白小虎找出来吗？

不可能。

他赵良臣跟白小虎其实什么关系也没有，当年的事也跟他赵良臣无关，白小虎回来，是想报复蒋门神、秦疤子、周少安和那个面具人，也就是吴瞎子，当然，还有吴瞎子背后的人——周国昌。

周国昌和吴瞎子也应该明白这一点，他赵良臣既然已经看穿了吴瞎子和周国昌之间的关系，就不可能再那么尽心尽力地帮他们找白小虎，他们还得靠自己。那他们会怎么做?

吴瞎子说，在大坪白小纯的坟前发现周少安的人头和蒋门神妻儿的尸体，也就是说白小虎杀了人就会去白小纯的坟前祭拜，那么，找到白小虎的最好办法是什么?

守株待兔!

也就是说，吴瞎子在见他之后，很可能再回大坪去等白小虎现身。

赵良臣脸上露出了得意的笑容。

他想起了很阴损的一招——螳螂捕蝉，黄雀在后。

其实，刚才在拐子湾的时候，他就很想出手杀了吴瞎子，但担心吴瞎子有所准备，而且想到吴瞎子来之前，可能和周国昌说过了，如果吴瞎子死在拐子湾，周国昌立马就知道是他，他忍了。

如果吴瞎子死在大坪，周国昌只能想到是白小虎，而不会想到是他赵良臣，他一定要把吴瞎子这颗埋在身边的定时炸弹解决掉。而且，这件事只能他亲自动手，凭吴瞎子的本事，无论是蒋门神的手下，还是秦疤子的手下，都非其敌，只有他亲自出马，才有胜算。

赵良臣先回了趟西江楼，从办公桌里拿出了四副无线摄像头。

他要在大坪白小纯坟的四周都装上无线摄像头，24 小时无死角地盯着那里，吴瞎子只要在那里蹲守白小虎，他就可以有一万种办法把吴瞎子神不知鬼不觉地杀死。

明枪易躲，暗箭难防。吴瞎子道行再高，这次怕是要栽了。

“跟老子斗，你还嫩了点!”

赵良臣出了西江楼，驱车直奔大坪而来。

他对大坪这里不陌生。多年前，他到这里办过案。前不久，警察在大坪山发现了四眼和冯香香的尸体，他从警方朋友那里得知消息后，打电话让秦疤子的人赶紧躲，所以，他对这个地方的印象很深。

乡下的夜黑得伸手不见五指，而且安静。

安静得能听到风吹过树林的沙沙声，还有一些不知名的虫鸣。

赵良臣把车子停在了大坪山那段公路的尽头，往上再步行几百米就是大坪了。

夜里看不见路，赵良臣带了电筒，只身往大坪而来。

然而，当他即将要爬到大坪，从手电光的前面，已经看到那一片荒草坪的时候，他并没有急着上去，而是关了电筒，站在那里查探周围的动静。

这是一处危险之地。

几条人命在这里，谁也不知道这里什么时候会再多一条或几条人命。

吴瞎子肯定不会比他先到，但白小虎会不会就难说了，或有没有其他可能，还是小心为上。

赵良臣将一双耳朵都竖了起来，如老鼠一般听着周围的动静，目光如鹰掠过前面的荒野。突然，他看见了前面的黑暗之中有一点红光。

那红光悬在离地四五米的地方，他努力地多看了会儿之后，眼睛慢慢地习惯了黑暗，能看得见一些模糊的影子，那里是一棵树，红光悬在树上。

无线摄像头！

那红光是摄像头的红外线，作为一名资深刑警，赵良臣对监控探头这类东西简直熟得不能再熟。他知道，监控探头在能见度很低的时候，就会发出红外线，使监控区域尽可能地清晰可见。

原来，吴瞎子并非在这里蹲着等白小虎，而是也打算利用监控探头盯着这里，然后再见机行事。

然而，这样的话，吴瞎子即便能从监控视频里看见白小虎出现，他还能来得及从西河赶过来动手吗？只是为了看看白小虎的样子？而白小虎来这里多是晚上，而且戴着面具，他又能看得出什么？

“吴瞎子，我先陪你玩玩吧。”赵良臣暗自冷笑一声，当即从侧边绕到了那处无线摄像头的后面，然后敏捷地爬到树上，将那枚经过吴瞎子精心伪装过的无线摄像头取在手里，下了树后，直接用石头砸了个稀碎。

正在房子里看着监控发呆的吴瞎子突然发现监控画面晃动起来，紧接着，画面被一只手挡住，然后变得一片漆黑。

白小虎！

吴瞎子激动得一个翻身就从床上跳了起来，三两下套上衣服，并从衣柜里拿出面具，转身就出了地下室，给停在堂屋角落里的一辆摩托车套上了一些伪装之后，他匆忙地骑出了门。

赵良臣将吴瞎子的监控探头毁了之后，便无所顾忌了，他判断了下刚才吴瞎子监控探头所监视的方向，推测白小纯的坟肯定就在那个方向，当即把电筒光往那边照了过去。

果然，在那个方向几十米的距离，有一座孤坟。

赵良臣打着电筒往那边走去，站在坟前，手电光落在石碑上的时候，他先是看见了关于白小纯的碑刻，然后在旁边发现了那几个本不属于墓碑的字。

想找我，霜降子时，西河庙见。落款：面具人！

赵良臣一眼就看得出来，这一行字是新刻的，而且不是用石匠那种钢钎刻画的，而是用比较锋利的刀子，深度明显不够，线条也很细，刚好能认得出字来。

显然，这字是吴瞎子留给白小虎的。

果然，吴瞎子就是真正的面具人，那个杀了秦疤子妻女的面具人，只是为了用那个面具来告诉当年的面具人，他回来了，而引真正的面具人上钩！

而现在，吴瞎子在石碑上留字，是想反引对方上钩。

如此看来，吴瞎子肯定在西河庙做了布置，白小虎若是前往西河庙，必入吴瞎子所布的杀局。隐忍多年的白小虎如今发现了面具人的线索，即使他明知西河庙是陷阱，也定会前往，因为那是他唯一能找出面具人的机会。

作为一名干过十年刑警的高手，赵良臣深刻地知道，有时候计谋比人本身的力量更可怕。所谓用兵如神，胜雄师百万。

白小虎再厉害，他在明处，只要前往西河庙，肯定会中吴瞎子的计。

不行，吴瞎子必须死！

一代枭雄的赵良臣，发现被吴瞎子和周国昌联手愚弄之后，也意识到了自己骑虎难下，他必须用一种不留痕迹的办法把吴瞎子杀死。

不然，他的下半生是睡不好觉的。

突然之间，赵良臣的脑子里冒出了一个计谋来。

借刀杀人！

他要借白小虎的刀来杀吴瞎子，甚至杀周国昌，坐收渔人之利！

然而，要怎么样才能用好白小虎这把刀呢？

赵良臣在那里冥思苦想，突然脑子一亮。

他下了山，开着车直往大坪村七组而来，把车停在了村外，然后步行进村，来到了一处土墙瓦房前。

吴瞎子跟他说过，全村人也就只有白大富家穷困潦倒，还住着早些年盖的土墙房。

白大富家的门也不是城里那种高大上的防盗门，而是两扇木门，在里面插门闩的那种。

赵良臣从小腿上抽出短刀，从门缝里插进去，一点一点地将门闩拨开。

此时的屋里面，白大富和老婆都在熟睡之中。

农村没有城里那么喧嚣，没有那么丰富的夜生活，天一黑万籁俱寂，都睡得比较早。

赵良臣进屋之后听到了微微的鼾声。

他直接走向卧室，把手电光照向床上熟睡的白大富夫妇。

也许是睡得不够熟，也许是手电光太强，在赵良臣的手电光照过去的时候，白大富竟然睁开了眼睛。

“哪个？”白大富的身子突然一个激灵。

“不要动，慢慢地听我说，否则会出人命的。”赵良臣压低声音说，手电光依旧照着对方。

“你是哪个，要干什么？”白大富想看拿手电的人，可手电光始终追着他的眼睛，让他没法睁开眼。

“再乱动的话，别怪我杀人！”赵良臣的声音里冒出一丝狠意。

“我们家里什么都没有了，不信你自己搜。”白大富老婆也醒了，吓得把白大富抱紧，哆嗦着说。

赵良臣说：“我不是来打劫，是来帮你们忙的，不要怕。”

“帮我们忙？”白大富问，“什么忙？”

赵良臣说：“救你们儿子。”

“救我们儿子？”白大富问，“小虎怎么了？”

赵良臣说：“有人要杀他。”

“有人要杀他？”白大富问，“谁啊？”

“一个戴着盲女面具的人！”赵良臣说。

“面具人？”白大富的声音都带着颤抖，“他在哪里？”

赵良臣说：“这我就不能告诉你了，我只想知道，你希望他杀了你儿子吗？”

“当然不希望了。”白大富突然充满了怀疑和戒心，“你到底是谁，你怎么知道面具人，你怎么知道他要杀小虎？”

“知道得多了对你没好处。”赵良臣说，“你只要回答我的问题就行了，当年，你女儿白小纯被蒋门神、秦疤子和周少安三人轮奸，你们报了警，后来又改口说是自愿，是不是有一个戴着盲女面具的人对你们做了什么？”

白大富的神情愈加激动，身子带动被子都在颤抖着，他老婆也把瑟瑟发抖的身子往他怀里凑，想靠他更紧一些。显然她没想到，当年那个身体健全的男人尚且无法保护得了她，何况现在他已残废。

“我提醒你们一下，我没那么多时间和你们磨叽，问你们什么就赶紧答。”赵良臣加重了几分声音提醒。

“是……是的，那是个魔鬼，该杀千刀、天打雷劈的魔鬼……”

“说说他对你们做了什么吧。”赵良臣说。

“做……做……做……”白大富的记忆重回当年，那种痛苦就像是一头猛兽在凶残地撕扯他的心一般，他难以启齿。

赵良臣说：“有些事放在心里，就像是一座坟墓，经年累月没人理，长满了荒草，看不出是座坟，可它还是座坟。逃避是没有用的，该了结的，还得了结。说吧，说出来，你会好受些。那个魔鬼，到底做了什么？用什么威胁的手段让你们最终妥协？记住，为了你的儿子，最好说实话。”

“那个魔鬼，他深夜来，又玷污了小纯，和……和我老婆，还打伤了我，然后把小虎作为人质带走，我们要不改口供，就会家破人亡……”白大富双手抱头，痛苦之情难以言状。

“所以，白小纯在改口供后自杀了，白小虎心中愤愤不平离家出走，发誓报仇，是吧？”赵良臣问。

“嗯，是的。”白大富说，“小虎觉得他姐死得冤枉，提着刀要我跟他一起去报仇，我知道我们根本不是那些恶棍的对手，去的话只是送死，没有答应他，他就离家出走了，他说总有一天会报了这个仇，我以为他只是一时冲动，没想到，他一走，就再也没有回来……”

“他回来了，杀了蒋门神的老婆儿子，杀了周少安，嫁祸蒋门神，把蒋门神送进了牢里，还杀了秦疤子的老婆女儿……”赵良臣说，“他的确是个人才，说到做到。”

“你……你说什么？”白大富的眼睛陡地睁大，“小虎回来报仇了，杀……杀了人？”

赵良臣说：“是的，他杀秦疤子老婆女儿的时候，故意在监控前停留，戴着一个盲女的面具。不过，当年潜入你家的面具人已经猜到是他，给他布下了陷阱，只等他跳进去，只要他跳进去，就必死无疑！”

“是吗？给他布……布了什么陷阱？”白大富急问。

赵良臣说：“白小虎虽然这么多年都没有回家，但他会去一个地方，就是大坪山上白小纯的坟那里，他杀的周少安和蒋门神老婆儿子，都埋在了白小纯的坟前。那个面具人知道了，就在白小纯的碑上留了话，让白小虎去一个地方找他，然后他在那里布下了陷阱，等着白小虎去送死。白小虎知道那是个陷阱，但他一直在找面具人，所以，他还是会去，而去就会死！”

“那……那怎么办？”白大富越发地慌乱，六神无主地问。

赵良臣说：“如果你们能按照我说的做，就可以救他，不但可以救他，还可以杀了那个面具人，报仇雪恨。”

“要我们怎么做，朋友你说。”白大富如同抓住了救命的稻草一般。

虽然他也不知道这个藏身黑暗里的不速之客是不是可信，但他还是想知道，对方说得有没有道理。

赵良臣说：“从明天起，你们就一天24小时藏在大坪山上，在暗处看着白小纯的坟，等到白小虎出现，然后让他跟我联系，我会告诉他面具人是谁，怎么样可以找到面具人，就不用像没头苍蝇一样去跳对方的陷阱了。”

“真的吗？你知道那个面具人是谁？”白大富问。

“别问那么多了，我说个号码，你记下来，到时候给白小虎就行了。”赵良臣说着，开始说电话号码。

这个号码自然不是他的常用电话号码，而是一个从未用过的号码。

他手上有很多这样的号码。

在很早的时候，电话号码还没有被实名制的时候，无须凭身份证购买，他囤在手里，充了很多的话费，号码可以保持十几年，不会变成空号。

说完号码，赵良臣又叮嘱道：“你们记住了，那个面具人可能会在白小纯的坟周围装无线摄像头监视那里，你们无论谁在那里等白小虎，都得藏在远一点的林子里看着，不然，被那个面具人发现了，你们和白小虎都会死得很惨的！”

“嗯，知道，知道。”白大富连声应着。

“必须要有耐心，就算一个月不干活，也得等到他。”赵良臣说。

“嗯，我们会等的，会等的。”白大富说。

“祝你们好运吧。”赵良臣说完，转身就走，但才转身，又想起了什么，回头叮嘱，“记住了，除了白小虎外，今晚的事不能跟任何人说，若被那个面具人听到风声，你们会死得很惨！”

随着两扇木门关上的“吱嘎”声，赵良臣已离屋远去。

而就在他回到自己车上的时候，吴瞎子正骑着摩托车到大坪山下的那条支路尽头，将摩托车匆匆停好，飞步往大坪上跑去。

只差那么一分钟，赵良臣的车子就能和他相遇。

吴瞎子在一步步地接近大坪的时候，开始充满戒备，因为他也不确定白小虎在附近，还是走了。

周围一片寂静。

他慢慢地从荒地边缘冒出头，看向孤坟那边，透过黑暗，能从模糊的天光中看见伸向苍穹的树枝，但没有看见人。他又蛰伏着竖起耳朵来听了一会儿，还是没有任何动静。

看来，他还是来晚了一步，白小虎已经走了。

他这才上了大坪，去了安放无线摄像头的地方，看见了在地上已被砸得稀碎的摄像头。

这白小虎果然不是盏省油的灯，居然能在这深山老林之中，把他藏得这么隐蔽的无线摄像头给找了出来，他是怎么做到的呢？

不过他很快就想明白了为什么。

当夜间的能见度不够时，摄像头就会发出红外线，白小虎肯定是发现了摄像头的红外线光亮，从而找到摄像头的。如此看来，在这里放置无线摄像头也不可行了。

白小虎发现了第一次，第二次来的时候肯定会更加警惕，若是再放，肯定还是会被白小虎找出来。因为黑暗中的一点红光，实在是太容易被发现了。如果不用红外线的，晚上根本就拍不出什么。

看来，目前唯一能指望的就是霜降子时了。

白小虎肯定看见了石碑上的留字。

西河庙是旅游之地，白天人来人往，晚上亦有路灯照明，能见度高，摄像头就不会发射红外线，而且吴瞎子放摄像头的位置很隐蔽，在庙前的一片瓦中，谅白小虎也没法察觉。

剩下的，就只是等待和猎杀了。

吴瞎子觉得，一切都在掌握之中，血红的眼里突然有了光芒，嘴角露出一丝诡异的笑，转身离开。

第十五章　黑暗来临

时间过去了一天又一天。

李子豪站在办公室的窗前，看着车窗外的小巷里人流如织，脑子里始终在想着一个问题，那个神秘的凶手到底是谁。

监视着周子杰的秦山和钱良汇报说，周子杰很正常，每天会下床走走，在医院里转悠一下，话还是很少，周国昌夫妇每天都会来医院看望他，他的态度似乎比较冷淡，从没有出病房送过他们。

李子豪在通信公司调了周子杰的通话记录，也只有有限的几个人：周国昌夫妇，秦疤子，还有省城那边的一个女孩子，带周子杰的教授，以及他这个哥哥。

而周子杰和这些人的关系也都很正常。

但李子豪不能排除周子杰与那些案件无关，因为秦疤子家里发生凶案之后，凶犯肯定不会接着动手，应该会先蛰伏一段时间，再见机行事。

所以，这个时候周子杰没有动静什么也说明不了。

而且，暗中监视着秦疤子的白一龙和韩松也说，一切正常，他们二十四小时跟踪监控，都没有在秦疤子身边发现可疑人物。

如李子豪所料，那个凶手果然在作案之后选择了蛰伏，再出现，不知是什么时间了。

但李子豪也别无选择，目前看来，凶手最可能的目标就是秦疤子，无论如何都得把秦疤子看好，不管等多久，都得等。

他叮嘱白一龙和韩松，一定不能放松警惕，凶手并不会按常理出牌，不要被他钻了空子。为防万一，在白一龙和韩松的身上都有配枪，如有必要，两人都可开枪，但必须尽最大可能留活口。

李子豪点燃了一支烟。

才刚点燃，电话就响了起来。

他一看号码，是周子杰打来的，便接了电话："子杰，有事吗？"

"哦，我腿上的伤拆线了，今天出院，晚上一起吃个饭吧。"周子杰说。

"可以啊，今天出院吗？"李子豪说，"那我来接你。"

周子杰说："接就不用了吧，他们昨天都说了来接，刚才打电话说已经在路上了。"

李子豪知道周子杰说的他们是谁。

"那行，晚饭见吧，你想吃什么？炒菜还是火锅？"李子豪问。

周子杰说："我都可以。"

"那行，我找好地方后把位置发给你。"李子豪说。

挂断电话，周子杰的眼神还盯在通话记录的"哥"字上收不回来。

这几天，那两个装成医院保安的人瞒不过他的眼睛，他知道他们是刑警，在监视着他，以至他绞杀基因的病情发作，身边没有药了，他难受得想要像野兽一般将旁边的病人给撕咬掉，却只能蒙着头藏在被子里，用毅力去抵抗那种痛苦。他尽量去想曾经那些美好的东西，温暖的童年，父母还在，是那么宠他，那个家也很完整；还有那些和他一起玩得天黑不知归去的伙伴；陪伴和鼓励他，给了他人生唯一一次爱情的小纯；还有这些年始终关心保护着他的哥哥。

这些就像黑暗中的点点星光，点缀和照亮他黑暗的命运。

他曾希冀着，那些星光能永远地陪着他前行，然而在残忍的命运里，那些美丽的星光却一点点地熄灭了。

哥哥已是他在这世界最后的光亮，却也站到了他的对立面。在哥哥的心里，他不再是那个值得保护和疼爱的弟弟，而是一个被怀疑的凶犯。

兄弟之间，难道只是一场情深缘浅，终究要有一场了断？

眼泪无声地滴落，在他瘦削的脸庞上划下长长的痕迹。他暗自发誓，一定要用更高明而完美的手段完成最后的复仇，绝不能有半点破绽，绝不能让哥哥发现他是凶手。

杀了秦疤子，找到面具人，替小纯报仇之后，他就收手，当从前的一切都没发生过，所有的痛苦和秘密都藏在心里，他会在哥哥眼里幸福地活着。

周国昌夫妇一起来接周子杰出院。

因为已经暗中查证，周少安应该是那个消失多年的白小虎所杀，跟周子杰没有关系，所以，周国昌对周子杰的戒心也没了，夫妇俩对他嘘寒问暖地关心，说晚上喊一些亲戚吃顿饭，为他压压惊。

周子杰说，晚饭已经跟哥哥约了。

“子豪吗？”周国昌一愣，马上笑着说，“那正好，一起嘛，我来喊他，他对你那么关心和照顾，我们得好好感谢他。”

“算了吧，他是警察，也不喜欢和那些不熟悉的人一起吃饭。”周子杰说。

周国昌说：“那我就先不喊那些亲戚了，就我们一家人吧，都是自己人。”

周子杰没再说什么。

他知道周国昌在打什么主意，那也是他想要的。

把周子杰接回家之后，周国昌就给李子豪打了电话，说子杰出院了，约他晚上一起吃个饭。

李子豪说：“可以的，我先前才和子杰打电话约了，说找到地方就跟他说的呢，那就一起吧。”

周国昌说：“地方我来找，你人能来就很好了。”

“可以，那就麻烦叔叔了。”李子豪还是保持着表面的客气。

“应该的，应该的，哦，对了，有件事还得麻烦你一下。”周国昌突然换了话题。

李子豪问："什么事？"

周国昌说："这不，还是之前跟你提过的，因为少安出事，我们希望子杰能留下来，慢慢接手周家的一些生意，这一切早晚都是他的，他得早点学会才行，可他始终不愿松口，只能拜托子豪你帮忙劝劝了。"

"这事吗？"李子豪说，"行，晚上吃饭时，我再跟他好好谈谈吧。"

"好的，那就谢谢你了。"周国昌说，"无论如何，子豪你一定要帮忙劝他留下来，不然，他老是一个人在外面我们也不放心，在西河的话，就算我们老两口有一天走了，你在西河，他也有个依靠，而且事业什么的都是现成的。"

"叔叔放心吧，我会好好劝他的。"李子豪说。

周国昌又千恩万谢地挂掉了电话。

李子豪不由得叹息一声，他想起了去给父母上坟时，他劝子杰留下来子杰说的。

周子杰说这些年他都习惯了在人群里的不起眼，不追求大富大贵，所以对周家的那些东西根本没兴趣，如果一定要一个让他留下来的理由，大概就是如果这样可以为他哥哥做点什么，能让他哥哥幸福。

他要李子豪答应和董曼妮结婚，他来送婚房。

除此之外，子杰只怕不会答应留下来。

若是李子豪和董曼妮还在一起的话，他肯定就答应了，这是一件两全其美的事情，可以和最爱的人结婚，可以和最亲的弟弟生活在同一个城市，互相有个照应。

然而，想到董曼妮，李子豪的心里还是莫名有一些痛。

分手两个月，痛感却恍若昨天。他以为时间可以让他慢慢淡忘，他甚至让自己忙碌起来去冲淡那些美好的回忆。

可有些认真过的东西，总会在一个人发呆的时候就不经意地想起。

晚饭的时候，周国昌选了一家颇有档次的川菜馆，这家餐馆打着土字招牌，据说所有的菜都是自己无公害种植的，不打农药，猪牛羊也都是自己养的，不喂饲料。

餐馆的生意好得出奇，用餐的人基本上都是提前一个星期预定，而且因为食材有限，每天仅限六桌客人。

周国昌说他是这家土菜馆的常客，所以给老板打招呼破例加了一桌。

李子豪开玩笑说："有钱就是好，做什么事都可以破例。"

周国昌看了眼周子杰，像是说给他听："那是当然，古往今来都如此，有钱能使鬼推磨，无钱寸步难行呀。多少人起早摸黑，甚至冒着生命危险在地下挖煤，为了什么，钱啊！衣食住行，没有一样离得开钱。"

"唉。"李子豪也叹一声，"是啊，人为财死，鸟为食亡，多少人为了钱去冒险、去犯法，钱是好东西，但还是得取之有道。"

"那是当然。"周国昌说，"所以我做企业，从不做违心之事，赚来的钱，也会拿一些去做公益，做慈善。毕竟，钱财是身外之物，带不进棺材去的。"

"有道理。"李子豪附和道，"只是可惜像叔叔这样有良心的企业家太少了，很多人为了钱，顶风作案，危害社会，简直禽兽不如，唉……"

自始至终，周子杰都一言不发，只是默默地吃着东西。

李子豪发现，他一直都是吃素菜，没有吃肉，不由地问："子杰你不是吃肉了吗？怎么不夹肉吃？"

"怎么，子杰吃肉了？"周国昌说，"没有啊，他一直都不吃肉的。"

周子杰说："医生说我身体里缺一些营养，抵抗力不好，应该吃些肉，但我不喜欢肉的味道，偶尔会吃点儿，一个星期吃一两次吧。"

他不能表现得对肉有特别的嗜好，那样会让哥哥更加怀疑。而他也不能说自己完全不吃肉，毕竟不经意间他已经暴露了自己。

如此解释，算是最合理的了。

"偶尔还是要吃点。"李子豪说，"肉里面的营养，对人体确实很重要。"

几人聊着一些有的没的，李子豪去上洗手间的时候，周国昌也跟了来，让他别忘了帮忙劝周子杰留下来的事。

李子豪说有他们在，不大好说，等吃完饭后单独和他聊。

周国昌也觉得是，在吃完饭后就和老婆先走了，周子杰也准备走，李子豪对他说再坐会儿聊聊天。

周子杰知道哥哥要找他聊什么，略迟疑之后还是留了下来。

“哥，还有什么事吗？”看着李子豪点了两杯茶水，周子杰明知故问。

“还能有什么事，还不是留下来的事，你考虑得怎么样了？”李子豪开门见山地问。

周子杰说：“我不是说了嘛，我对周家的生意不感兴趣。”

李子豪说：“可你也年龄不小，都二十好几快三十的人了，也该想想成家的事了，老是一个人漂在外面，也不是办法。回到西河，咱们兄弟俩，也有个照应，比你一个人在省城要好。”

“哥你忘了，你已经三十了，你为什么不想想自己成家的事呢？”周子杰说，“曼妮姐的条件那么好，身在豪门，长得漂亮，还比你小那么多，对你也一心一意，你却一直和她拖着是什么意思，你这样对得起她吗？”

李子豪没有说话。

见李子豪沉默着，周子杰又说：“还是那句话，唯一能让我留下来的，就是哥你答应和曼妮姐结婚，接受我送你婚房。这样，会让我觉得留下来特别有价值，长这么大，都是哥你关心我照顾我，我想为哥做点什么。否则的话，我永不回周家来！”

他故意在后面加了这句，就是想逼李子豪答应，因为他心里已经想留下来了。

李子豪怀疑他，派了两个人监视他，让他接下来的行动极为不便，他想去跟秦疤子打交道，走近秦疤子，这样才有更多的机会。而且，那个先他一步出现杀了秦疤子妻女的面具人，极有可能还会对秦疤子动手，在秦疤子身边，才可以守株待兔，等到面具人出现。

但他不能自己说留下来，他突然轻易地留下来肯定会被李子豪怀疑到别有用心，他需要一个堂而皇之的理由，那就是为了哥哥的幸福。

如此的话，对他来说就是一举两得了。既可以帮到哥哥，让哥哥幸福，又可以留下来，卧底在秦疤子身边。

他觉得，他把话说到这个份儿上，哥哥应该不会再拒绝。

果然，在沉思半晌之后，李子豪抬起头看着他，问："难道非要如此吗？"

周子杰目光坚定地说："做兄弟，有今生，没来世，我是真的希望能为哥做点什么。我也不再是当初那个一无用处，只会让你担心的我，现在的我有能力了。而且我觉得，哥当不当警察，能不能升迁，都不重要，重要的是你要和你真心喜欢的人在一起幸福快乐地生活。而且，阿姨养你这么大，她最大的心愿也是你能早点成家……"

"行，我答应你。"李子豪缓缓地点了点头。

这个答案，其实是他来之前就已经想好的。

"哥你真的答应了？"周子杰难掩欣喜。

李子豪点头道："你说得也有道理，再独立再强大的人也需要接受别人的帮助，这不是什么丢脸的事，何况是自己弟弟。而且你现在有这条件，我就当跟着你享福了。不过，结婚这事不能太匆忙，定在明年如何？"

"可以，只要哥你想通了就好。"周子杰说，"一年也不算久，而且就算现在买房子，装修还得花时间，装修完，房子里有甲醛和很多不好的气味，也得放放才能住。"

李子豪抬起头，和他对视着说："有句话怎么说的，苦尽甘来，你受了这么多年的委屈，如今总算有了一个好的结局，这是很多人奋斗了一辈子也未必能得到的，子杰你可得好好珍惜。"

"我当然会珍惜了。"周子杰说，"虽然我不喜欢做生意，不喜欢和那些脑子里整天打着算盘的人应酬。但我知道，生活本来如此，人总得为生活做妥协，慢慢去适应。我会好好做，把周家的生意做得更好。"

"嗯，你能这样想就对了。"李子豪说，"反正无论过去发生了什么，那些不开心的事都忘了吧，重新开始就好。人生啊，毁于一念，也成于一念，想法往往就决定了一个人的一生。生活，一定要学会放下，学会自我救赎。"

李子豪也不知道自己为什么会这么说，他始终感到隐隐的不安和担心，他希望他唯一的弟弟能好好的。

周子杰看着哥哥，发现哥哥的目光要洞穿他一般，让他感到从未有过的不安，他还是装作若无其事地一笑，说："放心吧，哥，我长大了，也懂事了，我知道生活不易，我们兄弟也不易，我会好好珍惜，我以后一定会好好努力，让我和哥都能幸福。"

李子豪笑了笑，心里却始终悬着什么东西无法落下。他发现，眼前的子杰不再是曾经他心中那个怯弱的弟弟了，在谈话时，表现出了非同一般的应变和稳重。

周子杰不再像曾经那样表达他内心里哪怕卑微或怯弱的真实想法，他开始对他这个哥哥用世故的态度敷衍。

这，不仅仅是成熟。

兄弟俩又闲聊了一会儿，李子豪接到一个电话就先走了。

周子杰站在那里，看着那个匆匆离去的背影，心里有一种特别复杂的情绪在发酵。他的脑子里一直在萦绕着李子豪说的那句话，李子豪是不是在暗示他：若那些事真是他做的，就趁还没有被发现之前及时放手，或许还可岁月静好吗？

周子杰也想岁月能静好，然而，他知道从小纯离开的那一刻开始，他的岁月就再也无法静好。无论前面是黑暗是深渊，他都绝不后退。

"哥，我希望能放弃的那个人是你，不要逼我，这份亲情已是这世上唯一让我眷念的东西了，我不希望被毁掉……"周子杰喃喃着。

周子杰最终还是在这个城市留了下来。

他和周国昌他们也说得很直接，他无心周家的生意，但他希望能为哥哥李子豪做点什么，哥哥做警察，每天拼死拼活，三十岁了想结婚，连套房子都买不起，他想帮一下。

周国昌夫妇都很爽快，并对他的想法极力称赞，说他懂事，重感情。

周国昌给了他一张银行卡，里面有五百万，说他想怎么用都行，如果不够的，再跟他说。

周子杰拿着那张银行卡，虽然卡里有着买彩票中了头奖的数额，可以让多少人欣喜若狂，而他却觉得格外讽刺。

在有钱人的世界里，什么都是可以用钱买的吗？包括亲情？

但有钱确实好办事的。

三天后的上午，周子杰已经在西河新建的南岛滨湖选中了一套别墅，花了四百二十万全款购买，户主写上了李子豪的名字。

周子杰把购房合同给了李子豪，把银行卡也递给他，说里面还剩几十万，刚好够装修。

“房我要了，是我答应你的，钱就算了，我自己也存了些钱，还能够生活，不能什么都让你来吧，那也太不像话了。”李子豪说。

周子杰说：“你不接的话我就帮你装修了，不装修的房子都不算完整的房子，没法住的，我肯定得帮你装修好。”

李子豪还是拒绝道：“不行，说什么我都不会要你的钱。房子有了，大问题都解决了，装修是小问题，你就不要再操心了，如果什么都靠你给的话，那我以后恐怕就废了。”

周子杰执拗不过，说：“可以，那就你自己装修吧。哥你现在可以把曼妮姐带过来看看房子，订个婚期了。”

李子豪笑道：“我结婚，你比我还急，说了再怎么也是明年的事了，这个你就别操心了，我心中有数。”

周子杰也露出了难得的笑容：“虽然我不喝酒，但哥你结婚那天，我一定要喝个酩酊大醉。”

“必须的，我要看看你喝醉的样子，哈哈哈，还记得你小时候偷爸的酒喝吗？笑死我了……”

往事突然之间涌上兄弟俩的心头。

那年周子杰才三岁，看见老爸和家里来的客人喝酒，喝得很热闹。散席之后，他就偷偷摸摸地去拿了老爸没有喝完的一瓶茅台，他咕噜地就喝了一大口，被呛到了，但不敢跟家里人说。后来他就感觉晕晕乎乎的，拖着一根棍子在家里学孙悟空……

后来，爸妈轮番地吓唬了他一番，说小孩子喝了酒会中毒，他就再也不敢喝了，有时候爸妈还故意试探他给他酒喝，他吓得赶紧跑。

美好的往事，总是那么让人怀念。

周子杰正式接手周少安的生意，成为秦疤子的合伙人。

那天晚上，秦疤子特地摆了一桌酒席，算是给周子杰的一个欢迎仪式。席上没有外人，除了周子杰，就是每日里保护秦疤子的几个兄弟，包括王瘸子。

地点在离大富豪不远的一家火锅店。

火锅店不远处的一辆车里，白一龙和韩松仍密切注视着周围的一切动静，等待着那个面具人的出现。

虽然转眼一个星期过去了，连面具人的影子都没见到，可李子豪叮嘱了，还是得盯紧，面具人肯定不会放过秦疤子，只是在等一个机会。

“唉，我们这活干得，人家在里面大吃大喝，咱们只能啃面包，这人与人之间的差距咋就这么大呢？”白一龙把一块面包塞进嘴里，抱怨着。

韩松也慢悠悠地嚼着面包，一脸云淡风轻地说：“知足吧，和平年代，至少还有面包吃。你要早生几十年，或者生在非洲的某些地方，你得饿死。”

“就你这点出息，有面包吃就知足，难怪打光棍。”白一龙说。

“说得好像你不是光棍一样，自己是不是单身，心里没点数吗？”韩松反击道。

“我是光棍，但只是暂时。我以前谈过，你呢？一直单着的吧，哈哈哈，我突然很好奇，你是不是还是处男啊，哈哈哈……”白一龙故意一脸嘲讽地大笑起来。

突然，笑在他的脸上僵住了。

他的目光定格在一个地方。

火锅店左边二十米位置，来了一辆男式摩托车，摩托车上是一个戴着头盔看不清面目的瘦高男子。

他将摩托车停在路边之后，从身上摸出了手机，对着火锅店拍照。

拍完之后，摩托男子将手机放回身上，也不知道是头盔戴得不适还是怎么了，他把头盔从头上取下来了。

那一瞬间，白一龙的心都差点蹦到嗓子眼上来，失声说："面具人！"

韩松也看见了。

摩托男子将头盔取下，他的脸上竟然戴着一张面具！

而且正是他们一直苦苦寻找的盲女面具！

大概只是面具挂着旁边的耳朵上有所不适，摩托男子略微整理一下后，又将头盔戴上，然后骑着摩托车离开。

"追，赶紧追！"白一龙激动地说。

韩松当即启动车子，跟着那辆摩托车追了上去，同时提醒白一龙说："赶紧给豪哥打电话，报告摩托车去向，在前面的交通要道设卡，千万不要让摩托车出了城！"

"嗯，我马上打，你盯紧了，别跟丢了。终于露面了，没让爷爷白等！"白一龙边说着从身上摸出电话。

摩托男子似乎察觉到后面有情况，当即加快了速度，烟筒发出了如同猛兽一般的怒吼声。

秦疤子以及周子杰仍在里面热热闹闹地吃着。

周子杰一改之前的沉默寡言，尽量与秦疤子等人合群，他不喝酒，就以饮料代替。他们吃饭的地方在火锅店二楼的一个包厢，包厢的窗子关着，都不知道外面发生了什么。

而此时，火锅店几公里外的一个路口，一个看起来病恹恹、身材瘦高的年轻人蹲在路边，仰望着黑暗苍穹，漫不经心地抽着一支烟。

那张脸很稚嫩，看上去最多也就十七八岁，还像个学生，可他那双眼睛，藏着一种让人心寒的冷冽。

也不知道他在想什么，仿佛这座城市的喧嚣和灯火都与他无关。若不是那支燃烧着的烟，还会以为他是一尊雕塑，就那样定格着仰望天空的姿势。

突然，天空一瞬间陷入无边的黑暗里，周围的灯光全都熄灭，从四处传来一些人们的尖叫和喊声。

年轻人似乎就在等这一刻，他瞬间弹身站起，用两根手指将还在燃烧着的烟头生生地掐灭，随即快步往路边的石梯跳下去。

石梯下面是一处巷子，那里停着一辆摩托车。

年轻人翻身跨上摩托车，打着火，加大油门，双手抓着摩托车把手一提，摩托车如同一匹冲锋陷阵的战马，竟直接从石梯上飞驰而上，到了马路上。

“在搞什么鬼，灯怎么关了！”火锅店里的秦疤子扯着嗓子在吼。

王瘸子走到窗子边，打开窗子，看了一眼窗子外面，漆黑一片，他说：“是停电了，连路灯都黑了。”

“停电？”秦疤子吼着说，“这个时候停什么电？出停电通知了吗？无缘无故地停电，电力局是不想开了，回头老子就给他砸了！”

马上有服务员打开了应急灯，但完全不如正常灯光那么亮，而且灯不是装在包厢里，而是走廊，所以看起来仍觉阴暗。

“这能看得见什么，老子都不知道桌子上摆的什么菜了！”秦疤子一肚子火。

“服务员，拿两根蜡烛来。”王瘸子喊。

服务员答应着，很快就拿来了蜡烛。

屋里似乎又亮些了。

秦疤子骂骂咧咧，大家继续吃饭，说着这场突然大范围的停电。

“停电，没有监控，其实，今天晚上是杀秦疤子最好的机会了。可惜，我在场，还有这么多人，难以洗清嫌疑。”周子杰在心中遗憾地暗想。

突然，哗的一声，一道影子向屋里投来。

周子杰看见了对面坐着的秦疤子表情跟见鬼一样，眼睛瞪得很大，也跟着回头去看。

这一看，一颗心都快跳到嗓子眼了。

面具人！

没错，就在窗子那里，如同蝙蝠侠一样地蹲着一个瘦高男子，脸上戴着一副盲女面具，和他在秦疤子家里监控见到的面具一模一样，整个人的身形也一样！

他终于出现了！

只差那么一点，周子杰就扑上去了，但他还是控制住了自己。

他想起这么多人看着，不能暴露出他的另一副面孔。而且面具人既然来了，肯定是冲着秦疤子来的，不妨等面具人将秦疤子杀了，他再做掉面具人。

原来，停电并非偶然，而是面具人干的！

“你来了，你终于来了，看老子今天怎么弄死你！”秦疤子突然异常地激动起来，歇斯底里地吼着，人也站了起来。

几名手下弟兄都慌忙地从身上掏出了刀子，如临大敌。

面具人却不慌不忙，像回自己家一样，从窗子上轻轻跃下，直向秦疤子等人走了过去。

那张盲女面具，在烛光昏暗的屋子里，缓缓逼近，如勾魂无常一般，有种惊悚的诡异。